Scherz Krimis
Die mit den Streifen

Marcello Fois

Besser tot

Roman

Scherz

Der Autor

Marcello Fois, geboren 1960, gilt als der Erneuerer des italienischen Kriminalromans. Zusammen mit Carlo Lucarelli und Loriano Macchiavelli gründete er die «Gruppe 13», eine Produktionskooperative italienischer Krimiautoren. Marcello Fois gewann 1992 den «Premio Calvino».

Die Namen der Personen in diesem Buch sind frei erfunden. Wer seinen Namen dennoch darin wiederfindet, der möge mir vergeben. Die hier erzählte Geschichte ist ein Produkt meiner Phantasie: Sie ist frei erfunden, könnte aber möglich sein.

Ich danke Danila Comastri, dass sie mir freundlicherweise gestattet hat, ihren Namen zu verwenden. *M.F.*

Die Originalausgabe erschien 1994 unter dem Titel
«Meglio Morti»
bei Granata Press, Bologna
Umschlaggestaltung: jaDESIGN, Bern: Julie Ting & Andreas Rufer
Umschlagbild: Giuseppe Ceschi

1. Auflage 2000, ISBN 3-502-51741-X

Gesamtherstellung: Ebner Ulm

Erster Teil

1

Ein Stück weiter vorne lichtete sich der Wald, und man konnte eine große gerodete Fläche erkennen. Die schwarze Erde duftete würzig und sah frisch zerwühlt aus.

«Wildschweine», bemerkte Elio Parodi und beugte sich hinab, um die Spuren näher zu betrachten. Er rückte sich die Doppelflinte zurecht, die er über der Schulter trug, und bedeutete seinen beiden Jagdgenossen, genauer hinzusehen.

«Sie sind frisch», verkündete er feierlich. Dann, an Maresciallo* Pili gewandt: «Es ist Zeit, die Hunde rauszulassen.»

Der Maresciallo ließ sich das nicht zweimal sagen, und in militärisch strammer Haltung machte er sich auf den Weg. Ihr Transporter war ganz in der Nähe geparkt, und die Hunde hatten schon Witterung aufgenommen und bellten aufgeregt.

«Das ist ein gutes Jagdgebiet hier», meinte Elio Parodi und forderte Luigi Masuli auf, sich umzusehen.

«Mir ist nicht ganz wohl zumute», beklagte Luigi sich. «So geht es mir immer, wenn ich mit dir auf die Jagd gehe.»

«Wenn du mit mir auf die Jagd gehst», wiederholte Elio Parodi, ohne dabei den Blick vom Boden abzuwenden, «dann habe ich vorher zwei Wochen gebraucht, um dich überhaupt so weit zu kriegen. Schau mal, der hat mindestens achtzig Kilo!» Er zeigte auf einige besonders deutliche Hufabdrücke.

Luigi Masuli nickte, obwohl er keinen Blick auf die Spuren geworfen hatte. «Verdammte Kälte», fluchte er und klatschte ein paarmal in die Hände, um sich aufzuwärmen.

Der Weg zur Strada Statale, an der sie den Transporter geparkt hatten, war übersät mit Müll. Maresciallo Pili schlug sich den Kragen hoch. Es war kalt, und die Eichen verströmten einen Geruch nach verkohltem Holz. Das Laub raschelte unter seinen

* Wachtmeister

schweren Stiefeln, und die Kälte ließ seinen Atem sichtbar werden. Er hatte sich zu diesem Jagdausflug überreden lassen, aber jetzt bereute er es bereits. Die geringste Anstrengung war ihm schon zuviel, und die dreihundert Meter bis zur Straße erschienen unendlich. Er hockte sich hin, die Hände auf den Knien, schwer atmend. Er richtete den Blick auf den Wegrand und dachte an den elenden Sommer, den er hinter sich hatte und an den verfrühten Wintereinbruch. Er spürte die stille Verlassenheit dieses Ortes, spürte die unsichtbare Gegenwart der Menschen, die als Zeichen ihrer Anwesenheit ihre Abfälle weggeworfen und hier unter den Bäumen an einem der letzten warmen Herbsttage ein Picknick gemacht hatten. Traurig stand er auf und gelangte schließlich zu dem müllübersäten Picknickplatz.

Hinter sich hörte er die Stimme Luigi Masulis:

«Was ist nun mit den Hunden? Wir dachten schon, du hättest dich verlaufen!»

«Diese Schweine werfen ihren Dreck überall hin», donnerte der Maresciallo und bückte sich, um einen Schuh aufzuheben. «Denen ist nichts mehr heilig, sieh nur, jetzt werfen sie sogar schon Klamotten weg!»

Während er sprach, drehte er sich nicht einmal um, sondern sammelte weiter die weggeworfenen Sachen ein. Plötzlich hielt er inne und blickte sich suchend nach einer Tüte oder etwas anderem um, in das er den Müll hätte hineintun können.

Luigi Masuli beobachtete ihn, ohne sich zu rühren.

«Also, was steht jetzt an? Die Wildschweinjagd oder Großreinemachen?», fragte er mit spöttischem Unterton.

Maresciallo Pili antwortete nicht. Er hatte inzwischen einen ziemlich großen Pappkarton gefunden und war dabei, Teller, Flaschen, Dosen und Kleidungsstücke hineinzutun, die er mit spitzen Fingern aufsammelte.

«Ich hol jetzt die Hunde», kündigte Luigi Masuli an. «Wenn du fertig bist, kannst du ja zu uns stoßen. Ansonsten treffen wir uns in ein paar Stunden am Transporter.»

Es erschien ihm eine ausreichende Strafe, diesen Mann seinem Schicksal zu überlassen, seiner fixen Idee von einer sauberen Umwelt. Auf dem Weg zur Straße drehte er sich noch einmal um und sah, wie der Maresciallo vornüber gebeugt weiter den Müll einsammelte.

«Du hast sie ja nicht mehr alle!», rief er ärgerlich, weil der andere überhaupt nicht reagiert hatte. «Wieso musst du gerade jetzt im Müll rumwühlen? Ich gehe jedenfalls!» Er zögerte, wie um ihm damit Gelegenheit zu geben, doch noch seine Meinung zu ändern und mitzukommen.

«Schweine», wiederholte der Maresciallo resigniert.

«Du bist doch total fertig, Nicola», sagte Luigi. «Du hast die Sache immer noch nicht überwunden. Ach, mach doch, was du willst. Ich lass jetzt die Hunde raus.»

Rocki, eine Kreuzung aus Bracke und Setter, begrüßte seinen Herrn stürmisch.

«Ist ja gut, Platz!», befahl Elio Parodi gutmütig. Aber das Tier war zu lange eingesperrt gewesen und sprang und drehte sich aufgeregt im Kreis. Der andere, ein kleiner Mischlingshund, den alle Groddo nannten, schnüffelte, die Schnauze dicht über dem Boden, als würde ein Magnet ihn dort unten halten.

«Wieso hat es denn so lange gedauert?», fragte Elio Parodi und versuchte noch einmal, seinen Hund zu beruhigen.

Luigi Masuli zuckte die Achseln. «Der ist nicht mehr bei Trost! Als ich kam, war er gerade an der Straße beim Müllsammeln.»

Elio Parodi zog seinen Hund heftig am Halsband.

«Er hat eine schlimme Zeit hinter sich», sagte er und ließ sich von seinem Hund bis auf die Lichtung schleppen. «Ich möchte nicht wissen, was *du* an seiner Stelle machen würdest. Man muss ihn einfach in Ruhe lassen.»

«Niemand hat ihm die Schuld gegeben», betonte Luigi Masuli. «Keiner hat das vorhersagen können. Wer hätte denn auch nur im Traum daran gedacht, dass hier bei uns so etwas passieren könnte?»

«Ich spreche mal mit ihm», beschloss Elio Parodi. «Pass gut auf die Hunde auf, sie sind sehr unruhig. Du hattest Recht, dies ist wirklich gutes Wildschweingebiet.»

Maresciallo Pili saß am Straßenrand, die Beine locker von sich gestreckt. Noch einmal schlug er seinen Kragen hoch. Er war müde. Viel müder als er eigentlich hätte sein dürfen. Den Pappkarton mit dem Müll hatte er beim Transporter abgestellt. Ein eisiger Wind wehte, und der Himmel sah nach Schnee aus.

Elio Parodi kam den Weg entlang, eine unangezündete Zigarre im Mundwinkel.

«Was ist los?», fragte er und setzte sich neben den Freund.

«Was los ist? Nichts ist los. Was soll denn los sein? Du weißt doch, dass mich die Jagd nicht übermäßig interessiert. Ich bin eigentlich nur mitgekommen, um ein bisschen frische Luft zu schnappen.»

«Wirklich toll», meinte Elio Parodi ironisch. «Schöne Jagdfreunde seid ihr mir: Der eine kommt mit, weil er ein bisschen an die frische Luft will, und der andere weiß zwar, wo das Wild sich versteckt, kriegt aber den Hintern nicht hoch!»

Er versuchte, seine Zigarre anzuzünden, indem er die Hände zu einem schützenden Trichter formte.

«Nicht anzünden!», fuhr ihn der Maresciallo vorwurfsvoll an. «Siehst du denn nicht, wie trocken alles ist? Wenn es hier erst einmal brennt, dann bekommt keiner mehr das Feuer unter Kontrolle.»

«Hier, nimm einen Schluck, dann wird dir warm.» Elio Parodi hielt dem Freund einen Flachmann hin und steckte die Streichhölzer wieder in seine Jackentasche. «Du lässt keinen mehr an dich ran, Nicola», sagte er leise.

Der Maresciallo nahm einen Schluck Schnaps und verzog das Gesicht. Er ließ tatsächlich keinen mehr an sich ran.

«Ich hör auf», sagte er. «Ich geh weg vom Militär. Schon im Sommer habe ich daran gedacht. Ich frage mich, warum ich es nicht gleich gemacht habe.»

«Niemand gibt dir die Schuld. Es kam, wie es kommen musste. Wer hätte das schon vorher wissen können?»

«Ich! Ich hätte es wissen müssen. Alles war von Anfang an klar. Ich war einfach unfähig, es zu erkennen, und habe nicht nach links und nicht nach rechts gesehen. Nur ein Blinder hätte so gehandelt wie ich. Nichts war mehr so, wie es vorher war. Ich hätte daran denken müssen. Gleich nach dem Selbstmord hätte ich einfach daran denken *müssen*!»

«Du meinst also, *du* hättest damals in die Zukunft sehen müssen!» Elio Parodi nahm die Flinte von der Schulter und legte sie ab. «Und Richter Corona hatte ja auch keinen blassen Schimmer!», meinte er abschließend.

Der Maresciallo lächelte bitter.

«Seit zwei Monaten versuche ich, mit ihm zu sprechen, aber da ist nichts zu machen. Mir wurde gesagt, er sei krankgeschrieben und zur Erholung weggefahren. Aber das stimmt nicht, denn vor drei Tagen noch habe ich bei ihm im Haus Licht gesehen.»

«Sicher war das für ihn ein schwerer Schlag», gab Elio Parodi zu bedenken. «Ich verstehe gut, dass er niemanden sehen will.»

Der Maresciallo sprang auf und stampfte mit den Füßen auf den Boden, um das taube Gefühl in seinen Beinen loszuwerden. Es wurde langsam Tag. Eine blasse Sonne leuchtete schwach hinter einer dichten grauen Wolkendecke. Er wollte nicht mehr darüber reden.

«Was ist jetzt mit den Wildschweinen? Gibt es hier welche oder nicht?», fragte er.

Elio Parodi sprang ebenfalls auf. «Ob es hier welche gibt? Ich sage dir, morgen werden wir mindestens drei erlegt haben!»

Er wandte sich zur Straße und hob das Gewehr auf.

In dem Moment hörte man schnelle, dumpfe Schritte auf dem Waldboden und ein aufgeregtes Winseln.

Auf dem Weg erschien Luigi Masuli, völlig außer Atem. Er war die ganze Strecke gerannt und hatte die Hunde hinter sich hergezerrt.

«Kommt schnell», keuchte er. «Schnell!», rief er noch einmal, diesmal lauter. Das Entsetzen stand ihm ins Gesicht geschrieben.

Etwa zwanzig Meter von der Lichtung entfernt hatten die Hunde etwas gefunden. Unter einem Myrtenstrauch war die lockere schwarze Erde zerwühlt und eine kleine, magere Hand ragte aus dem Boden.

«Wir müssen Hilfe holen», rief der Maresciallo. «Schafft die

Hunde weg. Achtet darauf, dass ihr nichts anfasst und die Spuren nicht zertrampelt.»

Die Hunde waren wie rasend, und ehe Luigi Masuli es sich versah, hatten sie ihn schon herumgeschleudert und zum Busch gezogen. Mit einem kräftigen Ruck versuchte er, sie wegzuziehen und zum Transporter zurückzubringen. Er wirkte benommen, und es gelang ihm nicht, die Hunde weiter als zehn Meter von der Stelle wegzuführen.

Maresciallo Pili holte ein Taschentuch aus seiner Jacke und bedeckte damit die kleine Hand. Die Wühlspuren zeigten, dass die Erde weiter unten genauso dunkel war wie an der Oberfläche. Eine Haarnadel ragte aus dem Boden.

«Wir müssen sofort die Polizei holen», wiederholte er mit ausdrucksloser Stimme.

«Was . . .», Elio Parodi setzte zu sprechen an. Die ganze Zeit war er stumm daneben gestanden. Als sein Blick nun auf die leblose kleine Hand fiel, schwankte er ein wenig. «Wer mag das sein?», fragte er, um wieder einen klaren Gedanken zu fassen.

Der Maresciallo sprang auf.

«Ihr müsst jetzt losfahren und die Polizei holen! Ich bleibe hier und warte.»

Elio Parodi erwachte plötzlich aus seiner Benommenheit.

«Die Polizei», wiederholte er. «Natürlich. Und du wartest hier . . .»

Er drehte sich um und ging zu Luigi Masuli, dem es mit Müh und Not gelungen war, die Hunde in den Transporter zu sperren.

«Was soll ich sagen?», fragte Elio Parodi und blickte sich noch einmal um.

Der Maresciallo atmete tief durch.

«Sag ihnen, wir haben Ines Ledda gefunden.»

2

Paolo Sanna wartete noch ein paar Minuten. Aufwachen hieß nicht, dass man gleich die Augen öffnen musste. Die Stimmen, die aus der Küche drangen, bildeten eine Brücke zwischen Schlaf und Wachen. Im Bett war es wohlig warm, und Paolo lag ganz still, damit die Kälte im Zimmer nicht unter seine Decke dringen konnte. In seiner Vorstellung war Kälte automatisch mit Härte verbunden: Kälte war immer irgendwie hart. Wärme hingegen war weich und hatte eine Stimme. Eine Stimme, die zum Nichtstun verführte. Paolo fühlte, wie sich seine Brust hob und senkte, und spürte, wie sein warmer Atem ins Zimmer strömte, gerade so, als wollte er ihm einen warmen Tunnel durch die Kälte seines Zimmers bahnen.

Er blinzelte.

Die vertrauten Dinge erschienen und verschwanden wieder. Die Stimmen aus der Küche wurden lauter oder nun deutlicher. Das Klappern eines Tellers, einer Tasse, die Beschwörungsformeln, Stille, dann eine Antwort.

«Tja, mein Kind. Da will dir jemand wirklich Böses.»

Die Bemerkung kommt von einer alten Frau, die nicht viel größer ist als ein Kind. Sie trägt ein Tuch um die Schultern. Eine junge Frau sitzt neben ihr. Sie runzelt die Brauen und schüttelt den Kopf. Bei der jungen Frau steht ein zwölfjähriges Mädchen, das trotz seines Alters brav und folgsam wirkt. Die Kleine trägt einen braunen Mantel mit Pelzkragen. Eine Schleife von der gleichen Farbe hält ihr langes, dunkles Haar zurück, das frisch gekämmt über ihren Rücken fällt. Eine richtige kleine Dame ist sie: Sie spricht nur, wenn sie dazu aufgefordert wird und beim Antworten hält sie den Blick gesenkt.

«Ich kann mir nicht vorstellen, wer das sein könnte», sagt die Mutter des Mädchens plötzlich, den Blick auf einen Teller mit Wasser gerichtet, auf dem lauter kleine Fettaugen schwimmen. Große Salzkörner bilden kleine Kristallinseln in der Flüssigkeit.

«Und doch spüre ich den bösen Blick», beteuert die Alte. «Hast du dein Hemd verkehrt herum angezogen, wie ich dir gesagt hatte?»

Die jüngere Frau nickt und schiebt den Kragen ihrer Bluse beiseite, um der Alten die Nähte ihres wollenen Unterhemds zu zeigen.

«Und du», wendet sich die Alte an das Mädchen. «Hast du die Reliquie auch immer bei dir?»

«Natürlich!», fällt die Frau ein. «Zeig Tante Badora, dass du sie dabeihast.»

Das Mädchen knöpft gehorsam den Mantel auf und zeigt einen kleinen Beutel, der mit einer Sicherheitsnadel am Innenfutter festgesteckt ist.

«Es hilft nichts», sagt die Frau. «Ich weiß, dass da irgendetwas ist. Diese Kopfschmerzen, die einfach nicht mehr weggehen wollen, und dann ist mir im Haus immer ganz unbehaglich zumute. Und dieses Kind hier brütet ständig etwas aus. Dauernd muss ich mir ihr zum Arzt. Siehst du denn nicht, dass sie immer weniger wird!»

Sie nimmt den Arm des Mädchens und zeigt der Alten ein mageres Handgelenk. Wie um die Besorgnis der Mutter zu untermalen, zieht das Kind ein Taschentuch hervor und schneuzt sich die Nase mit zierlichen Bewegungen.

Die Alte steht auf, tunkt ihre Fingerspitzen in die Mischung aus Wasser, Öl und Salz und geht zu der jungen Frau. Sie murmelt ein Gebet, berührt deren Stirn und gibt ihr einen Schluck davon zu trinken. Das Gleiche macht sie mit dem Mädchen.

«Hast du an die Kleidungsstücke gedacht?», fragt sie.

Verschämt zieht die Frau zwei weiße Unterhosen aus ihrer Tasche, die sie die ganze Zeit auf dem Schoß gehalten hatte, und reicht sie der Alten.

Die Alte umfasst die beiden Unterhosen fest mit den Händen, murmelt erneut einige Beschwörungsformeln und gibt sie der Frau schließlich wieder zurück.

«Die müsst ihr anziehen», befiehlt sie. Daraufhin wendet sie sich an die Frau. «Lasst eine Messe lesen.»

Die Haustür fiel mit einem dumpfen Knall ins Schloss und Paolo fuhr vor Schreck zusammen. Mit einer raschen Bewegung schlug er die Decke zurück und ließ die kalte Luft mit voller

Wucht auf seinen Körper prallen. Wenn Kälte nicht nur hart, sondern auch noch schwer wäre, dann hätte er sich nicht überwinden können aufzustehen. Aber nun stand er doch auf. Irgendwie war alles verkehrt.

Salvatora Fenu, *Badora*, machte sich für die Morgenmesse fertig. Sie strich ihr weißes Haar zurück und band das Tuch mit einem großen Knoten unter dem Kinn zusammen.

In der Küche war es gemütlicher als in seinem Zimmer. Hier herrschte eine angenehme Wärme. Der Ofen lief auf vollen Touren. Die Milchkanne war mit einem Unterteller zugedeckt und stand zum Warmhalten auf der Heizplatte. Die Tasse mit dem Kaffee stand bereits auf dem Tisch.

Das Gesicht noch vom Schlaf verquollen, setzte sich Paolo auf seinen Platz, auf dem eben noch die junge Frau gesessen hatte. Er langte zum Brotkorb hinüber, nahm sich ein Stück Carasau heraus und zerkrümelte den Blätterteig über seiner Tasse.

Die Alte hatte sich inzwischen ihren Schal um die Schultern gebunden und war gerade dabei, die Fransen zurechtzuzupfen. Ein Rosenkranz aus schwarzen Perlen war um ihre linke Hand gewickelt. Sie trat zum Herdofen, griff mit der freien Hand nach der Milchkanne und stellte sie auf die Marmorplatte des Tisches zwischen Brotkorb und Tasse. Mit der Hand, in der sie den Rosenkranz hielt, berührte sie den Nacken des jungen Mannes und bekreuzigte sich.

«Bist du noch da, wenn ich zurückkomme?», fragte sie.

Paolo antwortete mit einem Schulterzucken. Dann goss er sich heiße Milch ein. Während er darauf wartete, dass das Brot weich wurde, blies er in die Tasse und sah, wie die Flüssigkeit darin sich leicht kräuselte.

«Also, ich gehe jetzt», sprach die Alte ungeduldig.

«Um zehn treffe ich mich mit Giovanni Locche wegen einer Arbeit auf einer Baustelle», sagte Paolo.

Badora war erleichtert. Dieser Junge war einfach immer schlecht gelaunt, immer mürrisch. Aber diesmal hatte er wenigstens geantwortet.

«Um zehn bin ich längst wieder zurück», meinte sie abschließend und ging.

Die Morgenstunde schien Paolo Sanna die beste, ja die einzige Stunde des Tages zu sein, in der man über die Zeit nachdenken konnte. In dieser Stunde hatte man Muße für wichtige Gedanken: Warum wird das Leben eines Menschen in Tagen gezählt? Haben denn die Nächte gar kein Gewicht, weil man dann schläft und es beinahe so ist, als wäre man tot? Und warum können dann die Nächte trotzdem entscheidend sein? Eigentlich wäre es doch besser, wenn man jeden Abend sterben und morgens wieder neu auf die Welt kommen würde. Welchen Sinn hatte es denn schon, sich abends ins Bett zu legen, wenn einen die Dämonen, die einen den Tag über verfolgten, doch nicht in Ruhe ließen?

Während er diesen Gedanken nachhing, hatte er seine Milch ganz ausgetrunken. Der Zucker hatte sich nicht ganz aufgelöst, und auf dem Grund seiner Tasse hatte sich ein kleiner Satz gebildet, der, wie er wusste, besser aussah, als er schmeckte.

Der Stuhl neben seinem, auf dem kurz zuvor noch das Mädchen gesessen hatte, stand ein wenig vom Tisch abgerückt. Paolo langte hinüber und schob den Stuhl bis ganz an die Marmortischplatte heran, so dass er genau parallel zum Tisch stand.

Sein Blick fiel plötzlich auf ein kleines, weißes, zerknittertes Stück Stoff, das auf der Sitzfläche des Korbstuhls lag. Ein Kindertaschentuch.

Er spürte, wie sein Kreislauf in Schwung kam, wie die Müdigkeit langsam von ihm abfiel und er wieder im Vollbesitz seiner geistigen Kräfte war. Das Morgenlicht kündigte wieder einmal einen grauen Tag an, der an sich ein Tag voller Aktivität hätte werden können. Aber nicht für Paolo Sanna. Wenn er daran dachte, was in ein paar Stunden sein würde, so sah er absolut nichts. Sicher, da war dieses Vorstellungsgespräch. Und die Aussicht, stundenlang unterwegs zu sein, um sich bei Leuten vorzustellen, die einen kräftigen jungen Mann von 28 Jahren gebrauchen könnten. Dann das Fußballtraining vom Verein; aber Samstag vormittag ist ja gar kein Training. Und Sonntag wäre diesmal auch kein Spiel, weil turnusmäßig eine andere Mannschaft an der Reihe war.

Weniger als nichts versprach dieser kalte, ungemütliche Tag zu bringen. Nicht einmal schneien wollte es.

Der Gedanke an diesen Tag, der mit seinen vielen Stunden vor ihm lag, deprimierte ihn. Daran zu denken, dass er mit Leuten würde zusammensein müssen, die alle so taten, als wüssten sie genau, was das Leben ihnen bringen würde. Paolo konnte die Selbsttäuschung dahinter förmlich spüren, die einen jeden Morgen wieder aufs Neue aufstehen lässt, immer in der Hoffnung, dass etwas geschehen möge. Aber heute morgen war nichts davon zu spüren. Denn nichts schien Gestalt anzunehmen. In seinem Kopf herrschte ein wirres Durcheinander. Und er ließ sich immer weiter fallen, versank in einer Tiefe, die jenseits aller Vorstellungskraft lag, die ins Bodenlose ging. Dort, wo er jetzt war, gab es nur noch den Schmerz, der ihm fast so etwas wie Genugtuung bereitete. Diese Genugtuung war wie ein Sandkorn, eine Laune des Schicksals, war einfach da, wie eine Larve, eine Amöbe, ein winziges Ding . . .

Dann wäre es schon besser, tot zu sein.

Dann besser tot. Was soll man nur den ganzen Tag über tun? Was soll man tun, wenn man spürt, dass man langsam, aber sicher den Verstand verliert? Was macht man mit einem Verstand, der sich mit derart wichtigen Dingen beschäftigt?

Paolo Sanna langte unter dem Tisch durch und berührte den Sitz aus Korbgeflecht, auf dem kurz zuvor noch das Mädchen gesessen hatte.

Er tastete nach dem weichen, zerknitterten Taschentuch, das das Mädchen liegen gelassen hatte.

Und plötzlich wurde ihm eines klar: Irgendwo tief drinnen im hintersten Winkel seines Verstandes hatte er einen Kampf mit sich selbst ausgefochten. Und eine kurze Zeit lang hatte er sich dagegen gewehrt und sich geweigert zu verstehen. Zu verstehen, dass dieses einfache Stück Stoff eine unwahrscheinlich starke Anziehungskraft auf ihn ausübte.

3

»Sie haben sie gefunden!», verkündete Antonio Sassu. «In Bòrore, vor zwei Stunden. Ein paar Jäger. Sieht so aus, als sei sie missbraucht worden.»

Die Redaktion der Tageszeitung *Unione Sarda* in Nuoro war in einem großzügigen und eleganten Apartment in der Via Manzoni untergebracht.

«Cagliari hat uns nach der Titelseite gefragt», führte Antonio Sassu weiter aus. «Wir brauchen Fotos vom Haus, von den Eltern und der Umgebung.»

Ein dünner junger Mann mit wirrem Haar sprang auf, ging um den großen Arbeitstisch herum – neben den Stühlen das einzige Möbelstück im Konferenzraum, der von den übrigen Räumlichkeiten durch eine Modulwand getrennt war – und griff nach einer großen Tasche. Er schaute nach, ob alles da war: Fotoapparat, Objektive, Filme und Blitz.

«Also», begann der Chefredakteur und streckte sich auf seinem Bürosessel aus. «Cristina und Redento schauen bei den Eltern des Mädchens rein. Aber gebt euch ein bisschen mehr Mühe als sonst. Diesmal will ich wirklich gute Arbeit haben! Hört euch auch bei den Nachbarn um. Und wenn ihr Minderjährige interviewt, dann bitte keine vollständigen Namen nennen.»

Er hielt einen Moment lang inne, als müsse er eine längst überfällige Entscheidung treffen.

«Giuseppina», sagte er schließlich. «Du sprichst mit den Ermittlungsbeamten.»

Die junge Frau lächelte und steckte ihr Notizbuch in die Tasche. Sie vermied es, die anderen anzusehen, damit keiner merkte, wie zufrieden sie war: Ein wichtiger Auftrag war das. Wenn es kam, wie es kommen musste, dann würde ihr Artikel im Regionalteil erscheinen.

«Stand der Ermittlungen, mögliche Verdächtige, vielleicht kriegst du noch ein paar Insiderinformationen.» Antonio Sassu erhob sich. «Alberto in mein Büro!», sagte er zu dem Fotografen und verließ den Konferenzraum.

Eine Frau um die dreißig, die während der ganzen Besprechung nicht ein einziges Mal den Mund aufgemacht hatte, hob die Hand und wedelte mit einem Fax.

Der Chefredakteur nickte resigniert. «Der Brief von der Bürgermeisterin», sagte er. Dann wandte er sich der Frau zu und gab ihr kurz Anweisung. «Vierzig Zeilen, Maria Vittoria. Schreib ihr, dass die Leute langsam Angst haben, dass das Parkplatz-Projekt bei den Gärten ewig eine Baustelle bleiben wird wie die Badeanstalt in der Via Lazio und dass am Ende die Pinien doch noch draufgehen werden!»

«Und was ist mit ihren Bemerkungen darüber, dass die Stadt kein Geld mehr hat?», fragte die Frau zurückhaltend.

Antonio Sassu blieb abrupt stehen, wie erstarrt in dem Bemühen, eine Antwort zu geben. «Also», setzte er an, um noch ein paar Sekunden Zeit zu gewinnen. «Fordere sie auf, uns diese Armut an konkreten Beispielen zu zeigen. In einer Stadt, in der siebzig Prozent der Leute in der eigenen Wohnung leben und wo jeder sein Geld auf der Bank hat.»

Die Frau lächelte ruhig. «Soll ich die Sache mit der Straße erwähnen, in der sie wohnt; dass nur das Stück bis zu ihrem Haus asphaltiert wurde?»

Der Chefredakteur machte eine schnelle Bewegung auf die Frau zu. «Maria Vittoria!», platzte er heraus. «Die Antwort soll umfassend, ausführlich und ausgewogen sein! Ich will auf keinen Fall, dass sich diese Geschichte zu einem Kampf der Primadonnen auswächst, verstanden?»

Ohne mit der Wimper zu zucken, steckte die Frau die Zurechtweisung ein und begann ihre Sachen in einen geräumigen Aktenkoffer zu packen. «Gut», murmelte sie. «Ich werde versuchen, so zu tun, als sei ich ein Mann. Aber ich fürchte, dass die Frau Bürgermeister wirklich nicht mein Typ ist!»

Giuseppina Floris blieb allein zurück.

Nach der Besprechung waren alle Kollegen hastig aufgesprungen, um rasch wieder an ihre Schreibtische zurückzukehren. Antonio Sassu war als Erster gegangen und Maria Vittoria Leccis als Letzte. Sie hatte ihr beim Hinausgehen einen vorwurfsvollen Blick zugeworfen, denn sie hatte wohl damit gerechnet, dass Frauen in einer von Männern regierten Welt zusammenhalten würden. Sie hatte wohl erwartet, dass Giuseppina sich auf ihre Seite schlagen und gegen die ihr zuteil gewordene Behandlung protestieren würde. Aber Giuseppina hatte nichts dergleichen getan.

Sie dachte an ihre Theorie im Fall Ines Ledda. Denn eine Theorie hatte sie tatsächlich. Schon damals, als das Mädchen verschwunden war, hatte sie eine Theorie gehabt, damals, als alle sagten, dass sie entführt worden sei, obwohl keiner das so recht verstehen konnte, da die Familie Ledda nicht gerade als wohlhabend gilt. Man glaubte, Ines sei auf dem Nachhauseweg von der Schule entführt worden – eine Strecke, die noch nicht einmal dreihundert Meter betrug. Ihre Schulkameradinnen hatten ausgesagt, dass Ines nicht wie sonst noch ein bisschen länger geblieben war, um mit ihnen auf dem Schulhof zu plaudern. Sie habe es kaum abwarten können, endlich zu gehen, so als hätte sie eine Verabredung gehabt. Dennoch durfte man sich nicht von Mutmaßungen beeinflussen lassen, man durfte vielmehr nur von den nackten Tatsachen ausgehen. Denn niemand konnte mit Gewissheit sagen, dass Ines wirklich eine Verabredung gehabt hatte.

Giuseppina Floris holte ihr Notizbuch aus der Tasche, notierte sich *Verabredung?* und unterstrich diesen Punkt. Dann beschritt sie den Nachhauseweg des Mädchens im Geiste: Piazza Asproni, Via Tola, Via Mons. Bua, Piazza Vittorio Emanuele, Via S. Francesco. Oder aber, wenn man die längere Route ging: Piazza Asproni, Corso Garibaldi, Piazza Vittorio Emanuele usw. Keine kleinen Gassen, alles befahrene Straßen. Hier war es schwierig, unbemerkt zu bleiben. Und doch hatte niemand Ines Ledda auf ihrem Nachhauseweg am 20. November vor einem Jahr gesehen.

Die Lehrerin hatte Ines den Ermittlungsbeamten und Journalisten gegenüber als introvertiert und großzügig beschrieben, als überdurchschnittlich intelligent und sehr gewissenhaft in der Erledigung ihrer Schulaufgaben. Doch hatte sie eingeräumt, dass Ines in letzter Zeit zerstreut und abwesend gewirkt habe und dass sie öfter unentschuldigt gefehlt hatte.

Die Eltern hatten das Mädchen fast wie eine Heilige beschrieben: sauber, bescheiden, ganz anders als diese unverschämten Dinger heutzutage.

Eine vorbildliche Tochter, eine gute Schülerin. Eine ruhige Spielkameradin. Ein Mädchen wie alle anderen auch, nicht einmal besonders hübsch.

Ein Kind, das durch nichts besonders auffiel. Unscheinbar und bescheiden, ein Kind, das von der Schule nach Hause gehen konnte, ohne dass es jemand bemerken würde.

Und so war es denn auch gewesen: Niemand hatte Ines Ledda bemerkt. Keinem war eine Person aufgefallen, die sich dem Mädchen genähert oder es angesprochen hätte.

Ein Kind, das niemals ein Tagebuch geführt hatte, das keine besonderen Neigungen hatte. Ein Kind, an das man sich nur mit Mühe erinnerte – und auch nur, wenn es sein musste.

Eine naive Tagträumerin, dachte Giuseppina. Wie unglaublich naiv diese Mädchen doch sein können, die durch eine Laune des Schicksals in eine Familie hineingeboren werden, in der sie abgeschottet von der Realität in einer anderen Welt und Zeit leben. Mit einem Vater, der noch nie in seinem Leben geholfen hat, nach dem Essen den Tisch abzuräumen, der nie einen Besen in die Hand genommen hat, um mal eben ein paar Krümel aufzufegen. Mit einer Mutter, die abends zu Bett geht in dem Wissen, dass der nächste Tag sich in nichts von dem zu Ende gegangenen Tag unterscheiden wird.

Ein Mädchen, das gelernt hat, das zu tun, was von ihm erwartet wird: die üblichen Samstagnachmittagarbeiten, mit dem Schwämmchen das Spülbecken in der Küche blank wischen, das Bodentuch vor dem letzten Nasswischen gut auswringen, vor dem Wachsen des Fußbodens. Während der große bzw. kleine Bruder, wenn es denn seine Zeit erlaubt und er nicht gerade Fußball spielen oder im Hof mit seinen Freunden spielen muss, sich großzügigerweise bereit erklärt, mit den Holzpantinen über den versiegelten Fliesenboden zu gleiten, um diesen zum Glänzen zu bringen. Aber ja nicht zu lang, denn das Wachsen des Bodens ist schließlich Frauensache.

Und während sie dies tut, kommt vielleicht der Vater nach getaner Arbeit erschöpft nach Hause («Ich arbeite ja schließlich auch für dich!»), läuft über den frisch gewischten Boden und hinterlässt auf der glänzenden Oberfläche Schuhabdrücke und Schmutz.

So bekommt auch ihre Zukunft als Frau einen Sinn, und es formt sich in ihrem Kopf langsam das Bild einer zweigeteilten Welt: Auf der einen Seite sind die Männer, die das Geld nach Hause bringen und erwarten, dass das Essen auf dem Tisch steht. Auf der anderen Seite die Frauen, deren Aufgabe es ist, die Männer zu versorgen und zu lieben.

Anfang und Ende scheinen sich gegenseitig zu bedingen, scheinen miteinander zu verschmelzen, werden zu einem Teil der immer gleichen Geschichte.

Giuseppina Floris klopfte mit dem Kugelschreiber auf das Blatt. Man hätte sagen können, dass Ines Leddas Geschichte sich in nichts von der Geschichte Millionen anderer kleiner Mädchen unterschied: Nur die Art, wie sie gestorben war, war anders.

Sie würde noch kurz beim Gericht vorbeigehen. Es lag ja praktisch um die Ecke. Aber für den Schulweg müsste sie sich schon etwas mehr Zeit nehmen. Wenn es sein müsste, würde sie sogar die Schritte zählen und alle Leute einzeln ausspionieren, die dort Tag für Tag langgingen und niemals ein kleines Mädchen bemerkt hatten, das von der Schule nach Hause ging.

4

Luigi Masuli betrat das Büro der stellvertretenden Staatsanwältin.

«Luigi Masuli», stellte er sich vor und streckte seine Hand über den Schreibtisch.

«Danila Comastri», sagte die Frau und erwiderte seinen Händedruck.

«Man merkt gleich, dass Sie nicht von hier sind», bemerkte der Mann ungeniert.

«So scheint es», antwortete sie knapp. «Doch lassen Sie uns zur Sache kommen . . .»

«Ja, mir wurde gesagt, Sie bräuchten noch einige Angaben von mir. Hier bin ich. Zu Ihren Diensten, Dottoressa!»

«Sie haben ausgesagt, dass Sie an dem Morgen, an dem Sie die Leiche fanden, alleine bei den Hunden geblieben waren, weil es Probleme mit dem Maresciallo gegeben hätte. Ist das so richtig?»

«Also, Dottoressa, *Probleme* ist ein bisschen übertrieben –»

«Ich erinnere Sie lediglich an Ihre eigenen Worte», unterbrach ihn die Frau.

«Ich hatte Angst! Versetzen Sie sich mal in meine Lage, Dottoressa! Dem Maresciallo ging es nicht gut, aber das kann man ja verstehen.»

«Das wissen wir schon alles, Signor Masuli. Im Moment interessiert uns mehr, was an jenem Morgen wirklich passiert ist.»

Luigi Masuli bearbeitete seine Mütze mit den Händen.

«Wir waren auf Wildschweinjagd», erwiderte er ruhig. «In der Gegend gibt es viele Wildschweine. Wir haben auch tatsächlich jede Menge Spuren gefunden. Dann sollte der Maresciallo die Hunde holen gehen – die waren ja noch im Auto. Als er dann nicht wiederkam, ging ich nachsehen, warum er so lange brauchte . . .»

«Wie lange hat er denn genau gebraucht?»

«Ja, also das ist schwer zu sagen . . .»

«Eine Stunde oder eine halbe?», beharrte die stellvertretende Staatsanwältin.

Luigi Masuli dachte ernsthaft über die Frage nach.

«Eine halbe Stunde wohl», antwortete er und nickte bestätigend.

«Und was haben Sie und Ihr Jagdfreund in dieser halben Stunde gemacht?»

«Wir haben die Gegend nach Spuren abgesucht, da waren überall welche. Was hat das denn damit zu tun?», fragte er und sein Gesicht verdüsterte sich plötzlich. «Wir haben sie nur gefunden. Was haben *wir* mit der Sache zu tun?»

«Das wollen wir ja gerade herausfinden, Signor Masuli. Sie sind ein Zeuge, und ich habe die Aufgabe, so genau wie möglich festzuhalten, wie alles abgelaufen ist!»

Luigi Masuli ließ von seiner Mütze ab. Schweißperlen standen ihm auf der Stirn. Er kramte in seiner Jacke nach einem Taschentuch.

«Ich habe in meinem ganzen Leben noch nie mit der Justiz zu tun gehabt. Ich bin neunundfünfzig Jahre alt, und das ist das erste Mal, dass ich hier bin. Ich weiß wirklich nicht, was Sie von mir wissen wollen: Wir haben das Mädchen doch nur gefunden.»

Danila Comastri umfasste die Bügel ihrer Brille mit Daumen und Zeigefinger und rückte sie zurecht. Dann wandte sie sich wieder den maschinengeschriebenen Blättern in dem Ordner zu, der auf ihrem Schreibtisch lag.

«Also sind Sie zur Straße gegangen, um nachzusehen, warum Ihr Freund nicht kam», setzte sie die Vernehmung in förmlichem Ton fort.

«Ja», antwortete Luigi Masuli schlicht. Er wirkte beunruhigt. «Als ich ihn dann sah, war er noch nicht mal bis zum Auto gekommen: Er war dabei, den Müll, der da überall rumlag, einzusammeln. Da habe ich zu ihm gesagt, dies sei wohl nicht der geeignete Zeitpunkt für solche Sachen und dass die Hunde langsam unruhig würden. Aber er hörte mir überhaupt nicht zu. Es schien, als habe er mich gar nicht bemerkt, denn er hat einfach weiter die Abfälle in einen Karton getan. Da habe ich die Hunde dann selber geholt und zur Lichtung gebracht. Als ich ankam, habe ich Elio erzählt, was los gewesen war, und er meinte, er wolle mal nach dem Maresciallo sehen. Ich bin mit den Hunden zurückgeblieben und wollte ihnen ein bisschen Bewegung verschaffen. Da haben sie plötzlich wie verrückt getan, und dann ...»

«Und dann?»

«Dann haben sie angefangen zu buddeln, und so habe ich sie gefunden. Wie ein Wahnsinniger habe ich dann versucht, die Hunde wegzuziehen, und es schließlich auch geschafft, sie anzuleinen und zum Transporter zu zerren, wo ich dann wieder auf die anderen traf ...»

»... Luigi rief uns zu, dass die Hunde etwas gefunden hätten, aber sein Gesichtsausdruck verhieß nichts Gutes.» Elio Parodi setzte sich energisch auf dem unbequemen Besucherstuhl zurecht, der vor dem Schreibtisch der stellvertretenden Staatsanwältin stand. «Wir sind dann gleich hinter ihm hergerannt und entdeckten einen Haufen zerwühlter Erde und etwas, das ich nie vergessen werde: eine Hand, die aus dem Boden ragte. Ich war total durcheinander. Ein Glück, dass Nicola, ich meine Maresciallo Pili, einen kühlen Kopf bewahrt hat. ‹Ihr müsst die Polizei holen›, hat er gesagt. ‹Wir haben die Leiche von Ines Ledda gefunden.› Kann ich aufstehen?», fragte er unvermittelt.

Danila Comastri lächelte das erste Mal an diesem Tag.

«Sicher, wenn Ihnen das lieber ist», stimmte sie zu. «Diese Stühle sind nicht gerade bekannt dafür, dass sie bequem sind.»

Elio Parodi schüttelte den Kopf.

«Es ist nicht der Stuhl, Dottoressa. Ich bin mir sicher, dass in diesem Zimmer sogar ein Federbett unbequem wäre!»

«Kennen Sie Maresciallo Pili schon lange?»

«Seit rund zwanzig Jahren . . .»

Maresciallo Pili nahm seinen Bericht wieder auf. «Wir waren ganz zufällig in der Gegend», sprach er sehr betont. «Da gibt es ziemlich viele Wildschweine», fügte er hinzu.

Das Büro der stellvertretenden Staatsanwältin nahm für die Zeugen langsam eine völlig neue Bedeutung an.

«Haben Sie eine Tochter?», fragte die Dottoressa.

Der Maresciallo runzelte die Brauen. «Wie meinen Sie das?», fragte er, um ein wenig Zeit zu gewinnen.

Die Staatsanwältin formulierte die Frage anders.

«Nein. Zwei Söhne», antwortete der Maresciallo schließlich. Seine Stimme verriet deutlich seine Unruhe.

«Reine Routine, Maresciallo», klärte ihn die Dottoressa auf. «Einfach, um besser verstehen zu können, inwieweit Sie mit der Sache zu tun haben. Bei einem so schrecklichen Verbrechen muss ich mir auch ein Bild von den psychologischen Zusammenhängen machen.»

Der Maresciallo verstand nicht. «Wenn überhaupt», fiel der Maresciallo ihr unwillig ins Wort, «so muss man so schnell wie möglich die Zusammenhänge klären, die dieses Schwein betreffen, das sie getötet hat!»

«Sicherlich», sagte die Frau mit unbeweglicher Miene. «Es ist immer dasselbe: Seitdem ich auf Sardinien bin, passiert es mir ständig, dass ich die Empfindsamkeit der Sarden verletze.»

«Nehmen Sie es mir nicht übel», erwiderte der Maresciallo, «aber es ist nicht gerade ein angenehmes Gefühl, wenn man plötzlich vom Zeugen zum Verdächtigen avanciert.»

Die Frau lächelte, ein geschäftsmäßiges Lächeln. «Zum Verdächtigen?», wiederholte sie. «Oje, ich muss wirklich alles falsch gemacht haben. Was hätte ich denn für einen Grund, Sie zu verdächtigen, Maresciallo?»

Nicola Pili ging darauf ein. «Keinen», sagte er so schroff, wie es ihm möglich war. «Ich habe zweiundzwanzig Dienstjahre beim Militär auf dem Buckel, habe mich stets tadellos verhalten und immer vollen Einsatz gebracht!»

«Warum haben Sie dann Ihren Abschied eingereicht?»

«Mit Verlaub, Dottoressa, aber das ist nun wirklich meine Privatsache und hat nichts zu tun mit –»

«Ja, ja, das wissen wir bereits», unterbrach ihn die Staatsanwältin. Das blonde Haar leuchtete wie ein goldener Kranz um ihren Kopf. «Aber Sie wissen so gut wie ich», fuhr sie fort, «dass ich verpflichtet bin, zunächst einmal alle zu verdächtigen. Sie waren am Fundort der Leiche und hatten sich, nach Aussage Ihrer beiden Freunde, den ganzen Morgen über merkwürdig verhalten. Und dabei habe ich noch nicht einmal die Tatsache in Betracht gezogen, dass Sie die Leiche identifizieren konnten, ohne sie überhaupt ganz gesehen zu haben.»

«Ich bin schließlich Carabiniere!», rief der Maresciallo aus. «Seit einem Jahr war das Verschwinden des Mädchens in aller Munde!»

«Bitte beruhigen Sie sich doch», beteuerte die Frau. «In diesem Amt nehmen wir nichts einfach so als gegeben hin, und ich kann Ihnen versichern, dass ich alles in meiner Macht Stehende tun werde, um den Fall aufzuklären. Deshalb halten Sie sich bitte zur Verfügung. Guten Tag!»

Der Maresciallo sprang auf und ging hinaus, ohne die ihm zum Gruß dargebotene, beringte Hand der Frau zu ergreifen.

5

Der große Dünne war Giovanni, wurde von seinen Freunden aber nur «Maciste» genannt, was so viel bedeutete wie «Kraftprotz». Das war der, der die Katze seiner Exfreundin mit einem Stein totgeschlagen hatte, weil besagte Freundin nicht mehr ans Telefon gegangen war und es ihm auch sonst nicht gelungen war, an sie heranzukommen, weil sie nur noch in Begleitung ihres Bruders aus dem Haus ging. Der kleinere hieß Giovanni «Coddanzinu» bzw. «der Schwengel». Er war Meister im Gewichtheben gewesen, und als er einmal zur Musterung in Cagliari war, hatte er es in einer einzigen Nacht elfmal mit der gleichen Prostituierten getrieben. Dann war da Egidio Ichnusa, der «Schluckspecht», der dreißig Bierchen zischen konnte, ohne dass man ihm auch nur das Geringste anmerkte, der nach dem einunddreißigsten aber einen Fiat Cinquecento umschmeißen konnte. Und dann war da noch Paolo Sanna.

Um neun Uhr abends war hier also die ganze Stadt versammelt. In absoluter Stille. Wenn die Bars langsam zumachten, nur noch die Leere blieb.

Maciste hatte die Angewohnheit, beim Gehen immer irgendetwas vor sich herzukicken. Ihm gehörte das Auto, ein alter Fiat 127 Super. Coddanzinu trug auch im Winter nur Unterhemden. Und Paolo Sanna hatte es mit dem Reden nicht so und mit den Frauen noch viel weniger. Klar, wenn man bei so einer alten Frau lebte, dann fiel es einem schwer – sogar ziemlich schwer –, so zu sein wie die anderen.

Corso Garibaldi um neun Uhr abends. Die Schritte der wenigen Passanten, die nach dem allabendlichen Flaniergang noch unterwegs waren, hallten auf dem Granitpflaster der Straße wider.

Die Dose, die Maciste vor sich herkickte, gab ein schepperndes Geräusch von sich. Ichnusa war inzwischen beim einunddreißigsten Bierchen angekommen, hoffte aber, heute einen neuen Rekord aufzustellen. Er rülpste und trug damit zur allgemeinen Belustigung bei. Coddanzinu meinte, jetzt wäre es schön, in Cagliari zu sein.

So hieß man die Nacht willkommen.

Sie bogen in eine kleine Gasse und gelangten zur Piazza Vittorio Emanuele. Die vier wandten sich automatisch in die gleiche Richtung, wie altgediente Lasttiere, die den immer gleichen Pfad entlangtrotten.

«An den Gärten bauen diese Mistkerle jetzt einen Parkplatz», sagte Maciste und schleuderte die Dose in den Brunnen, der kein Wasser mehr enthielt.

«Diese bescheuerte Bürgermeisterin!», bestätigte Ichnusa.

Ein Stück weiter vorn, hinter der betonierten Fläche, hatte man Palisaden aufgerichtet, um die Baustelle abzugrenzen.

«Die müssen doch die Pinien umnehmen», meinte Maciste und lehnte sich über die Umzäunung, um den Baufortschritt besser begutachten zu können. An dem Wellblech, das die Sicht auf die Baustelle versperrte, waren Protestplakate angebracht worden.

Ichnusa rülpste. Dann knöpfte er sich die Hose auf und pinkelte an die Plakate. Coddanzinu stieß ihn mit der Schulter an, und Ichnusa prallte gegen das Wellblech, das ein metallisches Dröhnen von sich gab.

«Du bist doch ein blöder Sack!», fluchte Ichnusa und richtete seinen Strahl auf Coddanzinu. Er hatte sich seine Hosen ganz nass gemacht. «Was soll der Scheiß, du Arschloch?», schimpfte er und versuchte noch einmal, Coddanzinu mit dem Strahl zu treffen. Doch dieser war wendig trotz seiner mächtigen Statur, die zwei Nummern zu groß geraten schien, und benutzte seine Freunde als Schutzschild. Ein allgemeines Durcheinander folgte.

«He!», rief Maciste. «Ich kann nichts dafür!»

«Ich reiß dir den Arsch auf!», drohte Ichnusa und knöpfte sich seine Hose wieder zu.

«Laß gut sein . . .», Paolo Sanna versuchte sie zu beruhigen. «Das war doch nur ein Witz.»

«Ein Scheißwitz, ich hau ihm den Schuh in den Arsch!»

«Na, komm schon, probier's doch», provozierte Coddanzinu seinen Kumpel. «Und wenn du grad schon dabei bist, dann kannst du ja meinen kleinen Freund hier auch gleich bedienen», stichelte er weiter und machte dabei eine aufreizende Bewegung mit den Hüften, die Hand auf den Schritt gelegt.

Maciste hatte sich inzwischen sicherheitshalber entfernt und war über die Betonabgrenzung gestiegen, die den mit Autos zugeparkten Bürgersteig von dem verbliebenen Durchgang trennte. Wie ein Ringkämpfer hielt Paolo Ichnusa fest und schrie die beiden immer wieder an, endlich aufzuhören. Coddanzinu beendete seine pantomimische Darbietung, hielt sich aber etwas abseits, damit Ichnusa, der immer noch mit den Füßen nach ihm trat, ihn nicht erwischen konnte.

«Jetzt ist aber Schluss!», befahl Maciste und stieg vorsichtig über die Abgrenzung. Ichnusa schien sich etwas beruhigt zu haben und befreite sich mit einem Ruck aus Paolos Klammergriff. Coddanzinu, der sich abseits hielt, schlug eine Kampfpause vor. So einigte man sich auf einen Waffenstillstand, und es folgten einige Schweigeminuten.

«Das kriegst du zurück», zischte Ichnusa und setzte sich auf eine Parkbank, um seine durchnässten Hosen zu kontrollieren. «Irgendwann kriegst du das zurück», sprach er wie zu sich selbst.

So saßen sie alle vier schweigend da und lauschten in das Dunkel der Nacht. In irgendeinem Winkel ihres Gehirns begann ein gemeinsamer Gedanke Gestalt anzunehmen. Maciste bearbeitete einen Pinienzapfen mit Fußtritten.

«Was machen wir jetzt?», fragte Coddanzinu und zog ein Päckchen Zigaretten aus dem Ärmel.

«Wir machen das, was wir tun müssen», kündigte Maciste an. Er stand auf und ging zu seinem alten 127er hinüber, den er in der Nähe geparkt hatte. Die anderen folgten ihm. Sie sahen, wie er sich am Kofferraumschloß zu schaffen machte.

Paolo wusste nicht, was los war, aber voller Sorge bemerkte er, dass Macistes Augen einen merkwürdigen Glanz angenommen hatten. Und er sah, wie Maciste mit fahrigen Bewegungen den Kofferraumdeckel öffnete und eine Motorsäge herausholte.

«Diese Bürgermeisterin wird unsere Pinien nicht umnehmen!», sagte er und warf den Motor an. Die Säge dröhnte dumpf und schien ihn zu den Bäumen hinzuführen.

Er setzte die Säge an und durchtrennte den Stamm, als wäre er butterweich. Maciste blickte sich um, lächelte und atmete den frischen Harzduft ein. Der erste Baum fiel, beugte sich der zerstörerischen Kraft, und seine Äste und Zweige schlugen raschelnd auf dem Boden auf.

Die Säge wurde von Hand zu Hand gereicht.

Überall im Körper spürte Paolo das Vibrieren des Motors wie eine lebendige Kraft, und bei jedem Druck auf den Stamm fühlte er, wie zentimeterweise das Leben aus dem Baum wich. Mit einer schon vergessen geglaubten Lebendigkeit, mit einem Kopf, der endlich frei und klar war.

Maciste lächelte immer noch, als sei ihm soeben eine Offenbarung zuteil geworden. Und er verstand, ohne wirklich zu verstehen, und ließ es zu, dass der Wunsch begleitet wurde von der dazugehörigen Geste, der Geste allein. Und er lauschte dem Klagen des Baumes, ohne sich zu fragen, wie er ihn je für etwas Lebendiges hatte halten können.

Coddanzinu packte die Motorsäge, hielt sie in die Leisten gestemmt in die Höhe, richtete sie auf wie einen Schwanz, der nicht mehr nur ein Phantasiegebilde war, um diesem Baum, der Welt, dem ganzen Leben Gewalt anzutun.

6

Immer, wenn das Telefon mitten in der Nacht klingelte, wusste Eugenio Martis mit Gewissheit, dass es keinen Gott geben konnte. Er streckte einen Arm unter der Decke hervor und wollte glauben, dass es der Wecker war, der läutete. Aber das Klingeln war nun einmal eindeutig. Und unausweichlich. Es *war* das Telefon, das um zwei Uhr morgens klingelte, und einen Gott konnte es einfach nicht geben! Und wenn doch, dann amüsierte er sich gerade königlich.

Im Dunkeln tastete er nach dem Hörer. Er erkannte die Stimme von Giuseppe Fara, seinem Kollegen.

«Sie hat wieder einen Nervenzusammenbruch! Ist total durchgedreht!», keuchte die Stimme am andern Ende der Leitung. «Sie fragt nach dir und lässt sich nichts sagen.»

Eugenio Martis versuchte sich zu konzentrieren. Er hatte gerade geträumt, dass seine alte Grundschullehrerin ihm im Schulklo Avancen machte. Einen Moment lang war das Klingeln des Telefons als Pausenglocke in seinen Traum eingedrungen, gerade in dem Moment, als die auf einmal weder häßliche noch alte Lehrerin ihm die unbestrittene Überlegenheit der Frau über den Mann demonstrierte. Dies machte die Unterbrechung doppelt schmerzhaft.

«Wie spät ist es, verdammt noch mal?», fragte er mit belegter Zunge.

Giuseppe Fara schluckte. «Fast zwei . . .», antwortete er und beschönigte die Uhrzeit damit ein wenig. «Habe ich dich geweckt?»

«Nein, um diese Zeit trainiere ich gewöhnlich das Wachbleiben – für das Guinness-Buch der Rekorde, weißt du!»

Die Stimme am andern Ende wurde etwas gedämpfter. «Wenn es nicht wirklich wichtig wäre, hätte ich dich nicht geweckt.»

«Ist schon okay», beteuerte Eugenio. «Morgen erwartet mich sowieso nur ein Scheißtag. Was an sich schon eine Verbesserung bedeutet, wenn ich an den Tag denke, den ich hinter mir habe.» Er ärgerte sich, weil er mitten in einer Erektion geweckt worden war.

«Lina hatte eine Krise», sprach Giuseppe Fara weiter. «Sie fragt nach dir. Jemand hat ihr eine Zeitung gezeigt . . .»

«Hab Erbarmen mit mir, Giuseppe, und gib ihr einfach ein Fläschchen Tavor», bat ihn Eugenio mit einem letzten verzweifelten Aufbäumen.

«Ich glaube, du solltest wirklich kommen. Sie hat sich in der Küche eingeschlossen. Sie sagt, sie wolle sich umbringen und dass sie nur mit dir allein reden möchte!»

Lina.

Eugenio Martis setzte sich im Bett auf. Wie im Traum begann er, sein Schlafanzugoberteil aufzuknöpfen. Er fasste die Situation kurz im Geiste zusammen: Lina Piredda war zu dreißig Jahren Haft verurteilt worden, nachdem sie ihren Mann mit einem Hammer erschlagen hatte. Nach außen hin wirkte sie ruhig, aber nach zwei Jahren Therapie hatte sie unzählige Zusammenbrüche hinter sich. Sie redete mit fast niemandem, und Eugenio war der erste Mensch überhaupt, mit dem sie richtig gesprochen hatte. Der Psychologin, die sie vor ihm betreut hatte, war es nicht gelungen, sie überhaupt zum Reden zu bewegen.

Doch auch für Eugenio waren die ersten Monate alles andere als leicht gewesen. Die Frau war stur, sie wollte nicht über die Umstände sprechen, die sie ins Gefängnis gebracht hatten, und diese Weigerung hatte ihr die Höchststrafe eingebracht. So hatte Eugenio einen ganzen Monat mit Warten zugebracht, hatte nur allgemeine Fragen gestellt, sie aufgefordert, nur dann zu sprechen, wenn ihr danach war. Und er hatte beobachtet, wie die Frau immer unruhiger geworden war, aber auch irgendwie dankbar für die Beharrlichkeit, mit der er sich um sie kümmerte. Er konnte sehen, wie sie sich ihm von Tag zu Tag mehr öffnete, wie sie mal fröhlich, mal bekümmert wirkte, aber auf jeden Fall eine Reaktion zeigte.

Nach ihrem ersten Nervenzusammenbruch begann sie zu sprechen und erzählte ihm von einem schrecklichen Alptraum, den sie gehabt hatte. Sie sprach fünf oder sechs Minuten ohne Unterbrechung und war selbst überrascht, dass ihr die Worte nach all der Zeit so leicht und auch so präzise über die Lippen gingen. Eugenio lächelte ihr hin und wieder zu und brachte sie dazu, sich an jede noch so geringe Einzelheit aus diesem Traum, der sie derart erschüttert hatte, zu erinnern. Und so erzählte sie, dass jemand eine Zeitung auf einem Tisch im Speisesaal habe liegen lassen und dass diese Zeitung nur schlechte Nachrichten enthalten habe, dass die Welt ein so schrecklicher Ort sei und das Leben an sich schrecklich und dass sie sich nicht mehr sicher fühle. Und sie habe die ganze Nacht über von ebendiesen Dingen geträumt, über die sie in der Zeitung gelesen habe, so dass sie schließlich zu der Überzeugung gelangt sei, sich das Leben zu nehmen. So hatte sie versucht, sich mit einer Bluse aufzuhängen.

«Ich denke, dass du hier im Gefängnis auf jeden Fall in Sicherheit bist», hatte Eugenio zu ihr gesagt. Und sie hatte gelächelt. Plötzlich hatte sie um die Augen und den Mund herum unzählige kleine Lachfältchen gehabt. Dann war sie zu ihm getreten und hatte ihm beide Hände gedrückt.

Dennoch war es ein Sieg von kurzer Dauer gewesen. Es folgten weitere Zusammenbrüche, und nach ein paar Monaten hatte sie versucht, sich die Pulsadern mit einer Spiegelscherbe aufzuschneiden. Diesmal hatte ihr ein Verwandter – der Einzige, der sie hin und wieder besuchen kam – erzählt, dass ein alter Nachbar daheim gestorben sei. Daraufhin habe sie sich nicht mehr so sicher gefühlt, und ihr Kopf sei nur von einem einzigen Gedanken beherrscht worden, von einer einzigen Gewissheit: dass es keinen Sinn hatte weiterzumachen, dass es im Grunde nur verlorene Zeit war. Sie sagte, dass sie ihr ganzes Leben damit zugebracht habe, so zu tun, als wäre nichts, sich einzureden, dass man die Dinge nun mal so nehmen müsse, wie sie sind. Aber das Leben hatte sich gegen sie verschworen, um ihr zu zeigen, dass sie immer im Unrecht gewesen war. Außer ein einziges Mal, jenes eine Mal. Das war, als habe sie eine Schuld beglichen, eine Schuld, für die man ein Leben lang bezahlt. Sie habe diese Schuld auf einmal bezahlt, mit diesem einen Mal . . .

»Bist du noch da?», krächzte Giuseppe Fara in den Hörer.

Eugenio fuhr zusammen und unterdrückte ein Stöhnen, als ihm die Kälte des Fußbodens unter seinen nackten Füßen bewusst wurde.

«Sag ihr, ich komme!»

Obwohl er durch die halbe Stadt fahren musste, brauchte er mit dem Auto um diese Uhrzeit nur zehn Minuten. Der Motor stotterte, vielleicht wollte auch er seinem Protest Ausdruck verleihen. Eugenio hielt den Zündschlüssel gedreht und wartete ein paar Sekunden, um den Motor warm werden zu lassen. Dann legte er den ersten Gang ein und fuhr los.

. . . Lina hatte schon öfter kleinere Nervenzusammenbrüche gehabt, alle ausgelöst durch Dinge, die sie auf dem Gang von ihren Mithäftlingen aufgeschnappt hatte. Schließlich hatte sie sich vorgenommen, die Wirklichkeit auszusperren, doch diese schaffte es trotzdem immer wieder, in irgendeiner Form zu ihr durchzudringen und ihr mühsam gefundenes Gleichgewicht zu erschüttern. Sie *selbst* musste sich schützen. Darauf waren einige Monate der Ruhe gefolgt, in denen sie dank des Einsatzes des Gefängnisdirektors mit kleineren Arbeiten innerhalb der Haftanstalt betraut wurde. Während des Verfahrens damals war Lina als geistig völlig gesund bezeichnet worden, als eine Frau, die für ihre Handlungen zur Rechenschaft gezogen werden kann, und dies verurteilte sie gleich in doppelter Hinsicht: einerseits zu einer Haftstrafe und andererseits zu einem Leben in der Realität. Sie schien diese Tatsache zu akzeptieren, aber sie zog sich völlig in sich selbst zurück, weigerte sich zu sprechen, schloss sich in einem Gefängnis ein, das viel schlimmer war, als das, zu dem die Gesellschaft sie verurteilt hatte. So wurde sie schließlich zur Therapie geschickt . . .

Der Wachmann am Gefängnistor grüßte mit einer ausladenden Handbewegung.

«Fahren Sie nur durch, Dottore, man wartet schon auf Sie», kündigte er an und entriegelte das automatische Gittertor.

Das riesige Bauwerk des Bezirksgefängnisses war taghell erleuchtet und wirkte wie eine Filmkulisse. Eugenio fuhr noch ein Stück auf den Hof, der so groß war, dass man hier bequem alle Einwohner Nùoros hätte versammeln können, ohne dass es eng geworden wäre. Er parkte so nah wie möglich am zweiten Wachhaus. Ein anderer Wachmann grüßte ihn freundlich und öffnete die Automatiktür. Eugenio machte Anstalten, seinen Ausweis zu zücken, aber der Wachmann winkte ab, als wolle er sagen: «Aber ich bitte Sie, Herr Doktor!»

Der Therapeutin gegenüber, die sie vorher betreut hatte, hatte Lina sofort ein feindliches und misstrauisches Verhalten an den Tag gelegt. Trotz allem schien sie unfähig zu sein, mit Frauen zu kommunizieren. In der zweiten Sitzung konnte die Therapeutin in letzter Minute von einer Justizvollzugsbeamtin gerettet werden, nachdem Lina sich auf sie gestürzt und versucht hatte, sie zu erwürgen. Danach hatte es noch weitere derartige Versuche gegeben, und man musste die Patientin schließlich anbinden. Zu der Zeit war man an Eugenio herangetreten.

Er arbeitete im Männertrakt und hatte bereits mit einigen aggressiven Patienten zu tun gehabt. Und so kam Lina zu Eugenio.

Und die Therapie hatte erste Früchte gezeigt: Lina hatte begonnen, auf allgemeine Fragen zu antworten, und die Nervenkrisen waren seltener geworden. Es war, als habe sich alles auf dieses eine Mal konzentriert, als sie mitten in der Nacht aufgestanden war, im Werkzeugkasten ihres Mannes herumgesucht und ihm den Kopf mit einem Hammer eingeschlagen hatte. Aber das Thema selbst war nie deutlich zur Sprache gekommen, es lauerte unter der Oberfläche, war ständig da und wurde aber trotzdem nie beim Namen genannt. Eugenio wusste, dass eine direkte Frage in dieser Richtung zwei Jahre mühseliger Therapiearbeit zunichte gemacht hätte. Er wusste auch, dass Lina von sich aus über diese Nacht sprechen würde, wenn die Zeit reif wäre ...

Nachdem Eugenio mehrere Höfe überquert und an verschiedenen Wachen vorbeigekommen war, gelangte er schließlich in den Frauentrakt des Hochsicherheitsgefängnisses von Badu 'e Carros.

7

Ein eisiger Wind hatte die Luft gereinigt. Hinter der dunklen Silhouette der großen Wohnhäuser wurde der Himmel schon heller. Das milchige Licht versprach wieder einen neuen Morgen. Ein weiterer zu kurzer Tag kündigte sich an, und bald würde der Mond hinter der dicken grauen Wolkendecke verschwinden.

Maresciallo Pili spürte, dass er völlig verspannt dasaß. Er lockerte seinen Griff um die Sessellehne und versuchte, das taube Gefühl in seiner Hand loszuwerden, indem er sie rhythmisch öffnete und wieder zur Faust ballte.

Die Pendeluhr in dem bescheidenen Wohnzimmer schlug dreimal.

Er stand auf. Nach dem Schmerz in seinem Rücken zu urteilen, musste er wohl eingeschlafen sein, aber er war sich nicht sicher. Viel wahrscheinlicher war es, dass er einfach nur dagesessen und nachgedacht hatte, dass sein Geist seinen Körper einfach vergessen hatte. Er hatte sich wieder einmal in einer Kette von Gedanken verloren, die ihn Raum und Zeit vergessen ließen. Gleichzeitig hatte die Schwerkraft ihre Wirkung gezeigt und ihn langsam, aber stetig in eine unmögliche Haltung sinken lassen, die er bei vollem Bewusstsein nicht lange ausgehalten hätte. Dann hatte ihn irgendetwas aus diesem tranceartigen Zustand geweckt und ihm seine unbequeme Haltung ins Bewusstsein gebracht. Seine Hand hatte zu schmerzen begonnen, ebenso sein Nacken und der ganze Rücken.

Er erhob sich und blickte aus dem Fenster. Er sah zu, wie der Wind Blätter und Papierfetzen vor sich hertrieb, und hörte, wie er an den Scheiben rüttelte. Vielleicht war es dieses Geräusch gewesen, das ihn geweckt hatte.

In der Wohnung war es warm. Er schaute auf und blickte hinüber zu der Häusergruppe, in der das Mädchen gewohnt hatte. Und wieder überkam ihn dieses merkwürdige Gefühl der Schwerelosigkeit. Er ließ seinen Blick über die kahlen Äste der Bäume schweifen, über die Schilder, die leicht im Wind schwankten, bis zu den Fenstern in der Ferne, die von hier aus wirkten, als seien sie erleuchtet. Bis sein Blick schließlich die Wohnung erreicht hatte, in der ein Mann und eine Frau um ihre zwölfjährige Tochter weinten.

«Nicola, du weißt genau, dass es so nicht weitergehen kann!»

Agnese, seine Frau, war zu ihm ins Wohnzimmer getreten. Nachdem sie aus dem Bett gestiegen war, hatte sie sich ein Wolltuch um die Schultern gelegt, das sie nun mit verschränkten Armen vor der Brust zusammenhielt, um sich zu wärmen.

«Kannst du nicht schlafen?», fragte sie halblaut.

Der Maresciallo schüttelte den Kopf.

«Du solltest mal zum Arzt gehen», drängte die Frau. «Vielleicht kann er dir etwas geben . . .»

«Ich brauche keinen Arzt! Ich brauche nur ein bisschen Ruhe.» Die Stimme des Maresciallo klang matt. Er wandte sich seiner

Frau zu. Sie stand dort im schwachen Schein des Nachthimmels. Er sah, wie sie das Tuch fester um die Schultern zog und sich dann mit einer Hand durch das Haar fuhr, das schon ganz grau war. «Weißt du noch, wann Loredana gestorben ist?» Zu seiner eigenen Überraschung hörte er sich diese Frage stellen. Aber vielleicht war es ja dieser Gedanke gewesen, der ihn die ganze Nacht wach gehalten hatte.

Agnese blickte ihn an und versuchte, sein Gesicht, das im Schatten lag, im Lichte des Fensters zu erkennen. Sie seufzte tief. «Ja», antwortete sie. «So etwas vergisst man nicht.»

Der Maresciallo nickte. Wie hatte es so weit kommen können, dass er diesen Tag all die Jahre über aus seinem Gedächtnis verdrängt hatte, wie hatte sich dieser Gedanke derart verflüchtigen können, dass er nun Mühe hatte, sich daran zu erinnern?

«Wie haben wir es nur geschafft weiterzumachen?», fragte er.

Agnese trat ein paar Schritte zurück, tastete mit der Hand nach der Sessellehne und setzte sich.

«Da waren ja noch die anderen Kinder», sagte sie und strich sich eine Strähne aus dem Gesicht. «Und wir waren zwanzig Jahre jünger.» Sie schloss die Augen und lehnte den Kopf gegen die gepolsterte Nackenstütze des Sessels. «Auch das wird einmal vorbei sein, Nicola. Es kann ja nicht immer so weitergehen.»

«Bei der Staatsanwältin hatte ich richtige Schuldgefühle», gab der Maresciallo schließlich zu. «Und manches, was eigentlich ganz harmlos ist, kann man so schwer erklären.»

«Was denn, Nicola?», fragte Agnese mit schwacher Stimme.

«Dinge, die man zu lange unter Verschluss gehalten hat, die man noch nicht einmal vor sich selbst zugeben mag. Und so macht man halt weiter und tut so, als wäre nichts geschehen, bis man eines Tages ein kleines Mädchen trifft, das gerade aus der Schule kommt, und merkt, dass dieses Mädchen aussieht wie das eigene Kind. . .»

«Das ist es also?» Agnese spürte eine leise Angst in sich aufsteigen.

Der Maresciallo nickte und änderte seine Haltung ein wenig. Er war jetzt hellwach und wieder völlig Herr über seinen Körper, der endlich seine wohlverdiente Ruhe forderte. Er machte ein paar Schritte nach vorn und setzte sich in den Sessel gegenüber seiner Frau.

«Und die Erinnerung an damals ist plötzlich wieder da. Oft habe ich vor der Schule gestanden und gewartet, und manchmal bin ich ihr auch gefolgt.»

«Du hast mir nie etwas davon erzählt.»

«Es war mir ja selbst nicht bewusst. Ich schwöre, dass es mir selbst nicht bewusst war! Es geschah einfach. Du tust dir damit nur selbst weh, sagte ich mir immer wieder. Es war nicht deine Schuld . . .»

«Es war auch nicht deine Schuld», bestätigte Agnese und strich mit den Fingern durch die Fransen ihres Schals. Sie spürte, wie ein trockenes Schluchzen in ihrer Kehle aufstieg.

«Ich hatte getrunken!», erwiderte der Maresciallo.

«Dann war es eben meine Schuld, weil ich dich nicht am Fahren gehindert habe.» Die Frau hielt inne. «Und dieser Lkw war schuld, weil er dir den Weg abgeschnitten hat, und Loredana war auch schuld, weil sie nicht bei meiner Schwester am Meer bleiben wollte.» Agnese versuchte sich die Tränen mit dem Handrücken abzuwischen. «Aber was bringt das noch nach all diesen Jahren? Ihre Uhr war abgelaufen, und sie ist gestorben, weil es so sein sollte!» Sie stand abrupt auf und machte sich auf den Weg zurück ins Schlafzimmer. «Komm auch mit», sagte sie, ohne sich umzudrehen. «Du brauchst ein paar Stunden Schlaf.»

Der Maresciallo machte ein Zeichen mit der Hand, eine Art Gruß. Und seine Gedanken waren schon wieder auf dem Schulhof. Plötzlich wurde ihm die Lösung, die er immer gesucht hatte, in aller Deutlichkeit bewusst. «Bist du sehr müde?», fragte er unvermittelt, wissend, dass jedes Zögern ihn wieder von seinem Vorhaben abbringen konnte.

Die Frau blieb stehen. «Nein, nicht sehr», antwortete sie resigniert, ohne sich umzudrehen. «Du weißt doch, wenn ich einmal aufwache, kann ich nicht wieder einschlafen.»

«Dann setz dich», befahl der Maresciallo barsch, damit er gezwungen war, die Sache zu Ende zu bringen. «Ich muss dir was erzählen», fuhr er kurz darauf beschwichtigend fort.

Es schien eine halbe Ewigkeit zu dauern, bis Agnese sich endlich umgedreht und vorsichtig wieder im Sessel niedergelassen hatte.

«Erzähl . . .», sagte sie schließlich.

8

Die Blätter fielen herunter und verteilten sich auf dem Fußboden. Der Stift rollte unter den Schreibtisch. Giuseppina fuhr auf und öffnete die Augen. Als sie sah, was passiert war, begann sie die maschinenbeschriebenen Seiten aufzusammeln. Es war inzwischen wirklich spät geworden. Aber es hatte sich gelohnt, denn der Artikel über die Ermittlungen im Falle des ermordeten Mädchens war jetzt fertig. Nicht, dass sie viel Material zur Verfügung gehabt hätte, aber sie hatte sich dennoch gut geschlagen. Im Gericht hatte sie so gut wie nichts in Erfahrung bringen können. Die stellvertretende Staatsanwältin hatte praktisch keinen Kommentar abgegeben. Commissario Curreli von der Questura, der mit dem Verschwinden von Ines Ledda betraut war, war auch nicht viel gesprächiger. Und so hatte sie nur noch die indirekten Quellen zur Verfügung gehabt: die Beamten, die den Fundort der Leiche gesichert bzw. durchsucht hatten, einen Freund, der in der Telefonzentrale der Questura arbeitete, die Pförtner beim Gericht, denen nichts entging, was auf den Gängen gesprochen wurde, und ein paar Kollegen, mit denen sie gelegentlich Informationen austauschte.

So war der Artikel entstanden. Die drei Jagdfreunde, die die Leiche des Mädchens beim Durchkämmen des Waldes gefunden hatten, waren als erste von der Staatsanwaltschaft vernommen worden, dann war die Leiche identifiziert worden, und darauf wurde dann die Leichenschau vorgenommen. Der Mutter des Mädchens war schlecht geworden, und der Vater hatte Gerechtigkeit verlangt. Aus sicherer Quelle hatte sie erfahren, dass es weder Anzeichen für einen Kampf gab noch irgendwelche Blutspuren am Fundort der Leiche, was darauf schließen ließ, dass das Mädchen anderswo getötet und dann erst in den Wald gebracht worden war, um dort vergraben zu werden.

Das einzige Problem war noch die Autopsie. Die Ergebnisse waren nämlich nicht bekannt gegeben worden. Und diese Tatsache schien durchaus bedeutsam zu sein, da das Mädchen nach Angaben gut informierter Quellen missbraucht worden war.

Aber niemand hatte ihr auf diese Frage eine konkrete Antwort geben wollen, alle hatten sich hinter einem undurchdringlichen «Kein Kommentar» verschanzt.

Das war genau die Richtung, in der sie weiter nachforschen musste. Wenn die Autopsie den Ermittlern wichtige Hinweise geliefert hatte, so war die Gerichtsmedizin die letzte Bastion, die es einzunehmen galt.

Auch was die angebliche Verabredung des Mädchens betraf, hatten sich keinerlei neue Erkenntnisse ergeben, aber sie war weiterhin davon überzeugt, dass da irgendetwas dahinter steckte.

Es war notwendig, gründliche Nachforschungen in der Schule anzustellen. Sie musste jede einzelne Minute des Tages, an dem Ines Ledda zuletzt lebend gesehen worden war, rekonstruieren. Dazu musste sie alle Aussagen, die bei der Polizei gemacht worden waren, noch einmal durchgehen. Noch einmal mit den Klassenkameradinnen sprechen, mit den Freundinnen, den Lehrern, dem Pfarrer. Mit der Katechismuslehrerin, dem Arzt, den Eltern und dem Bruder.

Und sie würde auch mit Eugenio sprechen.

In diesem Bewusstsein ordnete sie die restlichen Blätter, verzichtete aber darauf, heute Abend noch unter den Tisch zu kriechen, um den Stift aufzuheben. Dann schaltete sie die elektrische Schreibmaschine aus.

Sie würde mit Eugenio sprechen.

Bevor sie den Raum verließ, um ins Schlafzimmer zu gehen, warf sie noch einen letzten Blick auf ihren Schreibtisch: Sie würde diesen Fall lösen. Sie allein würde ihn lösen. Und nichts und niemand würde sie daran hindern. Bei der Zeitung wäre sie nicht länger das Mädchen für alles, sie würde die Achtung aller Kollegen erlangen. Vielleicht würde sie auch nach Cagliari gehen, und dort würde man sie dann mit den wichtigsten Fällen betrauen.

Sie würde mit Umsicht und Bedacht vorgehen, und jeder Baustein würde schließlich an seinen Platz kommen. Wichtig war, dass sie jedem noch so kleinen Hinweis nachging, auch denen, die auf den ersten Blick nichtssagend aussahen.

Das Bett war noch von der letzten Nacht zerwühlt. Eugenios Schlafanzugoberteil lag unordentlich auf dem Bettrand.

Sie würde mit ihm darüber sprechen: Das war ihre einzige Möglichkeit, an Informationen aus der Gerichtsmedizin zu kommen.

Schließlich zog sie sich das Schlafanzugoberteil über.

9

Bis auf die kleine Gruppe von Justizvollzugsbeamten, die vor dem Eingang zur Großküche Aufstellung genommen hatte, lag dieser Trakt des Hochsicherheitsgefängnisses in völliger Stille da. Doch das Schweigen der dicht beieinander stehenden Wärter und Wärterinnen, die mit ihren Waffen in der Hand einen Halbkreis um die Doppeltür gebildet hatten, war ein nervöses Schweigen.

Eugenio Martis konnte seinen aufkommenden Ärger nur mühsam unterdrücken.

«Sie will sich doch nur selbst etwas antun!», schimpfte er. «Warum musstet Ihr denn gleich mit dem ganzen Exekutionskommando anrücken?»

Giuseppe Fara zuckte die Schultern. «Das ist so Vorschrift», meinte er.

Der Gefängnisdirektor, der einen Trenchcoat über seinem Schlafanzug trug, hatte eine Haltung eingenommen wie ein General im Manöver.

«Sie will nur mit *Ihnen* sprechen!», schaltete er sich ein und ging dem Neuankömmling ein paar Schritte entgegen.

Eugenio beachtete ihn nicht. Er ging an den Wärtern vorbei bis zur Tür, die in den Küchentrakt führte.

«Lina, ich bin's! Ich bin da», sprach er betont deutlich. Dann bedeutete er den Beamten mit einem Handzeichen, zurückzutreten. Der Direktor tat es ihm gleich, und die Wärter traten langsam zurück und stellten sich zu beiden Seiten der Küchentür auf. Es dauerte noch eine Weile, bis die Frau schließlich mit schwacher Stimme antwortete.

«Dottore, sind Sie das?», fragte sie.

«Ja, ich bin's», bestätigte Eugenio und zog seinen Mantel aus. «Als ich erfahren habe, dass du mich brauchst, bin ich gleich losgefahren. Ich komm jetzt zu dir rein und hol dich.»

Die Frau antwortete nicht. Eugenio drückte die Doppeltür zum Küchentrakt mit einer Hand auf und ging hinein.

Er blickte sich um, den herben Geruch nach Gewürzen in der Nase. Er bewegte sich langsam vorwärts und rief: «Lina, ich bin's, ich bin da . . .»

Kurz darauf tauchte ihr Oberkörper langsam hinter dem großen Herd auf. Eugenio erblickte ihr Gesicht hinter den Kochlöffeln und Töpfen, die über der Kochplatte hingen.

«Ich bin da», sagte er noch einmal. Sie hatte geweint und zog die Nase hoch. «Was willst du damit, Lina?», fragte er, als er das Messer in ihrer Hand entdeckte.

«Ich weiß es.» Die Frau sprach betont langsam. Sie befeuchtete ihre Lippen mit der Zunge. «Ich weiß, was mit dem Mädchen passiert ist . . .»

«Leg das Messer weg, Lina. Leg's weg. Ich werde erst mit dir sprechen, wenn du das Messer weggelegt hast. Das siehst du doch ein, nicht wahr? Sie werden mich erst mit dir sprechen lassen, wenn du mir das Messer ausgehändigt hast.»

Die Frau stand da und blickte ihn an. Sie hob das Messer und strich sich mit der Klinge sanft über die Wange. Ein Lächeln huschte über ihr Gesicht.

«Es gibt da etwas, was Sie nicht wissen, Dottore», sagte sie wie zu sich selbst. «Etwas, was Sie sich nicht einmal im Traum vorstellen können. Sie sind noch jung, Dottore. Wie alt sind Sie?»

«Gib mir das Messer, Lina!», sagte Eugenio jetzt in bestimmterem Ton.

Die Frau schien ihn nicht zu hören. Sie schloss die Augen und hing weiter ihren Gedanken nach.

Eugenio machte ein paar Schritte auf die Frau zu und streckte seine Hand aus. Bei diesem Geräusch öffnete sie die Augen. Ganz plötzlich verschwand sie wieder hinter dem Herd.

Die Doppeltür hinter Eugenio schwang auf.

«Alles in Ordnung?», fragte Giuseppe Fara besorgt.

«Alles in Ordnung, lasst uns allein», meinte Eugenio, ohne seinen Kollegen anzusehen. Dann sprach er an die Frau gewandt: «Lina, sie sind weg . . .»

«Als ich noch klein war», begann sie, immer noch versteckt, «haben meine Eltern oft darüber gestritten, ob man mich zur Schule schicken sollte oder nicht. Aus meinem Dorf gingen nur wenige Kinder zur Schule, und das waren alles Jungen. Aber mein Vater war Grundschullehrer und meinte darum, Schulbildung sei wichtig. Er bestimmte schließlich, dass ich zur Schule gehen sollte. Also ging ich. Meine Mutter war nicht einverstanden, sie meinte, zuviel Bildung würde einer Frau nur schaden und es würde genügen, wenn man ein bisschen lesen und seinen Namen schreiben konnte. Sie sagte, das würde genügen. Einer Frau würde es nur schaden, wenn sie mehr weiß, als gut für sie ist. Sie machen sich kein Bild davon, wieviel Leid und Überwindung es mich jeden Morgen kostete, aufzustehen und ins Nachbardorf zur Schule zu gehen. Und nicht etwa, weil es noch dunkel war, wenn ich aufstehen musste – alle standen schließlich um diese Zeit auf, denn man hatte ja abends auch keinen Grund, länger aufzubleiben . . .»

«Warum erzählst du mir das jetzt? Eigentlich möchte ich hier nicht im Stehen zuhören. Draußen vor der Tür wartet ein Haufen Leute, die sich alle Sorgen um dich machen. Es war nicht nett von dir, dass du ihnen so viel Kopfzerbrechen bereitet hast», unterbrach Eugenio ihre Rede und versuchte, seine Müdigkeit zu verbergen.

«Das weiß ich selbst: Immer habe ich den anderen nur Sorgen bereitet. Wie alt sind Sie, Dottore?», fragte die Frau noch einmal und erhob sich. Das Messer hatte sie auf dem Fußboden liegen gelassen.

«Einunddreißig», antwortete Eugenio.

«Einunddreißig», wiederholte sie und ging auf ihn zu. «Sie sind sicher müde. Man hat Sie aus dem Bett geholt, und das ist nur meine Schuld. Gehen wir doch beide schlafen. Junge Leute brauchen viel Schlaf.»

Sie gingen die paar Meter durch den Korridor, der den Küchentrakt vom Speisesaal trennte. Seite an Seite, ohne zu sprechen, erreichten sie schließlich die Krankenstation. Eine korpulente Schwester hatte bereits eine Spritze mit einem Beruhigungsmittel vorbereitet.

«Das wird dir helfen zu schlafen», erklärte Eugenio und zeigte auf die Frau.

Lina schüttelte den Kopf. «Dottore», sagte sie, «ich kann jetzt nicht schlafen. Sie haben ja keine Ahnung. Sie können sich nicht vorstellen, was für Träume ich von diesen Mitteln bekomme. Ich werde schlafen, das verspreche ich! Aber vorher . . .» Sie hielt einen Augenblick inne. «Vorher muss ich Ihnen noch etwas erzählen.»

«Jetzt komm aber, Lina. Du hast morgen noch den ganzen Tag Zeit, dem Doktor was zu erzählen. Sei jetzt vernünftig und gib deinen Arm her!», mischte sich die Krankenschwester ein und trat mit der Spritze in der Hand auf Lina zu.

Als Antwort verschränkte Lina die Hände vor der Brust und schaute den Arzt an. Eugenio war müde, er rieb sich die Augen.

«Sagen Sie dieser Frau, sie soll die Finger von mir lassen!», zischte sie schließlich, als die Schwester sich ihr wieder nähern wollte.

Der Arzt blickte sich nach einem Stuhl um, ließ sich schwer darauf nieder und streckte die Hand nach der Krankenschwester aus. «Danke», sagte er an die Frau gewandt. «Es geht schon. Ich kümmere mich um sie.»

Die Frau blickte Eugenio mitleidig an. Sie legte die Spritze auf den Tisch hinter ihm und ging zur Tür.

«Wenn Sie irgendetwas brauchen, ich bin hier draußen», sagte sie noch und ging hinaus.

Jetzt waren die beiden allein. Lina strich sich mit den Fingern durch das kurz geschnittene Haar. Dann setzte sie sich auf das Bett, das gegenüber von Eugenios Stuhl stand.

«Jetzt sind wir allein», meinte sie.

«Was ist passiert, Lina?», fragte der Arzt. Warum hast du diesen Aufstand gemacht? Ich dachte, wir wären uns einig gewesen, dass –»

«Ja, ja. Ich weiß!», unterbrach ihn die Frau ehrlich betrübt. «Aber Sie müssen Nachsicht mit mir haben. Ich bin ein armes, verrücktes Weib, und manchmal weiß ich selbst nicht, was ich tue.»

«Du bist ganz und gar nicht verrückt», korrigierte sie Eugenio.

«Sie sind ein guter Mensch, Dottore. Wie alt sind Sie noch mal?»

«Einunddreißig», wiederholte Eugenio.

«Wissen Sie, dass Sie jünger aussehen? Mein Mann war zehn Jahre jünger, als wir geheiratet haben, einundzwanzig damals. Er war älter als ich. Ich war noch fast ein Kind, erst sechzehn.»

Eugenio schaute auf die Uhr. Viertel nach drei. Mit Mühe unterdrückte er ein Gähnen. Das Gesicht der Frau wirkte jetzt entspannt. Mit gleichmäßigen Bewegungen strich sie sich ihre Schürze über den Beinen glatt. Ihr zuzuhören konnte anstrengend werden, denn sie schien nicht genau zu wissen, was sie eigentlich erzählen wollte. Von einem Moment zum andern konnte sie in absolutem Schweigen versinken, aber genauso gut konnte sie auch einfach jeden Gedanken völlig unkontrolliert herauslassen.

«Ich möchte Ihnen etwas zeigen», sagte die Frau und zog eine alte, verblasste Fotografie aus ihrer Tasche. Darauf waren ein Mann, eine Frau und ein Säugling zu sehen.

Auf dem Foto blickte ihm eine sehr junge Lina entgegen. Das Gesicht des Mannes auf dem Foto war teilweise herausgekratzt worden.

«War das dein Mann?», fragte Eugenio.

Die Frau nickte.

«Und das war mein kleines Mädchen!», sagte sie verzweifelt. «Sie war so hübsch! Das hübscheste kleine Mädchen im ganzen Dorf. Alle waren neidisch auf das arme Ding!»

«Ich wusste nicht, dass du eine Tochter hattest», bemerkte Eugenio interessiert.

Die Frau lächelte kaum merklich. Sie richtete sich im Bett auf und beugte sich zu Eugenio hinüber.

«Es ist so lange her», sagte sie und versuchte nachzurechnen, wieviel Zeit inzwischen vergangen war. «Sie ist ganz plötzlich krank geworden», fuhr sie fort. «Von einem Tag auf den anderen war sie krank. Alle sagten, dass dieser kleine Wurm zu viele böse Blicke auf sich gezogen hatte. Damals war ich noch jung. Ich wollte sie wegbringen und behandeln lassen. Aber mein Mann sagte nein, er wolle sich darum kümmern. Ich glaube, dass sie deswegen gestorben ist. Wenn wenigstens jemand da gewesen wäre, mit dem ich hätte sprechen können! Ich wusste nicht mehr ein noch aus. Ich schaute zu, was sie mit dem armen, kleinen Ding alles machten, und unternahm nichts. Ich dachte nur immer daran, dass meine Mutter Recht gehabt hatte, dass mir meine Bildung nur schaden würde, weil ich nicht in der Lage war, mich zu wehren. Für meinen Mann war die Sache dann zu einer fixen Idee geworden: Er schleppte einen Wunderheiler nach dem anderen an, und jeder hat etwas anderes gesagt. Aber ich wusste, dass sie sterben würde, ich sah sie sterben und konnte nichts für sie tun. Eines Tages behaupteten sie, die Kleine sei von einem Vampir gebissen worden. Sie sagten, eine *Surtile*, ein Blut saugendes Tier, habe das Blut aus ihrem Körper gesaugt, und sie durchwühlten die Asche im Kamin und befestigten eine Sichel über der Wiege. Vor unserem Bett fanden sie Ölspuren. Aber es gab nichts mehr, was man hätte tun können, und unser Kind starb. Und Gott allein weiß, wie sie gestorben ist! Abgemagert bis auf die Knochen, ausgezehrt vom Fieber. Damals ist alles andere in mir auch gestorben. Ich lebte in einer Welt, in der es nur noch den Tod gab, und wollte mit niemandem mehr sprechen, weil alle sich schuldig gemacht hatten. Und ich wandte mich von Gott ab. In mir machte sich ein völlig neues Gefühl breit, ein stummer Hass, der sich gegen meinen Mann, diesen Unmenschen richtete. Ich tat alles Mögliche, ich wollte, dass er aus meinem Leben verschwand, ich wollte ihm so wehtun wie irgend möglich. Aber glauben Sie nicht, Dottore, dass ich ihn hasste und mich selbst liebte, nein! Ich hasste mich selbst ebenso wie ihn. Nur, dass *er* mit sich völlig im Reinen war. Jeden Abend legte er sich in der Gewissheit nieder, dass alles Menschenmögliche getan worden war, um mein kleines Mädchen zu retten, und schlief dann seelenruhig ein. Er legte sich hin und schlief ein! Und manchmal kam er nachts sogar zu mir, als ob ich einfach so bereit gewesen wäre, ihm das nächste kleine Ding zu gebären, damit er dieses wieder quälen konnte. Aber ich, ich konnte nicht schlafen. Am liebsten wäre ich einfach gestorben.»

Eugenio hörte die Stimme der Frau wie aus einem Grammophontrichter.

«Wir machen morgen weiter . . .», wagte er einen Vorstoß und wollte aufstehen. Doch etwas, was die Frau gesagt hatte, ging ihm nicht mehr aus dem Kopf, drängte sich in sein Bewusstsein, völlig losgelöst aus dem Zusammenhang. Und er hatte Mühe, diesen einen Satzfetzen, der sich wie ein Fremdkörper in seiner Erinnerung eingeprägt hatte, einzuordnen. «Vor unserem Bett fanden sie Ölspuren . . .», überlegte er laut.

Lina blickte ihn an und ließ ihm Zeit, genauer über das Gehörte nachzudenken. Dann, als sie erkannte, dass Eugenios Gesicht von Müdigkeit gezeichnet war, lächelte sie: «Sie wissen nichts von diesen Dingen. Das dachte ich mir schon: Sie sind zu jung. Früher, als Sie noch nicht auf der Welt waren, gab es Dinge, die . . . Das Öl war so eine Art Prüfung.»

Am Ende war Lina doch einverstanden gewesen, dass man ihr das Beruhigungsmittel spritzte, und Eugenio hatte sich im Nebenzimmer auf einer Liege hingelegt.

10

Commissario Curreli hörte zu, ohne dass man aus seinem Gesichtsausdruck auf seine Gedanken hätte schließen können. Nach Dottoressa Comastris Meinung waren die Umstände, unter denen man die Leiche des Mädchens gefunden hatte, weniger klar, als die drei Zeugen glauben machen wollten. Was den Grund hierfür anging, so tappte sie völlig im Dunkeln. Außerdem war sie ja eine Frau, und Frauen, das wusste man ja, können nicht logisch denken ... Tatsache war, dass die Suche nun ein Ende hatte, da die Leiche des Mädchens gefunden worden war.

«Sie wissen besser als ich», sagte er und betonte dabei jedes einzelne Wort, «dass wir in einem Fall wie diesem nicht viel Raum für Spekulationen haben.»

Commissario Curreli deutete auf die Ordner, die die stellvertretende Staatsanwältin vor sich auf dem Tisch liegen hatte.

Die Frau schien zu verstehen, was er meinte, und warf einen raschen Blick in die Akte mit den Zeugenaussagen.

«Im Gegenteil, Commissario», antwortete sie in einem Ton, der Sicherheit vermitteln sollte, die sie nach Meinung des Commissario ganz und gar nicht fühlte. «Man kann diese Zeugenaussagen auf verschiedene Art lesen. Wenn es Sie beruhigt, dann sagen wir einmal, dass meine Theorie nur eine von vielen ist und dass dieser Fall es wert ist, dass man ihn von allen Seiten beleuchtet.»

Nur eine von vielen, wiederholte Commissario Curreli bei sich. Aber in diesem Fall handelte es sich um drei unbescholtene Bürger, von denen einer Carabiniere war.

«Natürlich muss man vorsichtig vorgehen», hörte er die Staatsanwältin gerade sagen. «Ich verstehe, dass es Ihnen schwer fällt, immerhin handelt es sich ja um einen Ihrer Kollegen; dennoch bin ich immer mehr davon überzeugt, dass man dieser Sache nur auf den Grund gehen kann, wenn man die Umstände, wie die Leiche aufgefunden wurde, genau klärt.»

Der Commissario widersprach. «Und wenn es sich als falsch herausstellen sollte? Es gibt keine Hinweise darauf, dass einer von ihnen mit der Sache zu tun haben könnte. Und als das Verschwinden des Mädchens damals untersucht wurde, hat sich nichts ergeben, was sie mit dem Fall hätte in Verbindung bringen können.»

«Jetzt sagen Sie mir mal ganz offen, Commissario, ob all diese wirren Erzählungen von Hunden und Spurensuche Sie überzeugt haben!», platzte die Frau auf einmal heraus. «Ich mag mich mit eurem Verhaltenskodex nicht auskennen, aber ich sehe durchaus, wenn eine Geschichte nicht stimmig ist!»

Der Commissario versuchte dem forschenden Blick der Frau auszuweichen und schaute sich um, auf der Suche nach einem freien Platz für seinen Hut.

«Warum sollte ich ihnen nicht glauben?», fragte er, bemüht, seiner Stimme einen nüchternen Tonfall zu geben. «Jeder hätte auf die Leiche stoßen können. Der Zufall wollte, dass sie es waren.»

Die Frau legte die beringten Hände vor sich auf den Schreibtisch und seufzte ungeduldig.

«Also gut», meinte sie schließlich und betonte dabei jede einzelne Silbe. «Jetzt werde ich Ihnen mal sagen, was *ich* von der ganzen Sache halte. Sie wissen sicher, dass ich nicht gehalten bin, Ihnen die Beweggründe zu erklären, die mich veranlassen, in einer bestimmten Richtung zu ermitteln. Mir wäre es aber lieber, wenn Sie aktiv mitarbeiten würden und ich mich nicht direkt an den Questore wenden müsste.»

Kein schlechter Anfang, dachte Commissario Curreli und setzte sich bequemer hin.

«Ich glaube, dass der ganze Ablauf, wie die Leiche gefunden wurde, genau geplant worden ist. Alles sollte ganz zufällig aussehen –»

«Da wäre es aber bequemer und sicher auch intelligenter gewesen, wenn man alles einfach so gelassen hätte, wie es war», unterbrach sie der Commissario. «*Jetzt mal im Ernst*, Dottoressa. Wenn ich je in die Verlegenheit käme, eine Leiche zu vergraben, warum sollte mir dann daran gelegen sein, dass sie kurze Zeit später wieder auftaucht?»

«Das habe ich mich auch gefragt», bestätigte die Frau. «Aber vielleicht war das Auffinden der Leiche nur eine Notlösung. Vielleicht sind die drei aus einem anderen Grund zu der Stelle zurückgekehrt.»

«Wer sagt uns, dass alle drei in die Sache verwickelt sind?», fragte der Commissario. Langsam kam er auf den Geschmack. «Vielleicht war es so, dass der Maresciallo ohne sein Wissen beteiligt wurde, um das Ganze unverdächtiger wirken zu lassen.

Aus den Zeugenaussagen geht hervor, dass er über eine halbe Stunde abwesend war, und gerade in der entscheidenden Zeit.»

«Zugegeben», bestätigte die Frau. «Aber aus denselben Aussagen geht auch hervor, dass es der Maresciallo war, der sich von den anderen getrennt und plötzlich mit Müllsammeln angefangen hatte. Erscheint Ihnen das nicht verdächtig? Dieses Verhalten hätte doch auch dazu dienen können, irgendwelche Beweisstücke verschwinden zu lassen. Wenn die drei gemeinsame Sache gemacht haben, dann ist eigentlich alles ganz klar: Einer von ihnen hat die Tat begangen, vielleicht sogar ohne Vorsatz. Vielleicht hat er erst zu Hause gemerkt, dass er am Tatort etwas verloren hat, etwas, das ihn auch nach langer Zeit noch mit der Tat hätte in Verbindung bringen können. Und so wendet er sich an seine Freunde und bittet sie um Hilfe. Sie bilden einen Suchtrupp, durchkämmen das Gelände, sammeln den Müll, der überall herumliegt. In dieser Situation kommen sie darauf, dass sie eigentlich ganz zufällig auf die Leiche stoßen könnten: Dank der Hunde kann man die alten Spuren nicht mehr von den frischen unterscheiden und so lassen sich auch die Fußspuren erklären . . .»

«Und so machen sie sich auch verdächtig», schloss der Commissario sarkastisch.

«Ich möchte, dass Sie mir alle Informationen, die Sie über die drei bekommen können, liefern. Gehen Sie allen Hinweisen nach», fuhr die stellvertretende Staatsanwältin fort, ohne auf seinen Einwurf zu reagieren. «Die Ermittlungen im Fall des Mädchens gehen weiter. Versuchen Sie herauszufinden, was es mit dem Ölfleck auf ihrem Finger auf sich hat.»

Der Beruf eines Commissario konnte sich zu einem regelrechten Alptraum auswachsen, vor allem, wenn man den Anordnungen einer Vorgesetzten Folge zu leisten hatte, die vom Alter her eine Freundin der eigenen Tochter hätte sein können und die ihre Kenntnisse von Gesetz und Recht aus Fernsehserien zu beziehen schien statt aus Büchern.

Commissario Curreli versuchte seinen Ärger zu unterdrücken. Es war doch immer das Gleiche. Immer, wenn er spürte, wie weit die Leute, die eigentlich am selben Strang hätten ziehen sollen, doch voneinander entfernt waren, stieg dieses Gefühl in ihm auf. Justitia war ihm stets wie eine gebrechliche Dame vorgekommen, die sich aber trotz allem noch aufrecht hielt. Eine pathetische alte Dame, von allen verhöhnt.

Und hier, vor der Staatsanwältin, überkam ihn wieder dieses Gefühl. Nur diesmal erschien ihm die alte Dame Justitia noch ein wenig erschöpfter.

Er wusste, dass ihre Spekulationen absurd und haltlos waren. Und warum sollte er ihr dies nicht sagen? Warum sollte er ihr nicht klar und deutlich sagen, dass das, was sie unter Gerechtigkeit verstand, ein abstraktes Gebilde war? Dass die Tatsachen doch für sich sprachen, mit einer Deutlichkeit, die jedem ins Augen fallen müsste.

Die Tatsachen sprechen für sich und erzählen alles, was man wissen muss.

Aber die Leute nicht. Weder hier auf Sardinien noch anderswo.

Und was uns als Nation wirklich vereint, das ist unser Misstrauen.

Wie könnte es sonst dazu kommen, dass man drei unbescholtene Bürger des Mordes oder zumindest der Mittäterschaft bezichtigt? Weil sie sich die Mühe gemacht haben, ihren Fund unverzüglich zu melden?

Diese Ermittlungen würden sich noch zur fixen Idee einer Frau auswachsen, die zu jung und zu unerfahren ist, um zu wissen, was in der Welt wirklich vorgeht.

Man kann nicht einfach ungestraft irgendwelche Leute verdächtigen, wenn es dafür keinerlei Anhaltspunkte gibt! Er hatte es gewagt, zuerst nachzudenken und dann zu sprechen. Und sie hatte einfach nur gelächelt und wie gewöhnlich ihre lackierten Fingernägel betrachtet.

Dann hatte sie ganz einfach nur gesagt: «Ich habe Sie lediglich gebeten, der Sache *routinemäßig* nachzugehen, Commissario. Wie Sie sehen, liegt auf meinem Tisch noch keine Anklageschrift! Sagen wir mal so: Ich habe eine ziemlich genaue Vorstellung davon, was wirklich geschehen ist. Und wenn ich einmal ganz offen zu Ihnen sein darf, dann bin ich der Meinung, dass Sie die ganze Situation nicht objektiv betrachten können. Demnach *bitte* ich Sie – ich könnte es ebenso gut anordnen –, ich *bitte* Sie also, die erforderlichen Nachforschungen anzustellen.»

An dieser Stelle hätte er ihr am liebsten ins Gesicht gesagt, was er von ihr hielt: dass es Posten gab, auf die eben die richtigen Leute gehörten, nämlich fähige und erfahrene Juristen. Aber tief drinnen hatte er gespürt, dass er das eigentlich selbst nicht so ganz glaubte.

Vielleicht hatte ihn auch nur die Tatsache gestört, dass sie überhaupt einen Verdacht hatte und dass sie a priori diesen Verdacht auch äußerte. Es hatte ihn gestört, dass sich diese fremde Frau in einer unbekümmerten Art und Weise anmaßte, eine derart komplexe Realität wie die ihre verstehen zu wollen. Vielleicht deshalb, weil er schon seit fünfzig Jahren in Nùoro lebte und sie erst seit vier Monaten.

Dottoressa Comastri verabschiedete den Commissario mit der Andeutung eines Lächelns und rückte sich die Schleife an ihrer Bluse zurecht. Allein im Büro, dachte sie an die Wohnung, die sie in der Nähe des Gerichtsgebäudes gemietet hatte. Und sie dachte daran, wie weit sie von zu Hause weg war . . .

Sie wusste, dass sie Recht hatte, wusste, dass man bei Curreli hartnäckig sein musste. Und sie hatte seinen skeptischen Blick wohl bemerkt.

Die bilden sich hier wohl ein, dass ihnen eine besondere Form von Gerechtigkeit zusteht. Aber warum sollte das so sein?, fragte sie sich und begann erneut, den Autopsiebericht von Ines Ledda zu lesen.

Es gab keinerlei Hinweise darauf, dass das Mädchen missbraucht worden war. Sie war von vorne erwürgt worden. An ihrem Hals waren deutlich die Daumenabdrücke des Täters erkennbar. Der Täter hatte nicht viel Kraft aufwenden müssen, und es gab keine Anzeichen dafür, dass das Mädchen sich gewehrt hatte.

Also war sie zum Zeitpunkt der Tat nicht missbraucht worden.

Dann war da noch ihr Finger, auf dem Ölspuren gefunden wurden. Der rechte Zeigefinger. Bei der Autopsie waren auf der Epidermis öldurchtränkte Baumwollfasern, die von ganz gewöhnlicher Watte stammten, sichergestellt worden. Bei dem Öl handelte es sich nicht um Olivenöl, sondern um eine Öl-Kräuter-Mischung.

Dies ließ vermuten, dass das Öl nach ihrem Tod mit einem Wattebausch aufgebracht worden war.

Was es mit diesem Ritual auf sich hatte, konnte man sich beim besten Willen nicht erklären.

Was die Angelegenheit jedoch in einem völlig neuen Licht erscheinen ließ, war die Tatsache, dass das Kind – denn mit seinen zwölf Jahren war es das ja schließlich noch – keine Jungfrau mehr gewesen war.

11

Die Katze sprang auf den Tisch und versuchte die restliche Milch vom Unterteller zu lecken. Paolo Sanna gab ihr einen heftigen Schubs, so dass sie kopfüber auf dem Fußboden landete. Wenn er allein zu Hause war, konnte er es sich erlauben, das von der Alten so verwöhnte und verhätschelte Tier ein bisschen zu plagen. Und trotzdem ließ sich das Vieh nicht davon abhalten, ihm um die Beine zu streichen.

«Du hast wohl immer Hunger, du Schmarotzer!», fuhr er die Katze barsch an und versetzte ihr unter dem Tisch einen Fußtritt.

Sie war tot, dachte er. Ende. Aus.

Dieser Gedanke traf ihn völlig unvermutet.

Ines war ermordet worden.

Und dieser Montag würde ein Tag wie jeder andere werden. Ein Tag ohne Gespräche. Ohne Lachen. Er konnte nicht sagen, wer sich mehr nach ihr sehnte, sein Körper oder sein Geist. Er wusste es nicht. Auch nicht, wenn er länger darüber nachdachte. Und so versuchte er es erst gar nicht.

Er ging in sein Zimmer und warf sich aufs Bett. Er zog sein

Unterhemd aus, so, wie er es zusammen mit ihr getan hätte ... Er versuchte, sich so zu berühren, wie sie es getan hätte.

Aber es war zu Ende.

Nur noch die paar Kleider waren ihm geblieben, die die Kleine beiseite geschafft hatte, bevor sie von zu Hause weggelaufen war. Nur ein paar, damit es nicht so auffiele, wenn sie verschwunden wäre. Wenn alles einmal entschieden wäre.

Es war eine verrückte Idee gewesen, das hatte er immer schon gewusst. Ein Sprung ins kalte Wasser. Aber es war schön gewesen. Das schönste, was er je in seinem Leben erlebt hatte.

Und sie war eine Frau gewesen. Die Frau seines Lebens.

Riskant war es auch, mit der Alten im Haus. Und wenig Geld hatten sie gehabt, um abzuhauen, weit weg.

Im Sommer hatte alles angefangen. An einem der letzten Schultage vor den großen Ferien war sie stehen geblieben und hatte ihn angeschaut, seinen braun gebrannten Oberkörper, weiß vom Kalk. Und der Ausdruck in ihren Augen hatte nichts Kindliches an sich gehabt. So hatte er den Zementeimer abgestellt und war vom Gerüst heruntergestiegen, um ihr zu sagen, dass sie da nicht bleiben konnte, weil es zu gefährlich war. Und sie hatte gelächelt, ohne den Blick von ihm abzuwenden. Sie war ein paar Schritte rückwärts gegangen und hatte sich auf den Treppenstufen am Eingang des Hauses gegenüber in die Sonne gesetzt, die Schultasche neben sich. Als habe sie alle Zeit dieser Welt, um dort zu sitzen und ihn anzuschauen. Und er hatte nichts Besseres zu tun gewusst, als sie zu fragen, warum sie hier in der Sonne säße, wo sie doch daheim oder in der Schule hätte sein müssen.

Ganz ernst hatte sie geantwortet, dass die Schule früher aufgehört habe. «Heute ist Lehrerkonferenz», hatte sie geantwortet und das Wort irgendwie merkwürdig ausgesprochen. Aber Paolo hatte es gar nicht gemerkt. Er wusste nur, dass es zu sonnig, zu heiß war und dass er sein Hemd deshalb nicht wieder überziehen wollte – oder dass ihm heiß wurde, weil er ihren Blick auf seiner Haut spürte.

Wer sagt, dass man sich mit dem, was man hat, zufrieden geben soll. Mit dem, was das Leben einem schenkt. Und das Leben schenkte einem ein kleines Mädchen. Mit einem Gesicht so blank wie eine Münze und mit Augen so rund und leuchtend wie die Augen eines Lämmchens.

Schließlich war es Zeit gewesen, Feierabend zu machen und die Rennerei von draußen nach drinnen zu beenden. Es war Zeit gewesen, nach Hause zu gehen und sich den Kalk von der Haut zu waschen.

Also war auch sie aufgestanden und hatte sich mit einer flüchtigen Geste das lange Haar aus dem Gesicht gestrichen, hatte sich die schlichte Schuluniform über den kindlichen Beinen zurechtgezogen, tief eingeatmet und ihren winzigen Busen herausgestreckt. Sie hatte ihre Tasche genommen und war gegangen.

Am Tag darauf war sie wiedergekommen, diesmal ohne Schultasche. Sie hatte sich ein bisschen hübsch gemacht gehabt: Ihr schwarzes, beinahe bläulich schimmerndes Haar war frisch gewaschen und in der Mitte gescheitelt worden, so dass die Kopfhaut sich weiß abhob.

Für mich, dachte er.

Er war sich dessen sicher und hatte während der Arbeit darauf geachtet, sich nicht zu sehr schmutzig zu machen, und hatte sich ab und zu mit der Wasserpumpe, die sie für das Impasto brauchten, gewaschen.

Sie war wiedergekommen.

Sie hatte sich auf dieselbe Treppenstufe wie am Tag zuvor gesetzt und darauf geachtet, dass ihr gutes Kleid nicht schmutzig wurde. Mit kindlicher Sorgfalt hatte sie ein mit kleinen Mohnblüten bedrucktes Taschentuch passend zu ihrem leichten roten Sommerkleid ausgesucht. Aber der Ausdruck auf ihrem Gesicht – ihr Blick und die halb geöffneten Lippen – war der einer Frau.

Jedes Mal, wenn er aus dem Palazzo trat, den sie gerade renovierten, um draußen seinen Eimer wieder mit Zement zu füllen, spürte er ihren Blick auf seinem Rücken und wagte nicht sich umzudrehen.

«Habt ihr heute auch früher ausgehabt?», hatte er sie gefragt, und seine Stimme war vor Aufregung ganz rau gewesen.

Ines hatte ihn mit geschlossenen Lippen angelächelt und den Kopf geschüttelt.

«Heute sollten wir eigentlich in die Kirche gehen, zum Schuljahrsabschluss», hatte sie geantwortet. «Aber ich habe keine Lust, in die Kirche zu gehen, ich bin lieber hier.»

Der Eimer auf seiner Schulter kam ihm mit einem Mal schwerer vor. Er stellte ihn ab und ging zur Pumpe, um sich ein wenig zu erfrischen.

«Du bist lieber hier und tust nichts?», hatte er sie gefragt, den Kopf unter dem Wasserstrahl.

Das Mädchen hatte die Achseln gezuckt.

«Hier gefällt es mir besser!» Ihre Antwort war sehr bestimmt gewesen. «In der Sonne ist es schön und ich schau dir gern zu bei dem, was du machst!», hatte sie geantwortet und ihn wie selbstverständlich mit du angeredet.

«Bei dem, was *ich mache*?» Bevor er sich den Eimer wieder auflud, hatte er sich ein Tuch über die Schulter gelegt. «Was ich mache, ist Zementsäcke tragen!» Um seine Worte zu unterstreichen, hatte er sich vor ihr aufgebaut wie ein lebendes Bild.

Sie war aufgestanden und hatte sich vor ihn hingestellt. Um ihm in die Augen sehen zu können, hatte sie zu ihm aufschauen müssen.

«Mir gefällt, was du tust», hatte sie gesagt. «Es tut dem Körper gut.» Dann hatte sie seine Stirn mit ihrem Taschentuch abgetupft. «Es ist schon spät», sagte sie unvermittelt. «Die Kirche ist bestimmt schon aus, ich muss jetzt los.»

Und sie war gegangen und hatte ihr Taschentuch auf der Treppenstufe des Palazzo gegenüber liegen gelassen.

Und ab da war es mit seinem Seelenfrieden vorbei gewesen, und auch sein Körper hatte keine Ruhe mehr gefunden. Mit einem Mal war es vorbei mit dem Selbstbetrug, und nächtelang hatte er sich schlaflos im Bett herumgewälzt. Alle Dämme waren gebrochen, und er wurde mitgerissen von einer regelrechten Flut von Möglichkeiten, die eigentlich unmöglich waren, nun aber Wirklichkeit wurden. Für ihn wurde sie immer weniger Kind und immer mehr Frau. Immer weniger weit entfernt und immer näher, fast Haut an Haut.

Alles, einfach alles erschien ihm nun machbar. Wie wenn man sagt, dass die Liebe alle Hindernisse überwindet und deshalb keine Angst mehr macht. Ohne zu fragen, ob es Hindernisse gibt, aber wissend, dass es sie gibt.

Der Sommer in der leeren Stadt eröffnete ihnen ungeahnte Möglichkeiten, und sie konnten sich heimlich treffen. Und Paolo entdeckte, dass das, was er sich in seiner Vorstellung ausgemalt hatte, nur ein müder Abklatsch dessen gewesen war, was Wirklichkeit sein konnte.

Wenn er sie in seinen Armen hielt und ihren Namen sagte, jetzt, wo er wusste, wie sie hieß, dann wusste er auch, warum er, ein Mann von siebenundzwanzig Jahren, ein zwölfjähriges Mädchen liebte.

Mit der Zeit wurden sie mutiger: Sie nutzten die Abwesenheit der Alten aus, um sich für ihre Liebe mehr Zeit zu nehmen, sich ganz auszuziehen, sich Unmögliches zu sagen. Um Pläne zu machen.

Sie war es, die schließlich auf den Gedanken kam, und ihm erschien es als die einzige Möglichkeit: abhauen und weit, weit weggehen.

Es wurde zunehmend schwieriger für sie, die Schule zu schwänzen, damit sie sich treffen konnten. Ihre Eltern, die vom Rektor informiert worden waren, bedrängten sie immer mehr, und ihr Vater holte sie nun jeden Tag von der Schule ab.

So blieb ihr also letzten Endes nur noch übrig, eines Tages nach der Schule zu ihm zu laufen, sich mit der Abgeschiedenheit seines Zimmers abzufinden und nur noch auszugehen, wenn die Alte nicht da war. Jeden Tag auf ihn zu warten, über sich selbst und ihr Verschwinden in der Zeitung zu lesen und ihn so absolut zu lieben, dass nicht einmal mehr Raum für Angst blieb.

Ein Schriftsteller, ein Poet hätte diese Zeit sicher als das große Glück bezeichnet.

Aber Paolo, der in der Schule nie besonders gut gewesen war, hatte sich darauf beschränkt den Unterschied zu spüren. Und die Leere. Jetzt, wo alles vorbei war.

Er hatte sich selbst eingeredet, dass dieser Traum nur ein Traum war. Dann, als aus dem Traum ein Alptraum wurde, hatte er sich ausgeklinkt.

Still, Paolo! Zu niemandem ein Wort!

Niemand durfte wissen, dass sie eines Nachmittags – es war noch gar nicht so lange her – einfach gegangen war und nur ein paar Kleider von sich zurückgelassen hatte.

Niemand durfte wissen, dass er wusste, wo sie hingegangen war. Er hätte sie sonst hassen müssen! Aber er hasste sie nicht, denn was das Leben ihm geschenkt hatte, hat es ihm auch wieder genommen. Das Schicksal hatte nichts damit zu tun. Schicksal, das war nur etwas für Leute, die es sich leisten konnten, und Paolo konnte das nicht.

Er nahm die Katze und setzte sie auf seine Knie. Er streichelte ihr Fell und spürte, wie das Tier vor Dankbarkeit und Zufriedenheit schnurrte. Und er erinnerte sich an eine Kindheit, die unendlich weit zurückzuliegen schien.

Er erinnerte sich an ein Kind, das sich im Schrank versteckt hatte, damit die anderen es suchen sollten; an einen alten und kranken Vater, der unter ein Kinderkarussell gekrochen war, um ein Spielzeugäffchen zu suchen, das darunter geraten war; an einen Wintermantel aus Fell zum Schnüren; an ein Paar blaue Stiefel, die er von einer alten Frau geschenkt bekommen hatte, die weinte . . .

12

Eugenio schreckte hoch. Trotzdem er hier in letzter Zeit häufiger übernachtet hatte als zu Hause, hatte er sich an dieses Zimmer neben der Krankenstation nie so recht gewöhnen können. Es war und blieb eben ein Gefängnis. Ein Ort, an dem Ruhe und Frieden der Vergangenheit angehörten. Damals – zu Hause –, als der Haustürschlüssel noch dazu diente, sich vor der Außenwelt zu schützen, und der rechtmäßige Bewohner einer Wohnung frei über seinen Schlüssel verfügen konnte. Aber hier war alles anders. Hier sollte die Zellentür die Außenwelt vor dem gesetzesbrecherischen Bewohner schützen. Vor dem blutrünstigen Monster, vor dem armen Teufel, vor der Prostituierten, vor der verrückten Mörderin, vor dem Trinker, vor der Pennerin, vor dem Terroristen. Und manchmal sogar vor dem Mafioso ...

All diese Energie, die aus den Zellen in die Korridore dringt und die Wände wie mit einer fettigen Rußschicht überzieht.

Jedesmal, wenn Eugenio gezwungen war, in diesem kleinen Raum – der mit der Zeit das «Zimmer des Dottore» geworden war – zu übernachten, fuhr er aus dem Schlaf hoch. Nach einem traumlosen Schlaf voller Stimmen.

Ein Helfer, ein junger Mann, der auf seine Gerichtsverhandlung wartete und während dieser Zeit kleinere Aufgaben in der Haftanstalt verrichtete, hatte gehört, wie Eugenio aufgestanden war, und klopfte jetzt höflich an die Tür. Er brachte Kaffee und gute Nachrichten: Lina hatte tief und fest geschlafen, und all der Aufruhr, den sie verursacht hatte, war ihr jetzt sichtlich peinlich. Es ginge ihr gut, und sie wolle jetzt in ihre Zelle zurückkehren. Es gäbe keinen Grund mehr, den Dottore noch einmal zu behelligen.

In Eugenios Kopf nahm ein Gedanke Gestalt an, der ihn unbewusst die ganze Nacht über beschäftigt hatte: Solange er es nicht verstehen würde, würde er keine Ruhe finden. Diese wunderbare kindliche Ruhe, die den Schlaf zu etwas wahrhaft Schönem macht und ihn nicht als eine weitere Möglichkeit erscheinen lässt, dem Leben zu entfliehen. Die Prozessunterlagen über Linas Fall waren von einer entwaffnenden Dürftigkeit. Sie enthielten gerade noch Linas letzte Anschrift in Laconi. Von dort aus musste man beginnen ...

Eugenio musste eine Formsache erledigen, ein Stück Papier unterzeichnen, mit dem er bestätigen sollte, dass das, was Lina wollte, auch dem entsprach, was man ihr zugestehen durfte.

«Aber nein, nein! Weil ich so stur bin! Ich bin verrückt und tue immer das, was ich nicht tun sollte!», hörte Eugenio Lina sagen, als er ins Zimmer trat. Er war sich nicht ganz sicher, ob dieser Ausbruch auf etwas gefolgt war, was er selbst beim Eintreten gesagt hatte. Es hörte sich vielmehr so an, als sei Lina schon ein Stück weiter, als führte sie ein hypothetisches Selbstgespräch.

«Du bist nicht verrückt», beteuerte er, wie schon unzählige Male vorher. «Hast du gut geschlafen?», fragte er.

«Ich habe kein Auge zugemacht», beklagte sie sich.

Eugenio lächelte.

Linas Gesichtsausdruck verfinsterte sich.

«Was für einen Unsinn ich gestern Nacht erzählt habe», sagte sie reumütig und blickte auf ihre Hände. «Wissen Sie, was meine Großmutter immer gesagt hat?», rief sie plötzlich mit gewollter Fröhlichkeit. «Dass einem Lügner früher oder später einmal die Wahrheit herausrutschen wird. Bei mir ist es wohl genau umgekehrt: Ich habe in meinem ganzen Leben noch nie gelogen, aber manchmal erzähle ich wirklich Unsinn!»

«Was wolltest du damit sagen, dass das Öl eine Art Prüfung war, Lina?» Eugenios Stimme verriet, dass dieser Satz im Durcheinander seines Gehirns überlebt hatte und ihm nun wieder in Erinnerung gekommen war. Noch bevor er näher darüber nachdenken konnte, war ihm der Satz schon über die Lippen gekommen. Einfach so.

Die Frau verschränkte die Arme vor der Brust und wiegte sich vor und zurück.

«Du wirst mein Ein und Alles sein.
Hab dich so lieb, du Kindlein mein.
Ich seh dein frommes Herz allein
In deiner Augen warmem Schein.»

Ihr Singen glich beinahe einem Flüstern.

Eugenio beugte sich zu ihr, fasste sie an den Schultern und hielt sie fest.

«Warum hast du mir erzählt, dass du eine Tochter hattest? Du hast nie Kinder gehabt!», sagte er laut. «Wenn du nichts getan hast, dann solltest du mir jetzt –»

«Ich habe ihn getötet», unterbrach sie ihn. «Mehr ist dazu nicht zu sagen.»

Der Mann setzte sich auf, seine Hände zitterten.

«Warum war das Öl eine Prüfung?», versuchte er es erneut. Aber die Frau setzte ihr Klagelied fort:

«Mein Mädchen, hör mit Spielen auf.
Und wenn du spielst, so achte drauf,
Mit wem du Feuer willst entzünden.
Den Berg wirst tief verschneit du finden.»

Die Krankenschwester trat zu Eugenio und legte ihm eine Hand auf die Schulter.

«Lassen Sie's für heute gut sein», sagte sie, um das Schweigen zu brechen.

«Soll ich ihr noch ein Beruhigungsmittel geben?», fragte sie.

«Nein. Bringt sie in ihre Zelle. Wenn sie wieder ihre vertraute Umgebung hat, wird sie sich beruhigen. Morgen Abend bin ich wieder da. Wenn man mich morgen Vormittag braucht, ich bin erst gegen Mittag wieder in Nùoro. Alles klar?»

Die Krankenschwester nickte.

Zweiter Teil

1

Der Pfarrsaal war für die Bürgerversammlung hergerichtet worden. Auf der Tagesordnung stand eine Debatte zwischen Bürgern und Verwaltungsbehörde über den Bau eines Parkplatzes auf einem Gelände, das «die Gärten» genannt wurde. Vor einigen Monaten hatte sich hier noch der Busbahnhof befunden. Für Busse, die die Route zum Festland fuhren. Und vor ein paar Tagen hatten hier noch Pinien gestanden.

Die Umweltschützer hatten Protestplakate mitgebracht. Ganze Scharen von Schulmädchen hatten Unterschriften gesammelt. Ehrbare Bürger der Stadt bereiteten sich darauf vor, ihre Meinung vorzutragen.

Auch die Partei der Ewiggestrigen durfte natürlich nicht fehlen und man erinnerte sich noch lebhaft, wie das «kleine Athen» früher ausgesehen hatte: die Bar Laconi, Piazza Littorio, Via Majore. Als dort noch die Herrschaften flanierten, um die neuesten Modelle vom Festland zur Schau zu tragen, und man sich von Guiso und Camedda vor dem Hintergrund des auf Englisch getrimmten Parks fotografieren ließ. Ja, damals, als Lehrer und Rechtsanwälte noch zu den besseren Leuten zählten, denn Bildung hat ja schließlich schon immer den Unterschied ausgemacht. Das waren noch Zeiten damals, als der Park in seiner ganzen Pracht dastand, als dort noch Dichter und Schriftsteller, richtige Maler und Bildhauer und ehrwürdige Prälaten verkehrten, als das einfache Volk noch wusste, wo es hingehörte.

Man erinnerte sich an die Plätze, wie sie damals ausgesehen hatten, an den alten Palazzo del Comune, der früher dort stand, wo heute das häßliche Bauwerk der Banco di Sardegna stand, die zwar früher auch schon existiert hatte, aber zu der Zeit in nur einem einzigen Raum Platz fand. Das Kino im Freien, wo man sich amerikanische Gangsterstreifen und Liebesfilme anschauen konnte. Die Gärten der Piazza Vittorio Emanuele, damals noch ein richtiger Grünflecken mit Erde und Bäumen, die Schatten spendeten, mit einem Rasen, der extra für den Besuch des Duce gesät worden war, mit Steinbrunnen, in die kristallklares Wasser floss, und junge Leuten, die sich vielversprechende Blicke zuwarfen.

Damals kümmerte man sich nur um das, was man hatte, war selbstgenügsam in der Gewissheit, gemeinsame Werte zu besitzen, Dinge, an die man glaubte. Man dachte niemals darüber nach, was jenseits des Meeres war. *Damals* hatte man noch Respekt vor dem Alter und die Eltern lebten bei ihren Kindern, kümmerten sich um die Enkel und starben zu Hause statt im Krankenhaus.

Damals hatten sich der Bürgermeister und der Stadtrat mit den Leuten zusammengetan und waren mit Spaten und kleinen Bäumen bewaffnet losgezogen, um die Pinien und Steineichen am Fuße des Monte Ortobene, die der Feuersbrunst zum Opfer gefallen waren, wieder aufzuforsten.

Heute nun verkündete der Bürgermeister, vielmehr die Bürgermeisterin, dass unbekannte Täter in der Nacht zugeschlagen und einige Bäume auf dem Baustellengelände der Piazza Vittorio Emanuele gefällt hätten.

Einer der Anwesenden, der in einem Haus an der Piazza wohnte, hatte in jener Nacht das Kreischen einer Motorsäge gehört, hatte sich aber nicht weiter darum gekümmert. «Wen hätte ich denn anrufen sollen?», fragte er, während er sein Anliegen vorbrachte.

«Du hättest auf der Gemeinde anrufen können», unterbrach ihn eine Stimme hinten im Saal, «und ihnen sagen, dass sie solche Arbeiten gefälligst am Tag machen sollen!»

«Am Tag, was!», meinte eine distinguiert wirkende Dame ironisch, «Am Tag hätten sie sich ja schämen müssen. Da schiebt man die Schuld schon lieber auf einen Unbekannten und bewahrt sich sein reines Gewissen.»

Allgemeiner Aufruhr folgte. Eine Weile sprachen alle wild durcheinander, und man schaffte es nicht, die Ruhe wiederherzustellen.

Der stellvertretende Bürgermeister, ein gedrungener Mann mit rotem Haar, erhob sich und ergriff das Mikrofon.

«Ich gehe davon aus, dass wir alle hier guten Willens sind!», rief er laut, um den Lärm zu überschreien. «Warum hätte die Stadtverwaltung zu derartig unpopulären Maßnahmen greifen sollen?»

Ein großer Mann stand auf und meinte: «Diese Frage sollten Sie wohl besser der Bürgermeisterin stellen, Pilirù! Von welchem guten Willen ist hier eigentlich die Rede, wenn ohnehin alles über unseren Kopf hinweg bei einem gemütlichen Abendessen entschieden wird? Wir sind schließlich auch nicht von gestern!»

Für diesen Einwurf erntete er stürmischen Beifall.

Der zweite Bürgermeister, von seinen Freunden «Piliruiu», Rotschopf, genannt, geriet sichtlich in Rage. «Klar, dass man Applaus erntet, wenn man nur dummes Zeug daherredet, Gonà! Was ist das für ein Blödsinn von Abendessen und Entscheidungen über euren Kopf hinweg? Wie kannst du es wagen!»

Aus den Zuschauerreihen waren schrille Pfiffe vernehmbar.

«Ja, pfeift nur!», fuhr er fort, und mittlerweile waren nicht nur seine Haare rot. «Wo wart ihr denn in den letzten Jahren, als die Piazza wie eine Müllhalde ausgesehen hat und irgendwelche Bengels die Straßenlaternen eingeschmissen haben? Da hat keiner von euch gepfiffen. Und weil man es nicht geschafft hat, den Rasen einigermaßen ansehnlich zu erhalten, musste der Platz schließlich gepflastert werden. Jetzt auf einmal entwickelt ihr Zivilcourage!»

Fiammetta Musu, die Bürgermeisterin, richtete sich auf. «Offensichtlich ist dieser Vorfall eine Art Protest, der sich gegen meine Person richtet. Ich scheine einer Klärung der Sache nur im Wege zu stehen . . .», meinte sie ruhig.

«Jetzt lassen Sie uns mal nicht persönlich werden!», wurde sie von einer Frau in den vorderen Reihen unterbrochen. «Wir kennen uns schließlich, und Sie wissen, wie ich darüber denke und immer darüber gedacht habe! Ich will hier nicht einfach zusehen, wie alles zerfällt . . .»

«Wir sehen nur Dunkelheit, wo eigentlich Licht sein sollte!», ereiferte sich ein älterer Herr mit gepflegtem Vollbart. «Bei allem

Respekt, Frau Bürgermeister, aber wir haben doch dringendere Probleme als Fragen der Stadtplanung!»

«Nun denn», beschloss Fiammetta Musu die Debatte. «Ich habe mein Rücktrittsgesuch bereits fertig und werde es Ihnen bei der nächsten Stadtratsversammlung vorlegen!»

Das Stimmengewirr verstummte abrupt. In den hinteren Reihen wurde vereinzelt applaudiert, während die Frau sich ihren Weg durch die Stuhlreihen bahnte, um den Saal zu verlassen.

«Im Bellen seid ihr alle große Klasse! Wirklich nicht übel ... macht nur so weiter! Ihr macht eure Sache wirklich gut!», fuhr der stellvertretende Bürgermeister fort.

«Ihr habt uns lange genug an der Nase herumgeführt!», bekräftigte die Dame aus den vorderen Reihen. «Und ihr schämt euch noch nicht einmal dafür!»

«*Schämen* muss man sich für etwas anderes, nämlich dafür, dass nicht einmal eine Maus dort hätte parken können!», wagte ein robuster Fünfzigjähriger einen Vorstoß. «Warum geht ihr nicht zu Fuß? Wenn kein Parkplatz da ist, dann regt ihr euch auf, weil keiner da ist, und wenn man euch einen baut, dann sagt euch der Ort nicht zu!»

«Lass du dir doch den Parkplatz vor die Nase bauen, Bustìa!», ereiferte sich eine dicke Frau hinter ihm.

Die Diskussion wurde so lange fortgesetzt, bis keiner der Beteiligten mehr hätte sagen können, um was es hier eigentlich ging. Am Ende der Debatte wusste keiner mehr, wer auf welcher Seite stand. Doch der demokratische Sinnestaumel hatte seinen Zweck erfüllt, denn jeder Bürger hatte gesagt, was er zu sagen hatte.

Jetzt gab es nichts weiter zu tun, als das Gesagte noch einmal zu überdenken, es unter die Leute zu bringen und in der gemütlichen Stube darüber zu plaudern.

Bald würde es ohnehin richtig kalt werden, und in Erinnerung an das Jahr 1956, als die ganze Insel von einer weichen, weißen Schneedecke überzogen war, würde der angekündigte Schnee Weihnachten noch weihnachtlicher und das Gute besser machen.

Bald würden die Gelder knapp werden, und die Baustelle

würde sich nach dem Regen in ein Schlammloch verwandeln, um daraufhin unter der unbarmherzigen Sommersonne wieder auszutrocknen. Nach und nach würde die Umzäunung verschwinden, und am Ende wäre das Gelände wieder frei zugänglich. Mit der Zeit würden die Leute dort wieder parken, zunächst zögerlich, dann zunehmend mutiger, denn das Recht der Gewohnheit war schließlich auf ihrer Seite ...

2

»Wann warst du zurück?«, fragte die Alte.

Paolo Sanna, noch in der Unterhose, blinzelte verschlafen und versuchte die Umrisse der Frau, die vor ihm stand, deutlicher zu erkennen.

«Du weißt doch ganz genau, um welche Zeit ich zurück war!», murmelte er. «Du schläfst doch nie, und dir entgeht auch nichts!»

«Ganz recht», fuhr die Alte ihn an, «mir entgeht wirklich nichts. Ich weiß mehr, als du denkst! Auf jeden Fall schaff ich das alles bald nicht mehr, dafür bin ich langsam zu alt. Ich kann nicht mehr die ganze Nacht wach bleiben, nur weil du meinst, du müsstest dich mit diesen zwielichtigen Gestalten herumtreiben!»

Der Junge stützte sich mit beiden Händen auf die Marmorplatte des Tisches, spürte, wie sein Gehirn die Kälte dieser Berührung registrierte.

«Zwielichtige Gestalten, was soll denn das?», sagte er und bemühte sich, seiner Stimme einen ungläubigen Klang zu geben.

Die Alte verschwand in ihrem Schlafzimmer. «Ja, ja. Ich hab mal wieder keine Ahnung! Und du weißt dafür alles!», rief sie ihm zu.

«Was ist los mit dir heute Morgen! Hast du schlechte Laune oder was?», rief er laut, damit sie ihn hören konnte.

Vollständig bekleidet kam sie aus ihrem Zimmer. Plötzlich wirkte sie ganz ruhig. «Es ist nichts», meinte sie abwesend.

«Nur, dass du wieder angefangen hast zu trinken!» Der Junge schüttelte den Kopf und setzte zu sprechen an. «Nein, keine Ausflüchte», fuhr ihn die Alte an, bevor er antworten konnte. «Du trinkst wieder, und ich weiß nicht, ob ich das noch einmal alles durchstehe. Ich bin zwar alt, aber noch nicht vertrottelt! Du musst wieder zum Arzt. Ich brauche Ruhe und will die paar Jahre, die mir vielleicht noch bleiben, in Frieden leben.»

Paolo Sanna wartete, bis sie fertig war. Er rieb sich die Augen, als wollte er sich vergewissern, ob das, was er soeben erlebte, Wirklichkeit war oder ein Alptraum.

«Was soll ich dir sagen?», fragte er dumpf, nun völlig wach. «Wenn du meinst, ich soll zum Arzt, dann gehe ich zum Arzt. Aber ich sag dir gleich, das ist nur Zeitverschwendung. Ich habe seit Monaten keinen Tropfen mehr angerührt.»

Die Alte nickte mit dem Kopf, zum Zeichen, dass sie ihm nicht glaubte. «Alles, was ich weiß, ist, dass eigentlich alles gut war und dass du letzten Sommer noch eine Arbeit hattest. Dann bist zu wieder mit diesen Verbrechern losgezogen und hast dich kein bisschen um eine neue Arbeit bemüht. Und dann . . .»

«Was dann?», fragte er drohend und konnte sich nur noch mit Mühe zurückhalten.

«Und dann hast du uns wieder das Leben zur Hölle gemacht!», antwortete die Alte, ohne sich von seinem Tonfall einschüchtern zu lassen.

Als wäre nichts geschehen, band sie sich das Kopftuch unter dem Kinn fest. Sie legte sich das Schultertuch um und strich die Fransen mit den Fingern glatt. Dann nahm sie den Rosenkranz mit den großen, schwarzen Perlen von der Anrichte und wickelte ihn um die Finger der rechten Hand.

Paolo hatte ihr schweigend zugesehen, hatte jede Bewegung der Alten genau beobachtet. Die unterschiedlichsten Gedanken wirbelten in seinem Kopf durcheinander. Er dachte an seine Arbeit, die Freunde, den Alkohol, den Arzt und an . . . Ines! Er sah, wie die Alte sich umwandte und zur Haustür ging. Auf einmal wurde ihm schlagartig klar, dass sie Bescheid wusste, dass sie *alles wusste.*

Wie im Traum bewegte sich sein Körper in völligem Gleichklang mit seinem Geist, und gerade in dem Moment, als sie hinausgehen wollte, packte er sie an den Haaren, die zu einem Knoten zusammengefasst waren, und zwang sie, ihm ins Gesicht zu sehen. Die Tür fiel mit einem dumpfen Knall ins Schloss, nachdem er ihr einen wütenden Tritt verabreicht hatte. Der Rosenkranz war am Türgriff hängen geblieben, zerriss und die dunklen Holzperlen rollten über den Fußboden. Die Alte schnappte nach Luft. Völlig überrascht von dem Angriff hatte sie plötzlich seinen Griff im Nacken gespürt, und jetzt hörte sie seinen keuchenden Atem, wie der Atem eines Tieres, blickte in seine Augen und fühlte die Wärme seiner Finger, die sich um ihren Hals schlossen.

«Du weißt doch gar nicht, was das ist, *die Hölle*! Du hast keine Ahnung, wie nahe du dem Teufel bist! Aber ich, ich weiß es!»

Paolo Sanna hörte, wie die Alte stöhnte. Ein vereinzelter Klagelaut, der tief aus ihrem Innern gekommen war, der trotz seines eisernen Griffes den Weg nach draußen gefunden hatte. Er sah, wie ihr Gesicht die Farbe wechselte, spürte kaum, wie sie mit ihren Fäusten auf seine Brust eintrommelte. Aber das hatte ausgereicht, um ihn wieder zur Besinnung zu bringen, und er lockerte seinen Griff um ihren Hals.

Salvatora Fenu kam langsam zu sich. Sie spürte, wie die kalte Luft mit Macht durch ihre Kehle strömte. Sie machte den Mund weit auf, um tiefer einatmen zu können, ungeachtet des scharfen Schmerzes, der in ihrer Kehle brannte, ungeachtet ihres wirren Haars und der wenigen Rosenkranzperlen, die sie krampfhaft in der geballten Faust hielt. Und sie ging, ließ es zu, dass ihre Füße den Weg alleine fanden. Irgendwohin hätten ihre Füße sie schon getragen. Kräftige Füße und Beine, ja das hatte sie. All die Jahre hindurch hatten sie sie getragen und waren niemals müde geworden. *Wenn ich stehen bleibe, ist es aus mit mir,* dachte sie. *Ich muss weiter, weiter.*

Irgendjemand neben ihr brachte sie wieder auf den richtigen Weg, und da erst wurde ihr klar, dass sie von zu Hause geflüchtet war und dass ihr ganzer Körper vollkommen verkrampft war. Als sollten die soeben durchlebten Minuten in ihrer Erinnerung ausgelöscht werden, als sie dem Tod ins Auge gesehen hatte.

In dem Moment wurde ihr bewusst, dass sie anhalten und zu sich kommen konnte, dass sie in Sicherheit war. Doch das war gar nicht so einfach, denn mit den Augen sah sie noch nicht das Licht und in ihrem Kopf herrschte ein heilloses Durcheinander von Bildern, die alle gleichzeitig irgendwie abstrakt und auf dramatische Weise auch konkret waren.

Sie erinnerte sich daran, wie sie als Kind oder junge Frau dasselbe kribbelige Gefühl in den Beinen gespürt hatte, die damals noch jung und gesund waren und schneller laufen konnten, als ihr Herz schlug. Damals, als Mena sich vom Dach der Mühle gestürzt hatte. Als man entdeckt hatte, dass sie schwanger war. Als Mena weggelaufen war, und als man sie drei Tage lang überall gesucht hatte. Nur ihr Vater nicht, denn für ihn existierte seine Tochter bereits nicht mehr. Dann, in jener Nacht, als man die Suche schließlich aufgegeben hatte und alle schon glaubten, sie sei längst auf dem Festland, hatte sie dieses Gefühl, *diese Gewissheit* aus dem Bett getrieben. Und so war die kluge Badora mit offenem Haar – ihrem langen, schwarzen Haar – zur Mühle gelaufen und war gerade noch rechtzeitig gekommen, um Menas letzten Atemzug zu vernehmen. Mena, so weiß wie Schnee und so rot wie Blut. Mena, die Taube. Mena, die Vertrauensselige, die ohne Arg war. Mena, die mit dem Teufel geschlafen hatte.

Wie könnte sie das je vergessen! *Man muss seinen Weg gehen.*

So erinnerte sich die alte Badora an die junge Badora, die Prüde, wie sie der großherzigen Mena, die mit einem zarten Lächeln auf den Lippen dalag, die Augen zugedrückt hatte. Mena in ihrem Sonntagskleid, mit türkisfarbenem Leibchen und Goldknöpfen. Und plötzlich bemerkte sie die Blutfecken auf ihrem Nachthemd. Denn sie war so, wie sie war, aufgestanden und hatte sich nicht einmal mehr die Zeit zum Anziehen genommen. Von diesem Gefühl besessen war sie durch die Straßen gelaufen, und ihr Herz hämmerte in ihrer Brust, als würde sie ihrem Liebsten entgegenlaufen, sie, Badora, die Prüde.

Sie sieht die leere Straße vor sich in der Morgendämmerung, ein Morgen, der genauso gut ein Abend sein könnte.

«Vielleicht ging der Teufel an meiner Seite», dachte die alte Badora, als sie sich an das absurde Glücksgefühl erinnerte, das mit dieser Erinnerung verbunden war. «Der Teufel ging an meiner Seite», dachte sie noch einmal und bemerkte eine Gestalt, die an ihr vorüberging.

Sie sah die leere Straße vor sich in der Morgendämmerung, ein Morgen, der genauso gut ein Abend hätte sein können, und sie bemerkte, dass sie nur noch zwei Schritt von zu Hause entfernt war. Als wäre das Gehen plötzlich ein Teil ihrer selbst. Als hätte der Kopf über die Beine gesiegt. Als würde sie viel schneller laufen als jemals zuvor, als würden längst vergessene Bilder wieder ans Tageslicht kommen. Das Haus mit der Holztreppe, zwei Zimmer oben und unten die Küche. Die Speisekammer, in der Käse und Öl lagerten. Die Hühner im Hof. Der Vater, wie er von einem Stall zum nächsten zog, um das Vieh zu schlachten, denn keiner hatte so geschickte Hände wie Giovannantonio, keiner konnte ein Schaf oder ein Schwein so gut ausnehmen wie er. Und Mariantonia, die Mutter, die Puppen aus Brotteig formte, und Giovannimaria, der Großvater, der nur zum Berg hinaufsehen musste, um voraussagen zu können, ob es drei Tage früher als erwartet regnen würde, und der das Vieh mit seinen Kräutern wieder gesund machen konnte, der Metall mit dem Blick verbiegen konnte und der wusste, wie man einen Mann an eine Frau binden konnte ... All diese Erinnerungen hatte sie längst vergessen geglaubt, so dass sie ihr jetzt wie alte Geschichten vorkamen, die völlig unkontrolliert in ihr Bewusstsein traten.

Plötzlich war sie wie erstarrt und konnte nicht mehr weitergehen.

Sie konnte nicht mehr fliehen vor dieser Kraft, der sie sich plötzlich ausgesetzt sah. Konnte diesem eisernen Griff nicht mehr entkommen. Alles erschien ihr wie eine Wiederholung der heftigen Szene, die sie kurz vorher zu Hause erlebt hatte. Sie dachte daran, dass sie ihm so nah gewesen war, dass sie seinen Atem auf ihrem Gesicht hatte spüren können. Als Paolo sie gezwungen hatte ihn anzusehen, in seine Augen zu blicken, als sie auf seine Brust eingetrommelt hatte, damit er sie losließe: Badora, die Jungfrau. Badora, die sich Sant'Ignazio von Laconi anvertraut hatte und Santa Antonia Mesina, die gesteinigt worden war, weil sie standhaft geblieben war. Weil sie den Tod dem Leben vorgezogen hatte. Eine Sünde, eine Todsünde war es, sich mit Heiligen zu vergleichen. Man durfte aus diesem Jammertal nicht mit Hochmut im Herzen scheiden, also war man dazu verdammt zu leben. Dazu verdammt, bis zum bitteren Ende zu leben und um Vergebung zu bitten. Nur noch ein paar Sekunden blieben ihr, um ihre Seele darauf vorzubereiten, und mit letzter Kraft kämpfte sie noch einmal dagegen an, sog das letzte bisschen Luft aus ihren Lungen, versuchte dem Würgegriff noch etwas Luft abzuringen, als ihre Beine schließlich nachgaben und sie das Bewusstsein verlor.

Sofort hatte sie gewusst, dass es diesmal nicht genügen würde, den Mund weit aufzusperren und nach Luft zu schnappen. Hatte gewusst, dass dies das Ende war. Dass ihr keine Zeit mehr blieb.

Ihm blieb keine Zeit mehr, denn bald würde die Straße sich beleben. Sie fortzuschaffen war doch nicht so einfach, wie er erwartet hatte. Der Körper war jetzt schlaff und gab nach. Doch die wenigen Meter bis zum Hof würde er leicht schaffen, und dort könnte er in aller Ruhe abwarten, ohne gesehen zu werden.

3

Commissario Curreli trat ein paar Schritte näher an die Hausmauer heran. Er hatte einen ungünstigen Standort gewählt, der, wenn er es sich recht überlegte, noch nicht einmal ein guter Beobachtungsposten war.

Die Hände tief in den Manteltaschen vergraben, machte er sich auf, um sich einen günstigeren Platz zu suchen, der ihn einerseits vor dem eisigen Wind an diesem frühen Wintermorgen schützen und ihm andererseits einen besseren Blick auf den Eingang des Palazzo gegenüber gewähren sollte.

Maresciallo Pili erschien pünktlich auf die Minute. Er trat aus dem Haus und kniff die Augen zusammen, als ihn eine eisige Bö erfasste.

Dann blickte er geradeaus und lächelte kaum merklich. «Auf die Minute», bemerkte er, als er den Commissario erreicht hatte.

«Du hättest doch reinkommen können ...» Der Commissario reckte sich. «Dann hätten wir uns im Warmen unterhalten können, bei einer Tasse Kaffee.»

«Wir haben nicht viel Zeit. Wir müssen ab jetzt sehr vorsichtig sein ...»

«Komm, beruhige dich. Wir müssen jetzt vor allem die Ruhe bewahren.»

«Du hast gut reden! Aber wenn sie mich erwischen, dann hab ich ein Verfahren am Hals wegen Begünstigung!»

«Jetzt beruhigst du dich erst einmal, und dann erzählst du mir, was los ist.»

Der Commissario war ganz rot im Gesicht. Seine Füße fühlten sich an wie zwei Eisklötze. Er stampfte auf den Boden, um sie zu wärmen. «Es sieht nicht gerade rosig aus: Die stellvertretende Staatsanwältin möchte, dass ich Erkundigungen über dich einziehe. Sie glaubt kein Wort von dem, was ihr zu Protokoll gegeben habt. Sie meint, dass ihr irgendetwas mit der Sache zu tun habt und dass ihr Informationen zurückhaltet.»

«Hast du Luigi Masuli schon Bescheid gesagt?», fragte der Maresciallo und versuchte sich eine Zigarette anzuzünden.

«Bis jetzt noch nicht. Vielleicht ist es besser, du sprichst mit ihm. Wir sollten in Zukunft so wenig wie möglich miteinander Kontakt haben.»

«Du hast Recht», stimmte der Maresciallo zu. «*Ich* werde mit ihm sprechen. Und *du* stellst in der Zwischenzeit deine Nachforschungen an, denn die Dottoressa ist nicht auf den Kopf gefallen. Bis jetzt ahnt sie ja noch nichts. Du weißt, mit wem ich mich heute Abend treffe. Diesmal werden wir die Sache endgültig erledigen! Gibt es was Neues von der Autopsie?», fragte er unvermittelt.

Commissario Curreli kramte in seinem Mantel und zog ein Taschentuch hervor. Trotz der Kälte hatte er Schweißperlen auf der

Stirn. «Verdammt noch mal, Nicola! Das kann ich nicht machen! Ich habe sowieso schon ein schlechtes Gewissen.»

Der Maresciallo blickte ihn an und lächelte leicht. «Also hast du den Autopsiebericht schon gelesen», schloss er daraus.

Der Commissario senkte den Blick. «Ich kann das nicht tun», bekräftigte er noch einmal. «Das fällt unter das Ermittlungsgeheimnis.»

«Sicher?», fragte der Maresciallo ruhig.

«Sicher», antwortete der Commissario feierlich.

«Ach, ich vergaß», meinte der Maresciallo abschließend, als sie an die Hauptstraße kamen. *«Heute Abend bleibe ich zu Hause, verstanden?»*

Commissario Curreli nickte und schien tiefer in seinem Mantel zu versinken. Er wirkte wie eine große, verschreckte Schildkröte. *Wenn es nur endlich schneien würde,* dachte er, während er den Maresciallo davongehen sah.

Die Dinge waren ein wenig komplizierter geworden. Maresciallo Pili ging davon, ohne sich noch einmal umzudrehen. Hinter sich hörte er den keuchenden Atem des Commissario, der noch ein paar Minuten warten wollte, ehe auch er sich in Bewegung setzen würde. So bleiern wie der Himmel aussah und nach dem eisigen Nordwind zu urteilen, der die Bäume der Allee schwanken ließ, würde es heute sehr kalt werden.

Die Dinge waren in der Tat komplizierter geworden.

Aber im Moment gab es noch keinen Anlass zur Beunruhigung. Alles war sorgfältig geplant, war hundertmal durchdacht worden. Bald hätte diese Geschichte ein Ende und seine Laufbahn auch. Denn er hatte vor, heil aus dieser Geschichte herauszukommen. Dabei durfte man die eine oder andere Vorschrift durchaus umgehen. Auch wenn er dabei alles aufs Spiel setzte, an das er jemals geglaubt hatte.

Commissario Curreli wartete noch ein paar Sekunden, bis er die Gestalt des Maresciallo um die Ecke verschwinden sah. Dann trat er auf die Straße und machte sich auf den Weg zur Questura. Er war alles andere als ruhig. Vielleicht wäre es am besten, er würde sich direkt an die stellvertretende Staatsanwältin wenden, denn sie war schließlich für die Ermittlungen im Fall Ines Ledda verantwortlich. Wenn man *vorschriftsmäßig* vorgegangen wäre, dann hätte man diesen Mord vielleicht sogar verhindern können. Aber eigentlich glaubte er das ja selbst nicht, wenn er daran dachte, dass in den letzten drei Jahren vier Mädchen, alle etwa im gleichen Alter, spurlos verschwunden waren.

Und dann waren da ja auch noch die Videos . . .

4

Die Zeitung unter den Arm geklemmt, hielt Giuseppina ihren Triumphzug in der Redaktion der *Unione Sarda*. Ihr Artikel war in der Presseschau des italienischen Fernsehens genannt worden. Die Luft in den Büroräumen war rauchgeschwängert.

«Puh, was für ein Dampf am frühen Morgen!», bemerkte sie und fächerte sich mit der Zeitung Luft zu. Sie konnte sich ein zufriedenes Lächeln nicht verkneifen.

«Blas dich hier bloß nicht so auf!», kommentierte Antonio Sassu ihren Einzug. «Hier ist es eh schon so eng, da haben wir für einen Fesselballon keinen Platz mehr.»

«Aber viele Fenster haben wir, die könnte man zur Abwechslung auch mal öffnen», bemerkte Giuseppina polemisch.

«Hast du jemals eine Zeitung mit sauberer Luft erlebt? Du kennst wohl die einschlägigen Fernsehserien nicht!»

«Sie ist zu sehr damit beschäftigt den Pulitzer-Preis zu gewinnen», flüsterte Maria Vittoria Leccis, ohne den Blick vom Bildschirm zu heben.

«Ach, Mavi, ich hatte dich gar nicht bemerkt», rief Giuseppina betont gekünstelt. «Wie lief es bei der Bürgerversammlung?»

«Sehr aufregend war's», antwortete die Frau, ohne ihre Arbeit zu unterbrechen. «Eine Erfahrung, die mein ganzes Leben verändert hat! Du solltest es auch mal versuchen, wenn du wieder unter uns Sterblichen weilst.»

«Keine Sorge, liebste Mavi, wenn es soweit ist, wirst du die erste sein, die es erfährt. Würde es Dir viel ausmachen, mir in der Zwischenzeit meinen Schreibtisch zu überlassen?»

«Deinen Schreibtisch? Steht hier irgendwo dein Name? Das habe ich gar nicht bemerkt.»

«Seit zwei Jahren sitze ich hier an diesem Schreibtisch!»

«In diesen zwei Jahren habe ich diesen Schreibtisch auch nie gebraucht!»

«Antonio!», sagte Giuseppina und sah ihn wortlos an.

Antonio Sassu senkte den Blick zum Zeichen, dass die Diskussion beendet war.

«Wenn diese Geschichte erst einmal überstanden ist, werden wir alle sehr froh sein. Ich will euch natürlich nicht antreiben, aber was haltet ihr davon, wenn ihr euch langsam mal an die Arbeit machen würdet? Giuseppina, setz dich an meinen Tisch. In einer halben Stunde fahre ich nach Cagliari. Auf dem Drucker liegt ein Brief für dich.»

«Darf ich?», fragte sie barsch und lehnte sich über den Bildschirm, um ihren Notizblock an sich zu nehmen.

«Bitte, bitte!», antwortete Maria Vittoria und nahm die Hände von der Tastatur. «Schnell, beeil dich!», zischte sie der anderen zu, während diese in den Papieren wühlte. «Du darfst am Schreibtisch des Chefs sitzen und auf dem Drucker wartet ein netter Brief auf dich.»

Der Brief war anonym abgegeben und mit einer alten Schreibmaschine beschriftet worden; das Farbband hatte auch schon einmal bessere Zeiten erlebt. Auf dem Blatt standen nur wenige Zeilen:

7. September 1989 – Grazia Mereu, 12 Jahre
30. November 1989 – Immacolata Cóntene, 9 Jahre
18. Januar 1991 – Lorenza Ibba, 11 Jahre
11. November 1992 – Ines Ledda, 12 Jahre
Es steht alles in der Zeitung!

5

Maresciallo Pili legte seinen Aktenkoffer auf den Rücksitz seines Kombis. Er drehte den Zündschlüssel und merkte, wie der Motor in der Kälte Mühe hatte anzuspringen. Er hielt das Gaspedal gedrückt, bis er merkte, dass der Motor langsam anlief, dann legte er den ersten Gang ein und fuhr los.

Unter dem bleiernen Himmel wirkten die verlassenen Straßen noch öder.

«Ich bin früh dran», dachte er, als er auf die Uhr im Wagen sah. Er zuckte die Achseln. «Diesmal bleibe ich so lange, bis er mich angehört hat. Und wenn er schläft, weck ich ihn einfach auf», entschied er bei sich, beschleunigte noch einmal und bog auf den Zubringer, der von der Piazza Veneto auf die Via Gramsci führte.

Als er jedoch sein Ziel erreicht hatte, war er sich seiner Sache plötzlich gar nicht mehr so sicher. Er ließ sich mit dem Einparken besonders viel Zeit und brauchte ewig, bis das Auto richtig stand. Er durchlief alles noch einmal im Geiste. Die Schwerkraft seiner Gedanken und Erinnerungen zwang ihn förmlich, die Bewegungen mit einer Langsamkeit auszuführen, die ihn den roten Faden nicht verlieren ließ. Er stellte den Motor ab, ließ die Zündung aber noch an, so dass die Heizung ihn noch ein wenig wärmen konnte. Er blieb still sitzen und beobachtete die Fenster im ersten Stock des Palazzo gegenüber. Niemand schien da zu sein. Der Rolladen am Badezimmerfenster war nicht ganz heruntergelassen . . .

Ein Hausbewohner hatte sein Auto aus der Garage herausgefahren und ließ den Motor warm laufen. Eine Zugehfrau mit zwei großen Müllsäcken in der Hand trat aus dem Haus.

Der Maresciallo war sich jetzt ganz und gar nicht mehr sicher: Was für einen Sinn hatte es denn, mit einem Mann zu sprechen, der alles aufgegeben hatte? Auf einmal erschien ihm alles gar nicht mehr so einfach. Auf einmal fragte er sich, welche Gewissheit ihn hierher getrieben hatte und wie er sich je so sicher hatte sein können, dass Salvatore Corona, der Richter Salvatore Corona ihm überhaupt die Tür öffnen würde.

Auf einmal war sogar die Welt draußen, außerhalb dieses Wagens, nur noch schemenhaft zu erkennen: Sein feuchter Atem hatte die Scheiben beschlagen lassen, seine wirren Gedanken hafteten an den Autoscheiben und schirmten ihn von der Außenwelt ab.

Als er gerade den Zündschlüssel umdrehen wollte, ließ ihn ein Klopfen an der Scheibe zusammenfahren. Undeutlich erkannte er die Umrisse einer Frau, die an der Beifahrerseite stand und sich runterbeugte. Sie trug zwei schwere Müllbeutel. «Maresciallo!», hörte er die Stimme schwach hereindringen und sah, wie die Frau mit einer Hand winkte.

Der Maresciallo beugte sich rüber und wischte die Scheibe klar. «Signorina Pani, ich habe Sie gar nicht erkannt!», rief er erstaunt.

Elena Pani lächelte und stellte die Säcke auf dem Gehweg ab. Der Maresciallo langte hinüber und öffnete die Beifahrertür.

In ihrem schwarzen Mantel wirkte Elena älter, als er sie in Erinnerung hatte.

«Ich habe Sie gar nicht erkannt», sagte der Maresciallo noch einmal. «Geht es Ihnen gut?», fuhr er fort und reichte ihr die Hand.

Elena zog sich einen Wollhandschuh aus, beugte sich ins Auto hinein und erwiderte seinen Händedruck. «Wir kommen zurecht», antwortete sie.

«Stehen Sie doch nicht in der Kälte herum, steigen Sie doch ein», bot der Maresciallo ihr an.

«Ich habe Sie hier schon öfter gesehen», sagte Elena Pani, nachdem sie die Autotür zugeschlagen hatte.

«Das stimmt», gab der Maresciallo zu. «Seit einiger Zeit will ich mit dem Richter sprechen, aber jedes Mal, wenn ich hier bin, kann ich mich nicht überwinden zu klingeln.»

«Dasselbe hat mir der Richter neulich auch gesagt. Er wolle nicht stören, hat er gemeint.»

Der Maresciallo versuchte zu lächeln. «Er hätte nur mit dem kleinen Finger winken brauchen», erwiderte er und blickte die Frau an. «Wie geht es ihm?», fragte er unvermittelt, als wollte er diese Frage schon lange loswerden.

Elena zuckte die Achseln. «Wie soll es ihm schon gehen?», antwortete sie. «Wie es einem Menschen halt so geht, der alles verloren hat.»

Der Maresciallo senkte den Kopf.

«Man kann doch nicht einfach so aufgeben», überlegte er laut nach einigen Augenblicken der Stille.

Elena nickte mit dem Kopf, dann kramte sie in ihrer Tasche und zog ein Schlüsselbund hervor. «Sagen Sie ihm das doch einfach selbst», sagte sie und reichte ihm den Schlüssel.

6

Maciste streckte sich. Mit den Füßen berührte er das Fußende des Bettes. Als er die Augen öffnete, sah er, dass gerade ein japanischer Zeichentrickfilm über den Bildschirm seines kleinen Fernsehers flimmerte. Wie immer war der Fernseher die ganze Nacht über gelaufen. Er kratzte sich am Kopf, setzte sich auf und schaute auf seinen Wecker. Es war neun Uhr.

Vor einem grauen Himmel flog ein Raumschiff in Form eines Roboters und überwand den Hyperspace, um ein anderes Raumschiff abzuschießen.

Es war kalt im Zimmer. Maciste streckte einen Arm aus und tastete auf dem Nachttisch, auf dem sich die Comic-Zeitschriften stapelten, nach seinen Zigaretten. Es dauerte einige Sekunden, bis er merkte, dass das Läuten nicht zu den ohrenbetäubenden Klängen gehörte, die die Bilder begleiteten. Er wartete noch das zweite Klingeln ab, um sich zu vergewissern, dass es wirklich die Türglocke war, dann stand er auf, den Blick weiter auf den Bildschirm gerichtet.

Paolo hatte draußen vor der Tür gewartet, dann hatte er noch einmal geklingelt.

Erst da hatte Maciste die Tür geöffnet.

«Scheiße, was machst *du* denn hier?», fragte Maciste und setzte sich wieder vor den Fernseher.

Paolo schwankte leicht. «Ich habe getrunken», antwortete er und versuchte einen festen Stand einzunehmen, um sich rechtfertigen zu können. Maciste aber hatte ihn gar nicht weiter beachtet, denn er war vollkommen gebannt von dem Duell, das sich der Herr des Bösen und ein Junge gerade lieferten.

«Mann, hier stinkt's ganz schön!», bemerkte Paolo und wollte dem anderen damit demonstrieren, dass nicht alle seine Sinne vom Alkohol benebelt waren. «Lüftest du eigentlich nie?»

«Bei der Kälte? Du hast wohl 'ne Macke!», antwortete Maciste, während im Fernsehen gerade ein Werbespot für gefüllten Panettone lief. «He, Scheiße, bald ist ja Weihnachten!», fuhr er fort und wandte sich dem Freund zu. «Du bist morgens um neun schon breit? Echt Klasse! Was ist los?»

Paolo beugte sich leicht und versuchte, einen Stuhl freizumachen, auf dessen Sitzfläche sich alte Zeitungen und Pornozeitschriften stapelten. «Ich hab getrunken», wiederholte er im selben Ton wie zuvor. «Ich bin hier, weil ich nicht mehr länger bei der Alten wohnen kann.» Bei dieser Erinnerung verdüsterte sich sein Blick.

Maciste erhob sich schwerfällig vom Bett. «Du brauchst einen Kaffee», entschied er und steuerte auf die Spüle zu, in der sich schmutzige Teller stapelten.

«Ich hab ein paar von meinen Sachen mitgebracht ... Vielleicht kann ich ja eine Weile bei dir wohnen», flüsterte Paolo und zeigte auf eine Sporttasche, die er neben dem Eingang abgestellt hatte. «Ich weiß nicht, wer mich im letzten Moment noch davon abgehalten hat, aber um ein Haar hätte ich die Alte umgebracht. Ich weiß echt nicht, was mit mir los war. Sie hat wieder rumgezetert, dass ich trinke und nichts arbeite und so... Die hat doch keine Ahnung, keinen blassen Schimmer! Ich hatte so lange nichts mehr getrunken, das weißt du doch auch? Wenn sie behauptet, ich würde wieder trinken, auch wenn es gar nicht stimmt, dann kann ich ja grad wieder anfangen! Das ist ja wohl klar! Einen Schmarotzer hat sie mich genannt... Da geh ich lieber in die Bar, da brauch ich mir wenigstens keine Moralpredigten anhören! Ist es etwa meine Schuld, wenn ich keine Arbeit finde? Ich glaube, ich wär lieber tot», sagte er mit Tränen in den Augen.

«Du hast sie missverstanden!», bemerkte Maciste und reichte

dem Freund eine Tasse heißen Kaffee. «Tante Badora hat dich wirklich gern.»

«Und wie gern sie mich hat. Da hättest du sie heute Morgen mal erleben müssen! Um sechs hat sie mich aus dem Bett geschmissen! Alles, was ich mache, ist Mist. Als gäbe es hier so viel Arbeit! Sie denkt, ich müsse nur ein bisschen herumfragen, und schon hab ich wieder eine Arbeit . . .»

«Jetzt lass mal gut sein. Versuch ein wenig zu schlafen», versuchte Maciste ihn zu beruhigen und dirigierte ihn zu einem Klappbett zwischen Esszimmer und Bad.

Paolo ließ sich führen und stützte sich beim Gehen auf den Freund.

«Diesmal geh ich nicht mehr zurück. Diesmal hau ich wirklich ab, irgendwo werde ich schon etwas für mich finden», meinte Paolo abschließend und ließ sich auf die durchgelegene Matratze fallen.

Maciste zog ihm noch die Schuhe aus und sah, wie seine Lider langsam schwer wurden.

7

Die Biblioteca Sebastiano Satta, die vom äußeren Erscheinungsbild her an einen Hangar erinnert, ist ein weiteres Beispiel für den Modernitätswahn der Stadtplaner. Sie liegt in dem Viertel, das man normalerweise als historische Altstadt bezeichnet hätte. Aber bei manchen Entscheidungen wird einfach nicht über die Notwendigkeit einer Maßnahme nachgedacht, denn eine *moderne Stadt* braucht schließlich eine öffentliche Bibliothek, die unbedingt im Zentrum liegen und dabei natürlich auch modern sein sollte. In diesem Zusammenhang interessiert es wenig, dass ganz in der Nähe viele Palazzi diesem Zweck gedient hätten, ohne dabei das ganze Viertel zu verschandeln. Noch weniger interessiert es, dass es Jahre dauern wird, bis alle Abteilungen der Bibliothek zugänglich sein werden. Was dabei viel interessanter ist, ist die Tatsache, dass ein Stadtrat den nächsten ablöst und sich die unvollendeten Werke wie ein roter Faden durch die Stadtlandschaft ziehen.

Kurz nach neun betrat Giuseppina Floris die Eingangshalle der Biblioteca Sebastiano Satta. Ohne aufzublicken, gab ihr die Bibliotheksangestellte an der Anmeldung eine grüne Karte.

«Haben Sie die Ausgaben der *Unione Sarda* der letzten zehn Jahre?», fragte Giuseppina, während sie den Antrag ausfüllte.

Die Frau schaute sie mit einem Blick an, der zugleich Mitleid und Unwillen signalisierte. «Na, wenn *wir* sie nicht haben ...», antwortete sie und gab Giuseppina zu verstehen, dass man auf so eine Frage eigentlich keine Antwort zu erwarten hätte.

Es roch wie in einem Autohaus, und die Heizung, die über Nacht ausgeschaltet gewesen war, lief noch nicht auf vollen Touren. Das erklärte vielleicht die schlechte Laune der nicht mehr ganz jungen Angestellten, während sie darauf wartete, dass Giuseppina das Formular ausfüllte.

Für den Anfang wollte Giuseppina die Ausgaben der *Unione Sarda* der Monate September, Oktober, November und Dezember 1989 einsehen. Danach hätte sie noch dieselben Monate von 1990 und 1991 durchsehen müssen.

Während sie sich den Mantel aufknöpfte, steuerte sie auf einen großen, schlecht beleuchteten Tisch zu, wo sie die Ausgaben in Empfang nehmen konnte. In der Zwischenzeit holte sie aus ihrer Tasche einen Stadtplan von Nùoro heraus und breitete ihn vor sich auf der Tischplatte aus. Sicher wäre es einfacher gewesen, sich die Informationen, die sie brauchte, an ihrem Computer im Büro zu beschaffen, aber dabei hätte sie keine Ruhe gehabt. Sicher hätte der eine oder andere Kollege, vielleicht unter dem Vorwand ihr helfen zu wollen, gefragt, was sie da täte. Eins war jedenfalls sicher: Diese Theorie verlangte absolute Geheimhaltung.

Sie ging von folgenden Tatsachen aus: Zwischen September 1989 und November 1992 waren unter Umständen, die noch zu klären waren, vier Mädchen im Alter zwischen neun und zwölf Jahren verschwunden. Nur zwei Mädchen tauchen wieder auf:

Die eine, Lorenza Ibba, wird dort gefunden, wo sie gestorben ist, die andere, Ines Ledda, wird von Jägern entdeckt, die das Gelände durchkämmen.

Ihre Theorie sah folgendermaßen aus: Alle vier Fälle hingen trotz der unterschiedlichen Umstände und trotz mangelnder Verbindungsglieder irgendwie zusammen. Man musste die Umstände nur genau untersuchen und das fehlende Bindeglied entdecken.

Giuseppina seufzte erleichtert, als eine junge Aushilfskraft die schweren Bände mit den Zeitungen auf ihrem Tisch deponierte.

8. September 1989

Das erste Mädchen:

Grazia Mereu, zwölf Jahre alt, verschwindet am Abend des 7. September 1989 spurlos. Die Eltern geben sofort eine Vermisstenmeldung auf, aber die Nachforschungen gehen nur schleppend voran. Commissario Curreli, der mit den Ermittlungen betraut wurde, gibt keine Erklärung ab («Es gibt keine näheren Hinweise, die in irgendeiner Form Aufschluss geben könnten. Außerdem obliegt es der Staatsanwaltschaft sich zu äußern.»). Der stellvertretende Staatsanwalt, Dottore Corona, wird auch nicht viel deutlicher: «Wir wissen lediglich, dass das Mädchen nicht entführt wurde.»

10. September 1989

Die Lehrerin beschreibt das Mädchen als unbefangen, nicht sehr lerneifrig, aber intelligent genug, um bei den Klassenarbeiten ein Befriedigend zu erreichen. Sie sei ein fantasievolles Mädchen und eine Ballettratte gewesen. «Sie produzierte sich dauernd vor ihren Klassenkameradinnen», erzählte die Lehrerin.

Auf dem Foto sah sie älter aus als zwölf.

Ihre Eltern halten sich sehr zurück und erzählen kaum etwas von ihr.

17. September 1989

Zehn Tage nach dem Verschwinden wird der Vater des Mädchens, Giulio Mereu, 38 Jahre, zum Verhör gebracht, denn es besteht der Verdacht, dass er das Mädchen gegen eine beträchtliche Summe an ein reiches amerikanisches Ehepaar «verkauft» hat. Draufgekommen ist ihm die Polizei durch die Eile, mit der er das Geld ausgegeben und sich im Zentrum von Nùoro eine Wohnung gekauft hat. Was ihm aber letztendlich wirklich das Genick gebrochen hat, waren Gerüchte, die sich immer mehr verdichteten und besagten, er habe das Mädchen misshandelt.

19. September 1989

Die Ehefrau will ihren Mann entlasten und erklärt sich zu einer Aussage bereit. Doch die Frau kommt nie an, denn ein Autounfall lässt sie für immer schweigen. Der Unfall muss von einem Profi inszeniert worden sein, denn es gab keinerlei Hinweise darauf, dass es sich um einen Sabotageakt gehandelt haben könnte.

20. September 1989

Giulio Mereu ergeht es nicht viel besser als seiner Frau: Als er von ihrem Unfalltod erfährt, erhängt er sich in seiner Zelle.

3. Oktober 1989

Eine nicht näher bezeichnete Freundin des Mädchens mit den Initialen L. I. erklärt in einem Zeitungsinterview, dass Grazia Mereu ein Tagebuch geführt habe. Trotz intensiver Nachforschungen bleibt das Tagebuch unauffindbar.

30. November 1989

Das zweite Mädchen:

Immacolata Cóntene, 10 Jahre alt. Spurlos verschwunden am 28. November 1989. Viertes von sechs Kindern. Leidet an einer Form von Epilepsie, *Epilepsia minor* genannt. Erst zwei Tage nach dem Verschwinden des Kindes geben die Eltern die Vermisstenanzeige auf. Darüber befragt, geben sie an, das Mädchen habe viel Zeit bei einer älteren Nachbarin verbracht, einer gewissen Salvatora Fenu, die sie wie ein eigenes Kind behandelt habe. Besagte Salvatora Fenu sei ledig und habe einen erwachsenen Sohn.

2. Dezember 1989

Über Salvatora Fenu war sonst nichts weiter bekannt, aber der Sohn, Paolo Sanna, 24 Jahre, war kein unbeschriebenes Blatt. Trotz seines jugendlichen Alters war er bereits seit einem Jahr wegen seiner Alkoholkrankheit in Behandlung. Entlastend war jedoch die Aussage des behandelnden Arztes, eines Dottore Eugenio Martis, der Paolo Sanna zwischen dem 27. und 30. November 1989 in der neurologischen Abteilung des Ospedale civile von Nùoro betreute.

3. Dezember 1989

Laut Aussage von Salvatora Fenu war das Kind, wenn es einen Anfall hatte, zeitweise völlig weggetreten. Dies und die schlechte finanzielle Situation der Familie Cóntene, die sich auch nach dem Verschwinden des Mädchens nicht plötzlich auffallend zu verbessern schien, überzeugte die Ermittlungsbeamten davon, dass die beiden Vermisstenfälle Grazia Mereu und Immacolata Cóntene nichts miteinander zu tun hatten. «Wir haben es hier mit einem schrecklichen Zufall zu tun», hatte Richter Corona den Journalisten gegenüber geäußert.

4. Dezember 1989

Völlig erschöpft und bewusstlos wird Immacolata Cóntene etwas außerhalb des Stadtzentrums aufgefunden. Die Ermittlungsbeamten geben keinerlei Kommentar ab, aber es scheint gewiss, dass das Mädchen nicht in der Lage zu sein scheint, sich in irgendeiner Form sachdienlich zu äußern.

Giuseppina klappte den Band zu und warf noch einen Blick auf ihre Aufzeichnungen.

Grazia Mereu: Gerüchten nachgehen wegen angeblicher Misshandlungen von Seiten des Vaters; Lehrerin befragen.

Immacolata Cóntene: zuletzt «lebend» am 28. November gesehen, von wem? – mit Eugenio sprechen!!! – Salvatora Fenu kontaktieren.

An der Ausleihe war diesmal ein dicker junger Mann von höchstens fünfundzwanzig Jahren. Der Mann blickte auf einen unbestimmten Punkt hinter ihr, irgendwo in der Nähe der Glastür, die nach draußen führte. Er schwitzte stark. Mit einem Gesichtsausdruck, als koste es ihn enorme Mühe, nahm er die schweren Bände, die Giuseppina ihm reichte.

«Jetzt brauch ich noch Januar und Februar 1991», sagte Giuseppina bestimmt und machte sich daran, das Antragsformular auszufüllen.

Der dicke junge Mann schaute sie an, als erwartete er, dass sie es sich vielleicht doch noch anders überlegen würde.

18. Januar 1991

Das dritte Mädchen:

Nur eine kurze Pressenotiz: Tragischer Unfall – elfjähriges Mädchen stirbt. Lorenza Ibba wurde in ihrem Zuhause in der Via Gialeto, im Stadtzentrum, tot aufgefunden, nachdem sie versehentlich Mäusegift geschluckt hatte. Der Vater des Mädchens hatte das Gift einige Tage zuvor gekauft, um einer plötzlichen Mäuseinvasion in seiner Erdgeschosswohnung Herr zu werden ...

8

Maria Vittoria Leccis warf noch einen Blick auf die Videoaufzeichnung. Eine genaue Zusammenfassung der Bürgerversammlung: die Debatte und die Protestrufe, dann den Wahnsinn der ganzen Aktion betonen, nicht zu vergessen das Rücktrittsgesuch der Bürgermeisterin. Herausstreichen, was auf der Versammlung nicht gesagt wurde – dafür aber danach, draußen auf dem Gang.

«Was weißt du über Santino Pau?», fragte sie den jungen Mann, der gerade mit der Fertigstellung der Horoskop-Seite und der Wettervorhersage beschäftigt war.

Er stieß einen Pfiff aus. «Santino Pau?», wiederholte er. «Der Unternehmer?»

Maria Vittoria Leccis bestätigte. «Ja, der Unternehmer.»

Der junge Mann zuckte die Achseln. «Ein dicker Fisch», fuhr er fort. «Der hat sich doch den Monte Gurtei gekauft, der gehört ihm ganz allein.»

«Ist das nicht der mit dem Einkaufszentrum?», fragte Maria Vittoria.

«Genau der. Aber warum interessierst du dich für ihn?»

«Ach, der übliche Tratsch. Gestern nach der Versammlung hat einer ihn erwähnt.»

«Erwähnt?», wollte der junge Mann genauer wissen.

«Jemand meinte, er sei der Inhaber der Firma, die die Ausschreibungen für das Bauvorhaben bei den Gärten gewonnen hat, die SARCOS. Vor dem Einspruch.»

Der junge Mann lächelte. «Das würde mich nicht wundern. Man müsste es aber noch einmal überprüfen.»

«Genau daran habe ich gedacht. Kennst du jemanden beim Bauamt?»

«Dafür muss ich niemanden kennen: Ausschreibungen sind öffentliche Unterlagen, jeder Bürger kann Einblick nehmen. Sag mal, du hast von diesen Dingen ja wirklich wenig Ahnung, oder?»

Maria Vittoria Leccis musste das wohl oder übel eingestehen. Sie versuchte sich zu rechtfertigen. «Diese Fragen haben eigentlich nichts mit meinem Artikel zu tun.»

«Also kümmere dich auch nicht drum», beendete der junge Mann das Gespräch. «Je weniger man seine Nase in diese Dinge steckt, desto besser.»

Genau darin bestand das Problem: den Unterschied verstehen zwischen der Zweckmäßigkeit der Arbeiten für den Bau der Parkplätze und ihrer tatsächlichen Notwendigkeit.

Und sie erkannte, dass es ein Fass ohne Boden war. Das hatte nichts zu tun mit dem Artikel, den sie zu Ende bringen musste, noch nicht einmal mit dem Problem, das sie lösen musste. Das hatte nur mit ihr zu tun. Und der Wettbewerb hatte begonnen, ganz offiziell.

Schon im November hatte er begonnen, mit dem eisigen Wind, der durch die Straßen pfiff und die Haut prickeln ließ.

Wenn die Firma SARCOS wirklich Santino Pau gehörte, wenn Santino Pau irgendeine Beziehung zur Bürgermeisterin hätte, wenn die Ausschreibungen manipuliert worden waren. Das war wirklich ein Fass ohne Boden. Und die verlockende Aussicht auf etwas ganz und gar Neues. Und Gefährliches.

Sie musste sehr vorsichtig sein. Sie musste alles verstehen, vor allem das, was zu offensichtlich und zu geradlinig war.

9

Vor dieser Tür zu stehen, den Haustürschlüssel in der Hand zu halten. Die Gewissheit, die er jetzt verspürte, die ihm bis dahin immer gefehlt hatte – all dies half dem Maresciallo jetzt auch nicht weiter. Nein, er fühlte sich nicht etwa besser, eher noch schlechter als vorher. Im Grunde hatte ihn dieser Passierschein nur durcheinander gebracht. Sein ganzer Mut war dahin. Im Radio spielten sie Klassik, ein trauriges Stück, das durch die große Entfernung nur ganz leise vernehmbar war.

Als er vorsichtig die Tür aufgeschlossen hatte, war das erste, was er hörte, die Musik, die immer deutlicher wurde. Die Wohnung des Richters war in Dunkelheit gehüllt und wirkte vernachlässigt. Der Maresciallo ging durch die Diele zum Wohnzimmer, aus dem die Musik kam.

«Haben Sie es also endlich geschafft.» Die Stimme des Richters war nur ein klein wenig lauter als die Musik.

Der Maresciallo blickte in die Richtung, aus der die Stimme zu kommen schien. Der Richter saß auf einem Sofa, das mit dem Rücken zum Eingang stand.

«Signorina Pani hat mir den Schlüssel gegeben», entschuldigte sich der Maresciallo und versuchte die Umrisse seines Gegenübers zu erkennen.

«Ja, ich weiß», sagte der Richter und stellte die Musik leiser. «Ich habe sie darum gebeten. Nun gut», fuhr er fort, erhob sich, und seine gebeugte Gestalt war in der Dunkelheit erkennbar. «Jetzt haben Sie es ja endlich geschafft . . .»

Der Maresciallo traute seinen Ohren nicht: Seine Unsicherheit und der Schmerz hatten sich in ein gestaltloses Chaos verwandelt: Er fühlte Wut in sich aufsteigen, und es war ihm peinlich, dass er überhaupt gekommen war.

«*Sie* haben mich kommen lassen!», brach es aus ihm heraus, und er bemühte sich nicht, seine Enttäuschung zu verbergen.

«Ich wollte Ihnen nur die Möglichkeit geben, das zu Ende zu bringen, was Sie schon seit Tagen tun wollten», sagte der Richter ruhig.

«Seit mindestens einem Monat», präzisierte der Maresciallo und legte den Schlüssel auf den Wohnzimmertisch. «Ich lege den Schlüssel hier hin!», fügte er hinzu und wollte sich verabschieden.

«Setzen Sie sich», forderte ihn der Richter auf. Jetzt, wo sich die Augen des Maresciallo an die Dunkelheit gewöhnt hatten und er den Richter erkennen konnte, sah er, dass der Mann um Jahre gealtert war.

Der Maresciallo setzte sich und knöpfte den Mantel auf. «Hier ist es viel zu warm», sagte er.

«Das kommt Ihnen nur so vor, weil Sie von draußen kommen», antwortete der Richter und setzte sich neben ihn. «Aber für so einen wie mich, der nicht rausgeht, ist es ganz angenehm so.» Die gedämpfte Musik schien Lichtjahre entfernt, nur die Fortissimi erhoben sich dann und wann. «Mögen Sie Vivaldi?», fragte der Richter und lehnte seinen Kopf an die Rückenlehne des Sofas.

«Ich werden den Dienst quittieren», bemerkte der Maresciallo, ohne auf die Frage zu antworten.

«Seine Musik ist so beruhigend», fuhr der Richter fort und bewegte seinen Zeigefinger im Takt der Musik, als wollte er das Stück dirigieren.

«Von Musik verstehe ich nichts!» Der Maresciallo rückte weiter vor, um nicht in der beruhigenden Weichheit der Sofakissen zu versinken. «Ich bin nicht gekommen, um mit Ihnen über Musik zu sprechen», sagte er barsch und blickte zu Boden.

«Sicher auch nicht, um mir von Ihrer Kündigung zu berichten», entgegnete der Richter.

«Nein, deshalb auch nicht», gab der Maresciallo zu und fühlte sich ertappt. «Sie wissen, warum ich gekommen bin», wagte er einen Vorstoß. Salvatore Corona antwortete nicht. «Ich gehöre nicht zu denen, die aus Berufung zu den Carabinieri gegangen sind», fuhr er fort, um die Stille zu durchbrechen. «Meine Familie war arm, und wir mussten sieben Mäuler stopfen. Da habe ich mich verpflichtet.»

Der Richter machte die Stereoanlage aus. Die Musik klang noch nach, als hätten die letzten Noten eine eigene Energie.

«Ich kann Ihnen nicht helfen, Maresciallo. Ich kann nicht.» Die Stimme des Richters klang plötzlich flehend. «Und selbst wenn ich wollte, ich wäre dazu gar nicht mehr in der Lage.»

«Aber Sie können mir zuhören», rief der Maresciallo. Dann schwieg er wieder, aus Angst, er könnte sich zu weit vorgewagt haben.

Der Richter erhob sich. Er ging hinüber zur Hausbar, die neben einer antiken Anrichte stand.

«Möchten Sie etwas trinken?», fragte er lächelnd. Der Maresciallo schüttelte den Kopf. «Zum Zuhören brauche ich einen kleinen Schluck.»

»Wissen Sie, dass ich meine Tochter im Alter von zwölf Jahren verloren habe?», fragte der Maresciallo und vergewisserte sich, dass er seinen Aktenkoffer bei sich hatte. Der Richter antwortete nicht. «Das war vor vielen Jahren, vor elf Jahren, um genau zu sein. Ich glaube, es war meine Schuld», flüsterte der Maresciallo, gerade so, als würde alles noch schlimmer werden, wenn er diesen Satz laut ausspräche. «Es war sehr heiß an jenem Tag, und ich hatte zuviel getrunken. Wir waren am Meer, bei meiner Schwägerin zu Besuch. Das Kind wollte nicht bei den Verwandten bleiben, also blieb uns nichts anderes übrig, als sie wieder mit nach Hause zu nehmen. Es stimmt schon, dass der Laster die ganze Straßenbreite eingenommen hat, als er abbog, aber durch den Alkohol konnte ich nicht so schnell reagieren . . .» Er machte eine Pause, um Luft zu holen. «Ich versuchte noch, das Auto auf der Fahrbahn zu halten. Der Lkw war inzwischen weg. Wir flogen zwanzig Meter durch die Luft. Die Stimme des Maresciallo wurde rau.

Richter Corona genoss den Geschmack des Cognacs, den er sich eingeschenkt hatte, und wartete darauf, dass die Wärme des Alkohols sich in seinem Körper ausbreitete.

«Zwei Jahre meines Lebens habe ich damit verbracht, diesen Laster zu suchen», fuhr der Maresciallo fort. «Meine Frau war der Meinung, es sei besser, die ganze Sache endlich zu vergessen –»

«Und damit hatte sie auch Recht!», fiel Salvatore Corona plötzlich ein. «Wenn man von etwas besessen ist, dann kann man dabei eigentlich nur verlieren.»

Der Maresciallo kniff die Augen zusammen. «Wenn Ihr Angebot noch gilt, dann hätte ich jetzt doch gern etwas zu trinken», sagte er und zog sich den Mantel endgültig aus.

Der Richter stand nicht sofort auf, er schien noch tiefer in den Kissen zu versinken. Dann aber erhob er sich abrupt und ging zur Hausbar. «Was darf ich Ihnen einschenken?», fragte er.

Der Maresciallo war auf die Frage nicht vorbereitet. «Das, was Sie trinken», antwortete er nach einigen Sekunden.

«Und so kommen wir schließlich zu dem verschwundenen Mädchen», fasste der Richter kurz zusammen und reichte dem Maresciallo das volle Glas.

Nicola Pili nickte. «September 1989. Ich habe die Zeitungsartikel mitgebracht», fügte er hinzu und deutete auf seinen Aktenkoffer, den er die ganze Zeit dicht bei sich behalten hatte.

«Ich wusste es», bemerkte der Richter mit Bitterkeit in der Stimme. «Wenn ich mich nicht irre, wurde der Fall zu den Akten gelegt.»

«Sie irren sich nicht», bestätigte der Maresciallo. «Man hatte den Vater angeklagt.»

«Ich weiß!», platzte der Richter heraus. «Der Mann war unzugänglich, ließ nichts raus, aber es gab keine Ungereimtheiten. Der Fall war klar: Das Mädchen war regelmäßig misshandelt worden.»

«Die Polizei sagt, dass keine Haussuchung angeordnet wurde ...»

«Warum hätten wir auch eine Haussuchung anordnen sollen? Der Vater hatte ja praktisch gestanden!»

«Und die Leiche?»

«Sie wissen so gut wie ich, wie so was läuft.»

Der Maresciallo nahm eine Tüte aus seinem Koffer und reichte sie dem Richter. Salvatore Corona versuchte den Inhalt zu erkennen, konnte aber nichts sehen. Er knipste die Lampe neben sich an. Das Licht vertrieb die Dunkelheit.

«Was ist das?», fragte er verblüfft, denn trotz der Beleuchtung konnte er nicht ausmachen, was er da in der Hand hielt.

«Ein Stück Plastik», antwortete der Maresciallo.

«Das seh ich selbst.» Die Miene des Richters verfinsterte sich.

«Ein Stück von einer Videokassette», klärte ihn der Maresciallo auf. «Ich war in dem Haus. Vor einem Monat. Seit Dezember 1990 wohnt da keiner mehr, als die Mutter des Mädchens bei einem Unfall ums Leben gekommen ist. Dort in der Wohnung habe ich dieses Stück Plastik gefunden.»

«Wieder ein Komplott?», meinte der Richter ironisch.

Der Maresciallo antwortete nicht. Er wühlte in seinem Aktenkoffer und beförderte einige Blätter zutage, die von einer Heftklammer zusammengehalten wurden. Er reichte sie dem Richter, der eine Hausratsliste vor sich sah.

«Interessant», meinte er, nachdem er einen kurzen Blick auf die Papiere geworfen hatte.

«Eine Inventarliste», erklärte der Maresciallo. «Die Schwester von Giulio Mereu, dem Vater des Mädchens, hat die Wohnung ausräumen lassen und das ganze Mobiliar in ein Haus am Meer bringen lassen, kurz bevor ich mir die Sachen anschauen konnte. Und die Umzugsfirma hat eine komplette Liste des ganzen Umzugsguts erstellt. Wie daraus hervorgeht, besaß die Familie Mereu keinen Videorekorder.»

«Sie wissen, dass Sie damit gegen mindestens drei Artikel des Strafgesetzbuches verstoßen haben? Und dass der Fall zu den Akten gelegt wurde?», erwiderte der Richter barsch und warf die Blätter aufs Sofa. «Nennen Sie mir einen guten Grund, warum ich mir Ihr Gefasel noch länger anhören sollte.»

«Ihr Gewissen!», sagte der Maresciallo nur. «Schlafen zu können. Sterben zu können in der Gewissheit, alles Menschenmögliche getan zu haben.»

«Dieser Fall fiel nicht in den Zuständigkeitsbereich der Carabinieri», beharrte der Richter. «Er war Angelegenheit der Polizei.»

«Ja, Commissario Curreli», bestätigte der Maresciallo.

Salvatore Corona stand auf und schenkte sich noch einmal ein Glas ein. «Ach kommen Sie mir doch nicht mit meinem Gewissen. Ich hab noch genug zu tun in der kurzen Zeit, die mir noch bleibt! Und Sie, Maresciallo, sind nicht der Vater aller Mädchen, die auf dieser Erde verschwinden! Ich bin müde, und was Sie mir zu sagen haben, interessiert mich nicht.»

«Also setzen wir uns zur Ruhe und tun so, als wäre nichts geschehen?»

«Warum wollen Sie mich unbedingt in diese Sache hineinziehen?», beklagte sich der Richter, und in seiner Stimme schwang leise Angst mit.

«Weil wir unsere Angelegenheiten irgendwie zum Abschluss bringen müssen, Herr Richter. Diese Ermittlungen werden ganz inoffiziell sein: Irgendwo gibt es jemanden, der kleine Mädchen verschwinden lässt, sie vielleicht sogar filmt. Vielleicht handelt es sich sogar um mehrere Mädchen. Und diese Typen sollen nie vor Gericht gebracht werden? Wir können doch nicht einfach nur untätig zuschauen, wie uns die Fische durchs Netz gehen. Nein, solche Menschen sollten besser gar nicht leben: Sie sollten lieber sterben! Das wäre für alle das Beste.»

10

Mit einem leisen Lächeln auf den Lippen klappte Eugenio die Zeitung zu. Er war müde von der Reise, bemühte sich aber, es nicht zu zeigen.

«Und?», fragte Giuseppina und schob den Teller beiseite, um sich über den Tisch zu ihm hinüberzubeugen.

«Mm, ganz gut geschrieben», kommentierte Eugenio, darauf bedacht, eine überhebliche Miene aufzusetzen. «Du trägst ganz schön dick auf.»

Giuseppina fuhr auf. Sie griff nach der Serviette, die auf dem Tisch lag, und schleuderte sie Eugenio an den Kopf. Dieser hob schützend die Hände vors Gesicht und lachte.

«Ganz gut geschrieben!», wiederholte sie und machte ein beleidigtes Gesicht. «Das ist alles, was dir dazu einfällt?»

«Nein, ganz und gar nicht», antwortete er lachend. «Was hältst du von ‹ganz nett› oder ‹gar nicht schlecht›?»

«Ich meine, dass du mir nach zwei Tagen Abwesenheit wenigstens einen Kuss geben könntest. Und etwas Freundlichkeit würde auch nicht schaden», flüsterte sie und wurde unvermittelt ernst. «Ich brauche deine Hilfe.» Sie setzte sich auf seinen Schoß und legte ihre Hände um seinen Hals.

Eugenio befreite sich von der Umklammerung. «Du glaubst nicht, was ich die letzten zwei Tage gemacht habe. Letzte Nacht habe ich auf der Krankenstation des Gefängnisses verbracht. Eine Patientin von mir weigert sich, mit meinen Kollegen zu sprechen. Also haben sie mich mitten in der Nacht aus dem Bett geholt, weil die Frau einen Nervenzusammenbruch hatte.»

«Mein armer Liebling», sagte Giuseppina und umarmte ihn fester. «Du bist selber schuld! Du bist halt zu gut! Ich brauche deine Hilfe», sagte sie noch einmal. «Ein gewisser Paolo Sanna war doch mal bei dir in Behandlung», kam sie plötzlich zur Sache.

Eugenio Martis machte sich los. «Paolo Sanna?», fragte er. «Bei mir in Behandlung . . .»

«. . . wegen Alkoholismus», half sie ihm auf die Sprünge.

«Ja, richtig, ein Alkoholiker», erinnerte er sich. «Kennst du den Mann? Ja, vor ein paar Jahren war er bei mir: eine schlimme Geschichte.»

«Ich interessiere mich für ihn», sagte Giuseppina. «Er wurde seinerzeit von der Polizei verhört, im Zusammenhang mit dem Verschwinden eines kleinen Mädchens im November 1989.»

«Er wurde nicht verhört», stellte Eugenio richtig. «Er war zu der Zeit im Krankenhaus.»

«Ja, ja, ich weiß. Ich will nur wissen, was für ein Mensch er war.»

Eugenio richtete sich auf und verlagerte sein Gewicht ein wenig. «Mein Fräulein, du weißt, dass ich nicht gerne über meine Patienten rede!»

«Ach komm schon, Eugenio, du sollst mir schließlich keine Geheimnisse verraten. Ich will lediglich deine Meinung hören.»

«Meine Meinung worüber?», fragte er und hob sie hoch.

«Na, über den Jungen! In der Zeitung stand, dass man ihn in Verdacht hatte und dass du ihn durch deine Aussage entlastet hast.»

Bevor Eugenio zu einer Antwort ansetzte, vergingen ein paar Sekunden. Er versuchte sich zu erinnern, versuchte sich den Jungen, wie er damals vor ihm saß, ins Gedächtnis zu rufen. Ja, jetzt erinnerte er sich sogar an seine Stimme.

«Das ist doch alles Quatsch», entschied Eugenio. «Was in der Zeitung steht, hat doch mit der Wahrheit nicht viel zu tun. Das vermisste Mädchen war dort, wo der Junge wohnte, häufig zu Besuch. Sie war da wohl sogar öfter anzutreffen als zu Hause. Da war es klar, dass die Polizei überprüfen musste, wo er sich am Tag ihres Verschwindens aufhielt. Und er war im Krankenhaus, das habe ich dir ja bereits gesagt! Und es ist bei weitem nicht dasselbe zu sagen, er sei von der Polizei verhört worden! Ich weiß nicht, ob du verstehst, was ich sagen will . . .» Damit signalisierte er, dass das die einzigen Informationen waren, die er bereit war zu geben.

«Ja, ja. Ich verstehe sehr gut. Dennoch bleibt die Tatsache bestehen, dass Paolo Sanna der Hauptverdächtige war.»

«Warum denn das?», unterbrach Eugenio. «Weil er Probleme hatte? Weil er seit seinem zwanzigsten Lebensjahr soff wie ein Loch? Siehst du, Giuseppina, das ist es, was mir an deiner Arbeit nicht gefällt!»

«Was hat meine Arbeit denn jetzt plötzlich damit zu tun?»

«Sehr viel sogar! Hast du schon einmal von der Theorie der fliegenden Frösche gehört?»

Auf diese Frage war Giuseppina nicht vorbereitet. Sie brachte ihr ganzes Konzept durcheinander und plötzlich konnte sie sich nicht mehr an die Antworten erinnern, die sie sich im Geiste bereits zurechtgelegt hatte. «Nein, noch nie», antwortete sie leise.

«Diese Theorie stammt von einem Philosophen des siebzehnten Jahrhunderts. Seiner Ansicht nach vergeudet man nur seine Zeit, wenn man versucht, Leuten, die in ihren eigenen Vorurteilen gefangen sind, die Wahrheit aufzuzeigen, denn diese Leute sind ungefähr so sehr an der Wahrheit interessiert wie Frösche am Fliegen.»

«Sehr interessant», entgegnete Giuseppina wütend. «Und auf welcher Seite stehe *ich* deiner Meinung nach?»

«Auf der Seite derer, die weniger klug handeln: Denn anstatt dass du den wenigen Leuten hilfst, die wirklich an der Wahrheit interessiert sind, beschäftigst du dich vielmehr mit der großen Masse, die sowieso nichts von der Wahrheit wissen will.»

«Wenn der Herr vielleicht die Güte hätte», ereiferte sie sich, «uns über die Wahrheit aufzuklären, dann wären wir, die gewöhnlichen Menschen, ihm zu tiefem Dank verpflichtet!»

«Die Wahrheit?», erwiderte Eugenio. «Die Wahrheit ist, dass dieser Junge an dem Tag, als das Mädchen verschwand, in einem Krankenhausbett lag und gar nicht in der Lage war aufzustehen.»

Giuseppina ließ einige Sekunden verstreichen. Sie betrachtete Eugenio, wie er sich in Gedanken versunken etwas zu trinken einschenkte. Immer, wenn ihm eine Situation zu entgleiten drohte und er sich bemühte, ruhig zu bleiben, trat dieser Ausdruck in seine Augen.

«Ich versuche nur, mich auf die Tatsachen zu beschränken», unternahm sie einen neuen Vorstoß. Sie sprach betont langsam, als wollte sie seine Geduld auf die Probe stellen und sehen, wie weit er sich im Griff hatte.

«Gut», sagte er, stellte das noch nicht ganz leere Glas auf den Tisch und griff nach der Zeitung. «Schauen wir uns diese Tatsachen doch einmal an.» Dann begann er vorzulesen: «*Leiche des seit einem Jahr vermissten Mädchens aufgefunden. Kannte Ines Ledda ihren Mörder? Die Wohnung der Familie Ledda, ein bescheidenes Apartment ganz in der Nähe des Corso Garibaldi. Die Mutter versteckt ihr Gesicht hinter einem Taschentuch. Der Vater hat Mühe zu sprechen: ‹Für den, der das getan hat, ist keine Strafe hart genug!› Dann versinkt er wieder in seinem Schmerz. Diese Bemerkung spiegelt den Schmerz aller Beteiligten wider: Freunde, Nachbarn und alle, die sich auf dem kleinen Hof in der Via San Francesco versammelt haben, sind zutiefst erschüttert. Die Polizei hält sich bedeckt. Dottoressa Comastri, die stellvertretende Staatsanwältin, die die Ermittlungen leitet, antwortet auf Fragen lediglich mit einem ‹Lassen Sie uns unsere Arbeit tun›. Commissario Curreli von der Mordkommission ist nicht viel gesprächiger. ‹Ich habe im Moment nichts zu sagen. Für Erklärungen ist es noch zu früh.› Dennoch ist es der Presse gelungen, einige Informationen zu erhalten. Aus dem Palazzo di Giustizia war zu erfahren, dass drei Jäger, darunter ein Unterzugführer der Carabinieri, ein gewisser Maresciallo Nicola Pili, die Leiche des Mädchens gefunden haben. Gerüchten aus dem Palazzo di Giustizia zufolge soll die Autopsie der Leiche wichtige Erkenntnisse ans Tageslicht gebracht haben . . .»*

Giuseppina, die während der ganzen Lektüre versucht hatte ruhig zu bleiben, schoss nach vorne und riss Eugenio die Zeitung aus der Hand.

«Ich bin keine von deinen Patientinnen, also behandle mich nicht so!», sagte sie, darum bemüht, ihre Haltung wiederzufinden.

«Was sind die Tatsachen?», fragte Eugenio ruhig. Die junge Frau hüllte sich in trotziges Schweigen. «Hier drin steht keine einzige Information», beharrte er.

Giuseppina stand auf und begann den Tisch abzuräumen. «Bald werde ich die Informationen haben», flüsterte sie, und es hörte sich beinahe wie eine Drohung an. Dann blickte sie sich suchend nach ihrer Tasche um. «Bald hab ich sie», behauptete sie noch einmal und reichte ihm den anonymen Brief, den sie am Morgen in der Redaktion erhalten hatte.

11

Danila Comastri stürzte ihren Kaffee hinunter. Sie sollte wohl besser die Heizung etwas herunterstelllen, ihr war heiß. «Die Luft hier ist zu trocken», sagte sie. Man sollte die Heizkörper herunterdrehen, sonst erstickt man hier drin noch!»

Commissario Curreli lächelte. «Früher einmal, da war das

Klima hier ziemlich trocken. Aber seitdem sie diese künstlichen Becken angelegt haben, ist alles anders geworden.»

«Wenn Sie aus der Lombardei kämen, wüssten Sie, was ich meine», bemerkte sie, ging zum Fenster und öffnete es weit. «Aber wir sind nicht hier, um über das Klima zu sprechen, nicht wahr?»

«So ist es», stimmte der Commissario zu. Durch das große Fenster des Büros der stellvertretenden Staatsanwältin drang eiskalte Luft herein. Er zog die Schultern hoch und kauerte sich tiefer in seinen Mantel. «Hier sind die Informationen, die Sie haben wollten», fügte er hinzu und reichte ihr einen ziemlich dünnen Aktendeckel.

Danila Comastri warf einen raschen Blick hinein. «Luigi Masuli hat einen Tabakladen auf dem Corso Garibaldi», las sie laut vor. Der Commissario nickte. «Elio Parodi: Kaufmann.»

«Eigentümer eines kleinen Schreibwarenhandels», informierte sie der Commissario und räusperte sich.

«. . . Kaufmann», fuhr sie fort, um den Faden nicht zu verlieren, hielt im Lesen inne und ordnete die Blätter, die auf ihrem Schreibtisch umherwirbelten. «Würde es Ihnen etwas ausmachen das Fenster zu schließen, Commissario?», sagte sie unvermittelt. «Ich wage zu behaupten, dass die Luft hier drin jetzt frisch genug ist», fügte sie hinzu und versuchte, ihrer Stimme einen ironischen Tonfall zu geben.

Der Commissario machte nicht den Versuch, seine Müdigkeit zu verbergen. Schwerfällig erhob er sich und schloss das Fenster. Danila Comastri wartete, bis er sich wieder gesetzt hatte, dann fuhr sie fort: «Nicola Pili und so weiter und so fort . . . noch ein halbes Jahr bis zur Pensionierung.»

«Da ist nichts», bemerkte der Commissario und sah zu, wie die stellvertretende Staatsanwältin den Aktendeckel zuklappte.

Danila Comastri schien nachdenklich, machte aber keinen enttäuschten Eindruck. Wie zum Gebet faltete sie die Hände vor ihrem Gesicht. «Commissario», setzte sie an, «Sie bringen mich in eine sehr unangenehme Lage, das können Sie mir glauben . . .»

Wie um seine Reaktion abzuwarten, hielt sie inne. Die erwartete Reaktion blieb jedoch aus. Der Commissario streckte die

Beine noch ein wenig weiter von sich, darum bemüht, eine möglichst gleichgültige Miene aufzusetzen, brachte aber nur ein ziemlich schwachsinniges Lächeln zustande.

«In Ihrer Dienstzeit haben Sie sicher schon den einen oder anderen Zeugen vernommen, bei dem Sie das Gefühl hatten, das er nicht alles sagt, was er weiß. Ist das nicht auch *Ihr* Problem, Commissario?»

Commissario Curreli richtete sich auf. «Wie *mein* Problem?», fragte er in einem Ton, der keine Frage mehr war.

«Das Problem von euch Sarden», erwiderte sie und schaute ihn unschuldig an.

Commissario Curreli fühlte sich jetzt sichtlich unwohl in seiner Haut. «Von uns Sarden», wiederholte er mechanisch, so als würde ihm der Sinn des eben Gesagten dadurch besser begreiflich. «Sie sind also der Meinung, es handle sich um ein regionales Problem?», parierte er ungeniert. «Signora Comastri», fuhr er in selbstgerechtem Ton fort, «meinen Sie nicht, dass es bereits genug Soziologen und Anthropologen gegeben hat, die sich mit dieser Thematik beschäftigt haben, und dass man langsam damit aufhören sollte, uns Sarden zu untersuchen?»

Danila Comastri wartete ein paar Sekunden, bevor sie erneut zu sprechen begann. «Wissen Sie, dass ich einen Hund habe?», fragte sie unvermittelt, nicht im mindesten besorgt, dass diese Frage eventuell fehl am Platz sein könnte.

«Nein», antwortete der Commissario überrascht.

«Ja, ich habe einen», bekräftigte sie. «Der mich jeden Morgen viel zu früh aus dem Bett holt», fügte sie hinzu.

Auf einmal verstand der Commissario. Er senkte den Kopf wie ein Schuljunge, der von der Lehrerin beim Abschreiben erwischt worden war.

«Geht es dem Maresciallo gut?», fragte sie.

«Ja, es geht ihm gut», erwiderte Commissario Curreli, ohne aufzublicken.

«Wir haben uns so einiges zu erzählen, stimmt's?», fuhr Danila Comastri fort, darum bemüht den Tonfall beizubehalten, den man Kindern gegenüber anschlägt.

Der Commissario nickte mit dem Kopf.

Er hatte sich alle erdenkliche Mühe gegeben.

Fast alles hatte er gesagt. Erstaunt hatte er zur Kenntnis genommen, wie erstaunt wiederum die Dottoressa war. Er hatte gemerkt, dass das, was ihm so logisch erschienen war, gar nicht so einfach zu erklären war. Und er hörte sich erzählen, hörte sich Gründe nennen, die, kaum waren sie ausgesprochen, selbst in seinen Ohren ziemlich dürftig klangen.

Eigentlich würde es genügen, die Geschichte einfach der Reihe nach zu erzählen und mit dem Anfang zu beginnen: Mit dem Morgen des 7. September 1989, als ein achtunddreißigjähriger Mann in die Questura gekommen war und seine Tochter als vermisst gemeldet hatte. Dieser Mann hatte das Mädchen folgendermaßen beschrieben: zwölf Jahre alt, ein Meter siebenundvierzig, dunkles Haar, grüne Augen. Und er hatte ihm ein Foto des Kindes gezeigt.

An dieser Stelle seiner Erzählung stieß er bereits auf das erste Problem: Er hatte Mühe, das Gesicht des Mannes, seinen Blick richtig zu beschreiben: die aufgesetzte, ja beinahe heiter wirkende Verzweiflung, als handle sich das Ganze um einen Scherz. Der Commissario vermochte all dies nicht in Worte zu kleiden: diese Gewissheit, die er verspürt hatte, und wie er den Mann eigentlich schon schuldig gesprochen hatte. Weil er sich geweigert hatte, die näheren Umstände zu beschreiben und zu erklären, warum er plötzlich so viel Geld auf der Bank hatte und von wem er das ganze Geld bekommen hatte. Jede Frage hatte er mit einem «er wisse es nicht» beantwortet. Auf jede Anschuldigung hatte er mit Schweigen reagiert. Durch dieses Verhalten hatte sich der Mann selbst schuldig gesprochen. Zum zweiten Mal. So wie ihn all jene schuldig gesprochen haben, die erzählt hatten, was für ein schlechter Mensch er sei und dass er das Kind häufig geschlagen habe.

So sagte der Commissario einfach, dass alle Verdachtsmomente auf den Mann hingedeutet hätten. Und doch habe er sich noch nicht einmal verteidigt.

Es wäre unmöglich gewesen, noch mehr zu erklären. Zu sagen, dass in unserem Rechtssystem die Ermittlungen doch dann aufhören, wenn ein Schuldiger gefunden wird. Und dass dieser

Fall klar auf der Hand gelegen hatte. Auch wenn der Blick der stellvertretenden Staatsanwältin keinerlei Erstaunen zeigte, sie vielmehr Verständnis signalisierte. Und dies ermutigte ihn zu sprechen.

Also erzählte der Commissario, wie Maresciallo Pili ihn im November 1989 um ein Treffen gebeten hatte, weil ein anderes kleines Mädchen verschwunden war. Und dass sie beide sich auf Anhieb verstanden hätten, wie zwei Schiffbrüchige allein auf hoher See. Er erzählte, wie die ersten Zweifel, die unter der Oberfläche eigentlich immer vorhanden gewesen waren, nun endlich aufbrachen und wie der Schuldige, der gewalttätige Vater, dessen Rolle in dieser Geschichte so logisch erschienen war, ihnen auf einmal – nach und nach – selbst wie ein Opfer vorgekommen war. Weil die Gerechtigkeit, die Menschen fordern, nun einmal nicht warten kann; doch wahre Gerechtigkeit bringt nur die Zeit mit sich. So war ein weiteres Mädchen verschwunden, und alles war aus den Fugen geraten. Alles hatte sich verflüchtigt, war wie ein Kartenhaus in sich zusammengebrochen. Aber eine Sache lag nun klar erkennbar vor ihnen: ein neuer Weg, der begangen werden musste. Sie würden alle Engpässe überwinden, sich in völliger Freiheit bewegen und warten. Dies war die Übereinkunft, die sie getroffen hatten: Sie würden den Menschen ihre Gerechtigkeit geben und dabei für die wahre Gerechtigkeit arbeiten. Sie spürten, dass dies ihre Bestimmung war und rechtfertigten ihr Verhalten mit dem Vertrauen in die eigene Integrität.

Und wenn es ihnen je gelingen sollte, in das Geschehen einzudringen, in den Wirrwarr einer Geschichte, die von menschlichen Schicksalen handelt, so wäre es niemals logisches Denken, das sie der Lösung zuführt, sondern stets die verschlungenen Pfade des Zufalls.

So war es gewesen, und dies versuchte der Commissario der stellvertretenden Staatsanwältin zu erklären. Er versuchte ihr mehr als die nackten Tatsachen zu vermitteln, nämlich welche Gründe zwei erwachsene Männer dazu veranlasst haben, sich über das Rechtssystem hinwegzusetzen, um das zu verteidigen, was sie als ihre Bestimmung ansahen.

Nicht einmal die Tatsache, dass Immacolata Cóntene lebend wiederaufgetaucht war, konnte sie von ihrem Vorhaben abbringen. Lebend passte Immacolata Cóntene nicht in das Bild . . .

Und als dann das dritte Mädchen, Lorenza Ibba, im Januar 1991 bei sich zu Hause tot aufgefunden wurde, vergiftet durch Mäusegift, ging das ganze Leid wieder von vorne los. Trotzdem alles ganz klar auf der Hand zu liegen schien, trotzdem alles so logisch wirkte und der Fall mit dem Vermerk «ein tragischer Unfall» zu den Akten gelegt wurde, kam ein neuer Name auf diese furchtbare Liste.

Eine Entscheidung musste getroffen werden.

Danila Comastri starrte auf den leeren Stuhl, auf dem ein paar Minuten zuvor noch Commissario Curreli gesessen hatte: Der Commissario und der Maresciallo hatten gemeinsam gehandelt, hatten völlig selbständig die Richtung der Ermittlungen festgelegt und jede Art von Koordinierung ignoriert. Eigentlich hätte sie sich schlechter fühlen, hätte wütend sein müssen. Aber dem war nicht so. Nun ging es darum, dieses ganze Schlamassel irgendwie wieder in Ordnung zu bringen. Um die Sache jedoch in Ordnung bringen zu können, musste sie die Ergebnisse dieser Nachforschungen unbedingt genau kennen.

Das erste Mädchen verschwindet. Richter Corona lässt die in so einem Fall normalen Ermittlungen durchführen. Es gibt keinerlei andere Hinweise. Innerhalb der Familie werden Nachforschungen angestellt, und man findet einen Schuldigen. Bis zu diesem Punkt läuft alles ganz vorschriftsmäßig. Dann verschwindet das zweite Mädchen. Erneut werden Ermittlungen angestellt, und da betritt der Maresciallo die Bühne. Und ab diesem Moment wird das System umgangen, Beweise werden unterschlagen, es kommt zu Absprachen, und das rechtmäßige Verfahren wird behindert. Der Commissario und der Maresciallo steigern sich immer mehr in den Fall hinein und arbeiten alleine. Zu der Zeit, als das zweite Mädchen verschwindet, sind die Ermittlungen keineswegs schon an einem toten Punkt angelangt. Der Maresciallo stellt Nachforschungen in der Schule an. Er ist sich sicher, das Mädchen zu kennen, das bei der Zeitung angerufen und behauptet hat, Grazia Mereu habe ein Tagebuch geführt. Er folgt ihr. Doch das Mädchen stirbt bei sich zu Hause. Ein banaler Unfall: Tod durch Mäusegift. Die Mutter des Mädchens ist verzweifelt und gibt zu, dass sie so leichtsinnig war und das Gift offen aufbewahrt hat; die Tatsachen sprechen dafür, dass das Mädchen die Packung mit dem Gift mit dem Zuckerpaket verwechselt hat. Denn Lorenza ist ein zerstreutes, abwesendes Kind, ein Kind, das die meiste Zeit über den Wolken schwebte.

»Ich will Sie nicht weiter aufhalten», sagte der Maresciallo mit einem Blick auf die Uhr.

Richter Corona schaute von den Papieren auf, die auf seinem Schoß lagen.

«Es ist fast Mittag», stellte der Maresciallo fest und fing an, die losen Blätter einzusammeln und in seinem Aktenkoffer zu verstauen. Wie auch immer man es drehen und wenden mochte, er hatte ein vollständiges Geständnis abgelegt.

Richter Corona hatte ihm zugehört und ihn nur hin und wieder mit einer einfachen Frage unterbrochen. «Warum Lorenza Ibba?», hatte er gefragt.

Maresciallo Pili hatte sich im Sofa zurechtgesetzt und die Frage im Geiste anders formuliert. Dann hatte er sich schließlich entspannt zurückgelehnt und geantwortet: «Darüber habe ich erst hinterher nachgedacht.»

Der Richter rieb sich die Augen. «Wenn also jemand etwas zu befürchten hatte und Sie dabei gesehen hat, wie Sie das Kind beobachtet haben, dann hat dieser Jemand das Mädchen schließlich zum Schweigen gebracht.»

Der Maresciallo schoss nach vorne. «Das können Sie doch so nicht sagen!»

Der Richter wurde laut. «Aber *Sie* haben *selber* schon daran gedacht, ist es nicht so?»

Der Maresciallo rückte unruhig hin und her. «Es war ein Unfall!»

Der Richter entgegnete, ohne ihn anzublicken. «Aber Sie sind sich nicht hundertprozentig sicher . . .»

Der Maresciallo stand abrupt auf. «Nein, Sie wissen so gut wie ich, dass ich nicht hundertprozentig sicher sein kann!»

Der Richter bedeutete ihm sich wieder zu setzen. Doch der Maresciallo erwiderte, es sei spät geworden und Zeit zum Mittagessen.

«Es ist noch nicht spät, Maresciallo. Wenn es für Sie kein Problem darstellt, *ich* habe alle Zeit der Welt.» Er warf noch einen Blick auf die restlichen Papiere auf seinem Schoß. «Das war verrückt von Ihnen und dem Commissario. Sie haben sich völlig unprofessionell verhalten, haben Fehler gemacht, die nicht einmal einem Anfänger passieren würden –»

«Sicher war das verrückt», unterbrach ihn der Maresciallo. «Ich weiß selbst, dass das verrückt war! Aber wir wollten wissen, ob diese Verbrecher einfach nur mehr Glück hatten als wir und warum sie uns immer eine Nasenlänge voraus sind. Wir brauchen wirksamere Waffen, bessere Mittel und Möglichkeiten, um mit denen eine Schlacht zu schlagen, denn das ist es doch letztendlich: Krieg. Und wenn es uns nicht gelingt, sie zu schlagen, dann sind wir wenigstens in der Lage, die Rechnung zu begleichen. Doch der Rest eines Zweifels bleibt immer bestehen, Herr Richter. Man will wissen, *wie* sie das geschafft haben ... Und so haben wir geglaubt, dass wir uns nicht von dem offiziellen Verfahren behindern und ablenken lassen, wenn wir geeignete Nachforschungen anstellen und gemeinsam überlegen. Dass wir dann in der Lage wären, die Verantwortlichen zu finden und zu erfahren, wie es überhaupt dazu kommen konnte.»

Ein Lächeln ging über das Gesicht des Richters. «Ich wünschte, ich wäre so zuversichtlich wie Sie», sagte er leise. «Ich wünschte, ich könnte wenigstens an die Möglichkeit glauben, dass es überhaupt noch etwas zu tun gibt. Ja, Sie haben schon Recht. Diese Gründe muss man finden, aber ich glaube, dass weder Sie noch ich dazu in der Lage wären.»

«Wollen Sie damit sagen, dass Sie mir nicht helfen werden?», fragte der Maresciallo, bereits auf eine abschlägige Antwort gefasst.

«Ich will damit sagen, dass ich ein armer Hund bin, der kein Vertrauen mehr hat, der alles, an das er je glaubte, hat niedergehen sehen; einer, der mehr Schaden als Nutzen bringt. Ich würde mir damit nur vorgaukeln, noch irgendetwas bewirken zu können.»

Es war kalt im Zimmer. Der Maresciallo rieb sich die Hände. «Ich hätte schon viel früher darüber reden sollen, aber damals, in jenem Sommer –»

«Ja», unterbrach ihn der Richter. «Ja, damals. Als ich lernen musste, in welchem Maße uns die Wahrheit aus den Händen gleiten kann. Deshalb denke ich, dass keiner weniger geeignet ist als ich, für die Wahrheit einzustehen. Sie verstehen sicher, dass ich zumindest noch an unsere Justiz glauben möchte? Und Sie kommen daher und verlangen von mir, ich soll hier den Henker machen! Warum um alles in der Welt? Um mir noch eine Chance zu geben?»

«Weil Sie ja selbst kein Wort von dem glauben, was Sie da eben gesagt haben», erwiderte der Maresciallo, jedes einzelne Wort betonend. «Weil keiner von uns – Sie nicht und ich nicht – in der Lage war, die Dinge vorherzusehen . . .»

«Wir waren ja noch nicht einmal in der Lage zu erkennen, was tatsächlich geschah. Erinnern Sie sich, Maresciallo?», brummte der Richter. «Ich habe mich aufs Glatteis führen lassen, meine Güte! Man kann sich nicht vor allem schützen! Man kann sich nicht vor allem verschanzen. Ich spreche von meiner Frau, Maresciallo, verstehen Sie?»

«Ja, ich verstehe. Doch, bei allem Respekt, ich würde mir an Ihrer Stelle nicht die ganze Schuld aufladen, nicht dafür. . . Und dann ist es schließlich schon über drei Jahre her.»

«Ach, *Sie* hätten sich nicht die ganze Schuld aufgeladen, wie! Und was ist mit Ihrer Tochter? Das ist inzwischen elf Jahre her. Und Sie behaupten, Sie hätten sich nicht die ganze Schuld aufgeladen. Als wäre es nicht genug, neun Jahre lang neben einer Fremden gelebt zu haben?»

«Ich meine, neun Jahre mit einer Mörderin zusammenzuleben –»

«Jetzt ist aber wirklich Schluss, Maresciallo!»

«Nein, es ist keineswegs Schluss. Es fängt gerade erst an. Und wenn Sie sich zurückziehen, dann hat Ihre Frau auch Sie getötet!

Und Ihre Kinder, Ihre Schwägerin. Denn alle warten darauf, dass Sie endlich aus dieser Gruft herauskommen und wieder am Leben teilnehmen. Und sich nicht bei der nächstbesten Gelegenheit wieder verschanzen! Glauben Sie im Ernst, ich hätte mir nicht dieselben Fragen gestellt wie Sie, immer und immer wieder? Glauben Sie nicht, mein erster Gedanke damals wäre nicht der gewesen, mich von allem und jedem abzuwenden? Das habe ich Ihnen zu Anfang gesagt. Jetzt bin ich mir nicht mehr so sicher . . . Ich kam hierher, um einen Ausweg zu finden, aber der einzige Weg, den ich sehe, besteht darin weiterzumachen.»

«Und den Racheengel zu spielen?»

«Und Gerechtigkeit zu üben!»

Dritter Teil

1

Das Fahren wurde langsam gefährlich. Der Raureif hatte die Asphaltdecke mit einer Schmierschicht überzogen. Fiammetta Musu schaltete vom dritten in den zweiten Gang zurück, damit das Auto beim Bergabfahren langsamer wurde. Sie spürte, wie der Wagen unter ihr leicht wegrutschte, und hatte das Gefühl, die Gewalt über das Fahrzeug zu verlieren. Dieses Gefühl war im Grunde fast schon eine Metapher: Ihre Karriere als Bürgermeisterin war wegen einer Parkplatzgeschichte zu Ende. Die Öffentlichkeit hatte unverblümt geäußert, was sie von der Sache hielt, nämlich nichts.

Früher war das alles anders gewesen.

Früher hätte so ein bisschen Kritik sie nicht so leicht aus der Bahn geworfen. Früher wurde der Bürgermeister vom Parteitag bestimmt und abberufen.

Wenn ein Bürger sich an der Wahl beteiligte, so war es egal, wie und warum er dies tat, Hauptsache war, er gab seine Stimme ab und hatte seine Pflicht und Schuldigkeit getan. Alles übrige ging ihn nichts an. Und niemand musste ihm Rede und Antwort stehen und ihm in irgendeiner Form Rechenschaft ablegen.

Heute war alles viel komplizierter.

Der ganze Laden drohte in sich zusammenzubrechen. Das Dach war an verschiedenen Stellen undicht. Das Fahrzeug rutschte auf der spiegelglatten Fahrbahn und es wurde immer schwieriger, die Kontrolle zu behalten.

Ja, all diese Bilder passten zu ihrer jetzigen Situation!

Die Bürgermeisterin lächelte vor sich hin und ließ ihren Blick in die Ferne schweifen. Von hier oben wirkte die Stadt so, als würde eine riesenhafte Faust sie umschließen.

Fiammetta Musu sah das Auto nicht kommen. Eine dunkle Limousine bewegte sich auf ihrer Fahrbahnseite auf sie zu. Sie machte eine ruckartige Lenkbewegung, um dem Wagen auszuweichen. Ihr Kleinwagen ruckelte, als hätte sie das Gaspedal durchgedrückt. Kurz darauf drehte sie sich um die eigene Achse, streifte die Fahrbahnbegrenzung aus Granitsteinen und landete in einem kleinen Graben.

Der Fahrer der Limousine, ein älterer Mann, riss die Fahrertür auf, sprang heraus und kam drohend auf sie zu. Fiammetta Musu war damit beschäftigt, den Adrenalinstoß zu verarbeiten, der ihr die Sicht genommen hatte. Da bemerkte sie den Mann und öffnete die Autotür. Ein eiskalter Wind wehte ihr entgegen.

«Santino!», stammelte sie.

Der Mann trat auf sie zu und berührte mit dem Zeigefinger ihr Kinn. «Was habe ich da für einen Mist gehört von wegen Rücktrittsgesuch?», fragte er und konnte seine Wut nur mühsam beherrschen.

Es vergingen einige Sekunden, bis die Frau die Situation erfasst hatte. Nach dieser Schleuderpartie verspürte sie einen leichten Schmerz im Nacken.

«Du weißt selbst, was geschehen ist . . .», wagte sie einen zaghaften Vorstoß und massierte sich dabei den Nacken.

Wie von der Tarantel gestochen schoss Santino Pau auf die Frau zu. «Was geschehen ist? Nein, ich weiß nicht, was geschehen ist, also sag du es mir!»

«Sie haben mich an den Pranger gestellt, Santino. Sie waren kurz davor, über mich herzufallen, verstehst du? Ohne die Genehmigung –»

«Ach, die *Genehmigung*», fiel er ihr spöttisch ins Wort. «Jetzt wollen wir also ernsthaft Politik machen. Also gut, dann machen wir Politik: Hast du eine Vorstellung davon, wieviel mich die ganze Sache kostet? Nein, natürlich nicht, denn die Dame macht sich ja Gedanken um die Genehmigung.»

«Vielleicht sollten wir nur ein wenig abwarten . . . bis sich die Wogen geglättet haben», schlug sie vor.

Santino Pau schien förmlich aus den Nähten zu platzen. Sein Gesicht hatte inzwischen eine dunkelrote Färbung angenommen.

«Ich habe in meinem ganzen Leben noch nie auch nur eine Minute meiner Zeit vergeudet! Das, was ich erreicht habe, habe ich nur deshalb erreicht, weil ich diese einfache Regel immer befolgt habe, und jetzt sagst du mir, ich solle abwarten! Als es um den Vorstandsvorsitz für deinen Mann ging, hast du das nicht gesagt, damals nicht, nein! Damals konntest du die Leute, die das Sagen hatten, nicht schnell genug aus ihren Betten holen, damit sie deinen Mann in den Vorstand wählen, und der gute Santino hat auch prompt reagiert: Er hat einen nach dem anderen herkommen lassen und dein Mann hat den Posten bekommen, oder etwa nicht?»

«Ja, ja, ich weiß», rief Fiammetta Musu aus. «Aber diesmal ist es anders. Bist du dir eigentlich nicht im Klaren darüber, dass wir die Leute nur vergraulen, wenn wir die Sache jetzt einfach so durchziehen?»

«Ich weiß nur, dass ich Verpflichtungen eingegangen bin. Ernsthafte Verpflichtungen, die in die Millionen gehen! Die Leute sind dein Problem, nicht meines. Sonst hätte ich meine Zeit und mein Geld nicht darauf verwendet, dich zur Bürgermeisterin zu machen.»

«Also gut», lenkte Fiammetta Musu ein. «Man kann sicher nicht behaupten, dass du um den heißen Brei herumredest. Du hättest niemals Politiker werden können, Santino. Was soll ich tun?»

Maria Vittoria Leccis starrte auf den Straßenabschnitt unter ihr. «Hast du das gesehen?», sagte sie immer wieder zu dem jungen Mann, der neben ihr stand. «Hast du das gesehen?», wiederholte sie, als müsse sie sich beweisen, dass sie ihren Augen wirklich trauen konnte. Sie hatte den einfachen Plan gehabt, die Bürgermeisterin zu beschatten. Ihr einen ganzen Tag lang nachzufahren, vom frühen Morgen bis in die Nacht hinein. «Ich muss hören, was sie sagen!», warf sie ein und machte sich auf, einen besseren Standort zu suchen, der es ihr gestatten würde, nicht nur die Stimmen zu hören, sondern auch das Gesagte zu verstehen.

Der junge Mann, der sie begleitete, machte noch ein paar Aufnahmen. «Gesehen und fotografiert!», bemerkte er und sah sie triumphierend an. Er hatte sich zu diesem Abenteuer nur schwer überreden lassen, vor allem deshalb, weil er von der abenteuerlichen Natur dieser Unternehmung ganz und gar nicht überzeugt gewesen war. «Das ist nun wirklich spannend», rief er halblaut. «Das ist mal was anderes als Horoskope schreiben.»

Maria Vittoria drehte sich um. «Alberto», sagte sie. «Wir müssen wissen, was sie sprechen. Von hier oben hört man überhaupt nichts.»

«Wir sollten besser vorsichtig sein», gab der junge Mann zu bedenken. «Weiter unten können wir uns nirgends verstecken und wenn sie uns entdecken –»

«Ich weiß. Verdammt!» Maria Vittoria kehrte auf ihren ursprünglichen Posten zurück.

Weiter unten wurde heftig diskutiert. Der Mann in seinem bäuerlich wirkenden Anzug fuchtelte bedrohlich mit den Armen. Fiammetta Musu schien nicht in der Lage zu sein, entsprechend zu parieren. Man sah, wie sie aus dem Auto stieg, zu einem halbherzigen Protest ansetzte und den Mann zu beruhigen versuchte. Dann ging sie einmal um den Wagen herum und untersuchte das Fahrzeug auf eventuelle Schäden . . .

«Du weißt schon, wie viel mich dieses Abkommen gekostet hat?», donnerte Santino Pau.

Fiammetta seufzte ungeduldig.

«Eine Zahl mit vielen Nullen!», beantwortete er seine eigene Frage. Seine Gesichtsfarbe hatte inzwischen einen bläulichen Ton angenommen, seine Hände zitterten. «Auch deine Wahl zur Bürgermeisterin war nicht gerade billig!»

«Womit wir wieder beim Thema wären», bemerkte Fiammetta. «Hohe Politik! Es tut mir leid, dir das sagen zu müssen, aber du gehörst zu den Leuten, deren Leben sich durch das viele Geld kein bisschen verändert hat: Du bist und bleibst der arme Hund, der du immer gewesen bist!»

«Ich verbiete dir, so mit mir zu sprechen!» Doch er war so überrascht von ihren Worten, dass seine Stimme unsicher klang.

«Du *verbietest* mir? Was verbietest du mir? Willst du mit mir abrechnen, oder was? Wollen wir doch mal sehen, wem dieses werte Amt mehr eingebracht hat!» Fiammetta Musus Stimme hatte jetzt einen schneidenden Unterton.

Der Mann stellte sich vor den Wagen, der mit den Vorderreifen im Straßengraben steckte. «Der Wagen hat nicht viel abgekriegt», sagte er. «Nur die Stoßstange hat ein paar Beulen. Ich helf dir, ihn rauszuziehen.»

Das Herausziehen gestaltete sich nicht sehr schwierig. Ein leichter Stoß genügte, und das Fahrzeug stand wieder auf der Fahrbahn. In seiner Windjacke wirkte Santino Pau noch grobschlächtiger als sonst.

«Ohne mich schaffst du es nicht!», keuchte er und lehnte sich gegen die Motorhaube. Sein Blick war drohend, und sein weißer Atem war in der Kälte deutlich sichtbar. «Auf einmal werden sie alle anständig! Aber niemand fragt sich, wo all diese ehrbaren Bürger vor ein paar Monaten waren? Die sind doch nicht viel anders als eine Herde Schafe: Leute, die zum richtigen Zeitpunkt nicht den Mumm hatten, das zu tun, was getan werden musste! Und weißt du, was sie einem wirklich krumm nehmen? Dass sie von dem Kuchen nicht selbst ein Stück abbekommen haben. Sie nehmen es einem krumm, wenn man ihnen eine Nasenlänge voraus ist, dass man all diesen Dottori mit gerade mal fünf Volksschulklassen gezeigt hast, wo's langgeht. Das waren die gleichen Leute, die gelacht haben, als ich damals für einen Apfel und ein Ei dieses Gelände gekauft habe, als es noch kein Bauland war, mit diesen halb zerfallenen Häusern darauf. Als dann das Land erschlossen wurde, haben sie nicht mehr gelacht und kamen zu Santino Pau gerannt, um ihn um einen Gefallen zu bitten. Doch nun meinen sie, sie müssten sich reinwaschen. So läuft das jetzt! Aber noch vor ein paar Monaten hat man den Zuschlag für eine Ausschreibung nur bekommen, wenn man dafür kräftig was hingeblättert hat!»

Fiammetta Musu riss die Fahrertür ihres Wagens auf. «Entweder ich gehe von selbst, oder sie jagen mich davon!», meinte sie unwirsch und nagte an ihrer Unterlippe. «Es kann sich nur noch um Tage handeln.»

«Wenn es nur um ein paar Tage geht, dann sagen wir mal, dass du mir in dieser Zeit noch in deinem Amt nützlich sein kannst.»

«Was müsste ich tun?», fragte Fiammetta Musu und stieg ins Auto.

«Du sollst ein bisschen zaubern», sagte der Mann und öffnete seine Hände, um eine Explosion anzudeuten.

«Wenn ich diese Unterlagen jetzt auch nur anrühre, werden sich alle wie die Geier auf mich stürzen!», entgegnete sie und unternahm damit einen letzten Versuch, sich ihm zu widersetzen. Doch ihre Stimme verriet, dass sie bereits resigniert hatte.

«Das ist dein Problem», beendete Santino Pau das Gespräch und schlug die Autotür zu. «Was mich betrifft, so weiß ich genau, was ich als nächstes zu tun habe.»

Kaum dass die beiden verschwunden waren, lehnte sich Maria Vittoria Leccis auf ihrem Beobachtungsposten so weit wie möglich vor. «Wir dürfen sie auf keinen Fall aus den Augen verlieren», überlegte sie laut und wandte sich dem jungen Mann zu, der gerade den Film im Fotoapparat zurückspulte.

«Signorina Leccis, Sie sitzen auf einem Pulverfass», bemerkte er und reichte ihr den kleinen Behälter, der den Film vor Licht und Staub schützen sollte.

«Das tun wir doch alle, Alberto», erwiderte sie. «Du bleibst ihm auf den Fersen, und ich hänge mich an sie. Und heute Abend treffen wir uns bei mir zu Hause.»

Der Junge lächelte nur. «Und was sagen wir bei der Zeitung?», wollte er wissen.

«Nichts, vorerst sagen wir noch gar nichts.»

2

Der Gefängnishof lag verlassen da. Auf dem Asphalt waren Spuren weißer Farbe erkennbar, die ein improvisiertes Fußballfeld darstellen sollten. Ein Basketball-Spielfeld war auf jeder Seite von fahrbaren Korbgestellen begrenzt. Von ihrer Zelle aus konnte Lina diesen Hof sehen, der zwischen dem Männer- und dem Frauentrakt lag.

Sie hatte eine schlimme Nacht hinter sich, hatte fast kein Auge zugemacht, denn den künstlich hervorgerufenen Schlaf konnte man eigentlich nicht Schlaf nennen. Sie fühlte sich erschöpft. Eine Weile lang saß sie einfach so da, starrte hinaus auf den Platz und dachte an die Stimmen, die bald wieder ihren Kopf bevölkern würden.

Ein Schritt zurück. Zwei. Drei. Und längst vergangene Jahre erschienen vor ihrem geistigen Auge. Vier. Fünf. Und die Erinnerungen überschlugen sich fast.

Schlimm. Sehr schlimm sogar: Diese Bilder, die sich in ihrem Kopf breit machten, als würde sich der Vorhang einer imaginären Bühne heben und den Blick freigeben auf das, was dahinter war. Sechs. Dreh dich nicht um und warte, bis du an das Ende des Raumes stößt, an die Zellenwand, an die Metalltür. Sieben. Steck deine Hände in die Taschen, dann spürst du an den Knöcheln die glatte Oberfläche der Fotografie: eine Frau und ein Mann, dessen Gesicht aus dem Bild herausgekratzt wurde, und ein Säugling. Acht. Das Gesicht des Mannes wird immer deutlicher, trotz der zerstörerischen Kraft deines Fingernagels, der die glatte Oberfläche zerstört hat. Stopp! Das kalte Metall der Tür. Der leise Luftzug, der durch die Klappe dringt und dir über den Nacken streicht. Ein wachsames Auge, das dich durch den Spion beobachtet. Ende der Zelle.

Sie haben ihr einen Klinikaufenthalt für ein ganzes Jahr versprochen. An einem Ort, an dem alle verrückt sind. Der junge Arzt sagt, alles sei fix und fertig. Sie bräuchte nur noch zu unterschreiben. Und alles sagen. Sofort wäre sie frei. Lina hat ihre Schuld verbüßt. Der Arzt sagt, dass sie zwar aus der Haft entlassen würde, aber richtig frei wäre sie erst, wenn sie sprechen würde. Und sie sollte nicht etwa um der Gerechtigkeit willen sprechen, nein, um ihrer selbst willen. Um neu anfangen zu können. In ihrem Alter!

Zurück in ihr Dorf. In ihr altes Zuhause. Ganz allein.

Lina lächelte.

Weiter. Acht. Sie hat doch alles gesagt! Achtundzwanzig

Jahre lang. Dann nichts mehr. Sie haben es geschworen, und sie haben ihren Schwur gehalten: keine Zusammenarbeit, keine Strafmilderung. Keine Vergünstigungen, weniger als nichts. Sieben. Ihre alte Lehrerin, eine kleine Frau mit weißem Haar. Das Morgengrauen, die Kälte, die das Gesicht prickeln lässt. Sechs. Santino, der langsam zu einem Mann heranwächst. Dem die ersten dunklen Barthaare sprießen, die sich zu einem kleinen Bärtchen über der Oberlippe verdichten. Fünf. Santino, der sich über den Waschtrog vor dem Kamin beugt. Er ist gerade neunzehn geworden und von der Herde heimgekehrt. Er ist so schüchtern, dass er sich nur nachts wäscht, wenn alle schon zu Bett gegangen sind. Noch nicht einmal dann, wenn nur der ältere Bruder im Raum ist, zieht er sich aus. Vier. Heimlich zuschauen, wie er sich mit dem Seifenlappen zwischen den Beinen wäscht. Zuschauen, wie er sich mit dem groben Leintuch abreibt, das zum Wärmen über dem Feuer hängt. Drei. Lina, die sich ihm von hinten nähert und eine Hand nach ihm ausstreckt wie eine Blinde, bis sie die Wärme seiner Haut spürt. Lina, die ihn festhält, damit er sich nicht umdreht. Lina, die sich die Bluse aufknöpft, um ihn ihre weiche Brust spüren zu lassen. Zwei. Santino, der sich nicht umdreht. Santino, schwer atmend, als würde er keine Luft mehr bekommen. Lina, wie sie ihm beide Lider zudrückt, wie man es mit den Toten macht. Santino, wie er aus dem Wasser steigt, die Hüften leicht vorgebeugt. Eins. Lina, wie sie ihr Nachthemd hochhebt und die Beine entblößt. Santino, wie er seine Füße aus dem Wasser hebt und aus dem Waschzuber steigt. Santino, wie er die Augen immer noch geschlossen hält und wartet. Darauf wartet, sie auf ihm zu spüren. Lina und Santino, die an nichts mehr denken. Lina denkt nicht mehr an ihren Mann, der im Zimmer über ihnen schläft, und Santino denkt nicht mehr an den Bruder, der im Zimmer über ihnen schläft.

Stopp. Der Platz draußen vor dem Fenster. Der kalte Nordwind, der den Staub aufwirbelt. Ende der Zelle.

Die Wärterin trat beiseite, um Eugenio durch den Spion blicken zu lassen.

«Sie hatte uns gebeten, Sie zu holen», entschuldigte sich die Frau.

Eugenio zuckte mit den Schultern, wie um zu sagen: «Das geht schon in Ordnung, das hatte ich ja so angeordnet.»

«Seit Stunden geht das nun schon so. Sie läuft immer hin und her und zählt laut. Hat sich nicht einmal umgedreht seitdem. Wir haben versucht ihr zu sagen, dass sie bald draußen sein wird, wenn alles glatt geht. Aber sie scheint darüber nicht sehr glücklich zu sein. Immer, wenn wir die Sache zur Sprache bringen wollen, wechselt sie das Thema. Sie wissen selbst, wie sie es immer macht.»

Eugenio nickte zum Zeichen, dass er verstanden hatte, und schaute durch den Spion.

Lina drehte ihm den Rücken zu. Diese Blickrichtung behielt sie die ganze Zeit bei. Sie wartete, bis das kalte Metall der Tür an ihrem Rücken ihr zeigte, dass sie das Ende der Zelle erreicht hatte. Dann begann sie von neuem zu zählen und Worte zu murmeln.

«Wird es schlimmer mit ihr, Dottore?», fragte die Wärterin gleichmütig.

Eugenio drehte sich um. Die Frau vor ihm blickte ihn an, als erwartete sie gar keine Antwort von ihm. Seltsamerweise machte ihre Uniform sie irgendwie anziehend, trotz ihrer Körperfülle.

«Sie zählt . . .», wiederholte Eugenio nachdenklich.

Eins.

Unser Herrgott.

Alle stehen auf, wenn die Lehrerin das Klassenzimmer betritt. Dann bekreuzigen sich alle. Das Tintenfass, das auf der Bank steht. Die Feder in den noch steifen Fingern. Der Vorhang, der die Nische bedeckt, in der die Schönschreibhefte aufbewahrt werden.

»Sie sollten besser hineingehen», schlug die Wärterin vor.

Eugenio brachte sie mit einer Handbewegung zum Schweigen.

Zwei.

Der Ochse und das Eselchen.

Der kühle Morgen. Die Frische des Sommermorgens. Das Feuer im Kamin, das im Zimmer unten immer brennt. Der Rücken des Tieres, der unter der Last der Packsättel, die bis oben hin mit Vorräten für die Schäfer gefüllt sind, hin und her schwankt. Daneben die zierliche Gestalt eines kleinen Mädchens. Und der Vater, der zwei Schritte hinter ihr geht. Selbst wie ein Schüler, ein alter Schüler mit rasiertem Schädel, ein gelehriger Schüler. Der in der großen Bank sitzt, auf dem Podest. Der die Unruhe in der Klasse mit dem Stock vertreibt. Denn diese kleinen Teufel warten doch nur auf den Moment, wenn sie sich wieder in Reih und Glied aufstellen dürfen – wie das Vieh –, um in den Speisesaal zu gehen und sich dort an Brot, Milch und Gerste gütlich zu tun. Und um sich am Zucker zu vergreifen.

Drei.

Die Heiligen Drei Könige.

All die Zeit vergeudet damit, den Grund zu finden. Der Busen, der immer wieder wehtut und der sich langsam entwickelt über ihren Rippen, die so dünn sind wie Binsen, und ihre Haut, die so durchscheinend ist wie Seidenpapier. Die Blusen, die an den Schultern und am Arm immer enger werden.

Und das Blut. Das völlig unerwartet die Beine herunterläuft. Die Mutter, die Natron ins Waschwasser gibt. So weiß sind ihre Beine, dass sie im milchigen Licht des frühen Morgens beinahe leuchten. Und der Schreck, als sie das erste Mal diese Bauchkrämpfe bekommen hatte. Das Zimmer, in das die jüngeren Brüder nicht hineindurften. Und ihr eigenes gerötetes Gesicht.

«Muss ich sterben?»

«Aber was redest du denn da: du bist jetzt eine Frau.»

«Tut das Frausein immer so weh?»

Und die Mutter, die ihr zulächelt und sagt: «Das ist noch gar nichts, meine Tochter.»

Vier.

Die vier Evangelisten.

Matthäus, Markus, Lukas, Johannes. Und Gott? Gott der Allmächtige ist der Schöpfer des Himmels und der Erde. Großgeschrieben, denn Gott überwindet alles, auch die Rechtschreibung.

Die vier Himmelsrichtungen. Überall das Meer. Im Norden das Moos. Von Süden der Schirokko. Von vorne kalt, von hinten warm. Die Sonne geht im Osten auf und im Westen unter. Und dazwischen ist nur der Wind. Der Wind, der mit seiner beharrlichen Kraft die Felsen immer flacher werden lässt und die Bäume biegt. Im Süden die Felder. Im Norden die Schule: vom Dorf aus zwei Stunden zu Fuß.

Der Rock, der immer kürzer wird, weil die Beine immer länger werden. Die Hüften, die sich mehr und mehr runden. Und der Busen, der sich schließlich durchgesetzt und die Schlacht gewonnen hat.

Fünf.

Die fünf Zacken eines Sterns.

Der weiße Stern auf der Stirn des Pferdes. Santino, der ohne Sattel aufs Pferd springt und den Rücken des Tieres mit den Beinen drückt. Und los geht der Ritt, als seien Pferd und Reiter miteinander verwachsen. Santino mit sechzehn. Cosimo mit zwanzig. Und es gibt so viele Gründe, die alle für den zweiten sprechen, der so überheblich ist und so lächelt wie sein jüngerer Bruder. Aber empfinden tut sie etwas anderes. Zwei Brüder, die keine Mutter mehr haben. Einer zum Heiraten und einer, den man umsorgen muss.

Die fünf Bücher Mosis. Das Gesetz. Die Verlobung und die Hochzeit. Die erste Nacht mit Herzklopfen. Die zweite Nacht weinend. Unmöglich zu verstehen.

«Gefalle ich dir nicht?», sagt das Mädchen.

«Sag doch nicht so etwas. Das geht schon vorbei. Ich brauche nur ein bisschen Zeit. Ich bin müde, komm, lass uns schlafen», erwidert der junge Mann barsch.

Matt und müde. Alles geben, was man geben kann, auch noch

die eine oder andere Zärtlichkeit, denn man will ihm ja eine gute Frau sein. Und alles tun, was eine Ehefrau tun muss. Ohne dabei zu weit zu gehen.

Er hat es versucht, ja, auch er hat es versucht, aber ihm gefiel eben nur, sie anzusehen. Und mit den Augen wurde er ein anderer.

Sechs.

Die höhere Vernunft.

Die Kenntnis des geistigen Wesens und der Gesetze des Körpers.

Die Vollkommenheit einer intakten Ehe.

Der Versuch, jemanden zu lieben, den es gar nicht gibt; zu wissen, dass Santino jede Nacht heimkehrt, wenn alles ganz still ist, um sich den Schmutz und den Schafsgeruch abzuwaschen. Der dem Pferd die Sporen gab, um jede Nacht vor dem Kamin und bei ihr zu liegen. Das Essen, das sie auf dem Feuer für ihn warm gehalten hat.

Zu spüren, dass es richtig war, auf ihn zu warten. Und er, der das letzte Stück des Weges im Galopp ritt, weil es ihm gar nicht schnell genug gehen konnte.

Die Vorbereitungen: das heiße Wasser für den Waschzuber, der Kessel auf dem Feuer. Die Tür, die sie immer angelehnt ließ, damit sie ihn durch den Spalt beobachten konnte. Während Cosimo schlief.

Und der Kreis schließt sich, und die Angst ist so groß, dass sie einem fast den Atem raubt. Und das letzte Verbindungsglied zerreißt, als ihr klar wird, dass der Körper am Ende doch den Sieg davontragen wird. Und sie begreift, dass er sich ihren heimlichen Blicken öffnet, sie anschaut, ohne den Blick abzuwenden, und ihre Anwesenheit spürt in der vollkommenen Stille der Nacht.

Sieben.

Die sieben Todsünden.

Das erste Mal. Überwältigt davon, wie schnell es gehen kann, dass das Gehirn zu denken aufhört. Überwältigt davon, wie zart und wie still er sie genommen hat, wie er bei ihrer ersten Berührung gezittert hat. Wie sich ihre Körper im Gleichklang bewegt hatten. Mit geschlossenen Augen hatten sie so getan, als würden sie nur sich selbst lieben.

Acht.

Das Band des Universums. Gleichmäßig und ewig.

Zwei mal vier, zwei mal zwei, zwei mal eins: doppelt mal doppelt bis zur Einheit zweier Einheiten.

Vier Visionen und vier Interpretationen.

Die Liebe über das Körperliche hinaus. Der Traum von der ewigen Liebe, die niemals endet. Verständnis. Tod.

Dann die Schwangerschaft und die Beichte. Die Buße, dann der Entschluss.

Das Warten auf Santino und Cosimo, der wartet. Darauf wartet, dass sie endlich isst und sich auszieht, der das Recht dazu hat.

Cosimos Augen.

«Du hast hier nichts mehr verloren!»

Santinos überraschter Blick.

«Und warum? Das ist auch mein Zuhause!»

Cosimo, dem die Hände zittern.

«Das brauch ich dir wohl nicht erst zu sagen! Du hast hier jedenfalls nichts mehr verloren.»

Santino, der aus dem Waschtrog steigt und sich eilig abtrocknet.

«Sie hat nichts damit zu tun . . . Ich gehe jetzt besser. Morgen komm ich wieder und hol meine Sachen.»

Cosimo, Tränen in den Augen.

«Das wird wohl das Beste sein. Morgen, wenn du kommst, werde ich nicht da sein, sonst bring ich dich noch um. Sonst bring ich euch beide noch um.»

Lina, zusammengekauert neben dem Feuerholz. Sie hat sich nicht gewehrt, ist einfach in sich zusammengesunken, den Kopf auf den Knien und beide Hände auf den Ohren.

»Meinen Sie nicht, wir sollten etwas unternehmen?»

Die Stimme der Wärterin hatte einen gleichmütigen Tonfall. Sie war näher an Eugenio herangetreten, damit er sie hören konnte, ohne dass sie lauter sprechen musste.

«Warum wollen Sie denn immer eingreifen?», ereiferte er sich. «Sie ist dabei, sich zu einer Entscheidung durchzuringen.»

Die Frau blickte ihn mit einer Mischung aus Geduld und Nachsicht an. Dann trat sie hinter ihn. «Glauben Sie, dass sie . . .»

Eugenio bedeutete ihr zu schweigen.

Lina, die neben dem Feuerholz kauerte. Die Nase so dicht daran, dass sie die rauen Fasern spürte. Hast du gesehen, wie Santino versucht hat seine Blöße zu bedecken? Hast du gesehen, wie Cosimo immer und immer wieder mit der Faust auf den Tisch geschlagen hat. Hast du gehört, wie er beinahe aufgeschrien hätte? Aber er hat diesen Schrei unterdrückt, hätte sich am liebsten in Luft aufgelöst, versuchte, die lautlosen Tränen zurückzudrängen. Nicht Schuld lässt sie weinen, auch nicht Reue. Es ist vielmehr dieses Fließen von Gedanken, die niemanden wirklich schuldig sprechen, die alle aber zu Verlierern werden lassen. Seit Menschengedenken muss man für seine Fehler bezahlen. Bleibt nur noch festzustellen, was wirklich ein Fehler war. Lina wusste, dass es richtig war. Dass alles so gekommen war, wie es kommen musste. Dass es einfach vom Gesetz der Natur her so hatte kommen müssen. Doch warum weinte sie dann? Weil die Naturgesetze vom Denken der Menschen Lichtjahre entfernt waren.

Cosimos Gesicht bebte. Santinos Gesicht war voller Angst.

Dann war die Sonne untergegangen, und plötzlich war es Nacht geworden.

Und kurz darauf war es geschehen.

»Hört mir bloß auf mit meiner Entlassung. Ich wüsste gar nicht, wo ich hingehen sollte. Es ist gut so, wie es ist, glauben Sie mir. Und wenn man von mir erwartet, dass ich verrückt bin, dann bin ich's eben!»

Eugenio blickte Lina forschend an. «Möchtest du darüber sprechen?», wagte er einen Vorstoß.

Das erste Mal an diesem Morgen lächelte sie. «Sprechen? Worüber?», fragte sie.

«Über alles ...».

«Sie vergeuden nur Ihre Zeit», entgegnete Lina leise.

Eugenio runzelte die Stirn und schüttelte den Kopf.

«Sie vergeuden nur Ihre Zeit», wiederholte sie diesmal etwas lauter.

Der Arzt setzte ein unbeteiligtes Gesicht auf, um seine Enttäuschung zu verbergen.

«Oh», sagte er, «wenn es das ist, dafür werde ich schließlich bezahlt.»

«Fürs Zeitverschwenden?», beharrte die Frau.

«Ja, fürs Zeitverschenden», bestätigte Eugenio noch einmal. «Man kann den Leuten nur zuhören, wenn man Zeit hat.»

Lina spielte an ihrem Hemdenknopf herum. Eugenio blickte sich um. «Ganz schön geräumig», sagte er und meinte damit die Zelle.

«Ja», antwortete Lina, den Blick immer noch auf ihre Bluse gerichtet. «Das ist die größte, die ich jemals hatte: acht Schritte.»

«Ich habe Sie gerade eben beobachtet.»

«Gerade eben ...», wiederholte die Frau nachdenklich. «Ja, das habe ich gemerkt.»

«Ich weiß», entgegnete Eugenio.

Sie schwiegen, während Lina die schwere Wolldecke auf dem Bett glatt strich. Dann setzte sie sich.

«Sehen Sie!», sagte sie. «Wir brauchen gar nicht zu reden: Der eine weiß schon vorher, was der andere sagen will. Ich weiß, dass Sie mich beobachten, und das müsste doch eigentlich schon genügen. Was will man mehr?»

Eugenio: «Hast du gelogen?»

Lina: «Jeder hat irgendwann einmal gelogen.»

Eugenio: «Sicher, aber jetzt sprechen wir von dir.»

Lina: «Nicht *wir* sprechen von mir, sondern *Sie*.»

Eugenio: «Ich habe nur eine Frage gestellt.»

Lina: «Aber meine Antwort sagt Ihnen eine ganze Menge, ist es nicht so?»

Eugenio: «Ich will lediglich den Kontakt zu dir herstellen. Aber wenn du nicht willst, dann musst du mir nicht antworten.»

Lina: «Werden Sie dafür auch bezahlt? Um Fragen ins Leere zu stellen?»

Eugenio: «Es fällt mir schwer, das zuzugeben: Aber genau so ist es. Ich frage mich, ob du mir nicht beim Geldverdienen helfen willst.»

Diesmal lachte Lina. Lachte so sehr, dass ihr die Tränen in die Augen traten und sie sich auf die Schenkel schlug. Eugenio betrachtete sie zufrieden.

Lina: «Seit Jahren habe ich nicht mehr so gelacht. Das war zu gut. Beim Geldverdienen helfen.»

Eugenio: «Ich habe Erkundigungen eingezogen.»

Lina: «Aha.»

Eugenio: «Ich war in Laconi.»

Lina: «Ein netter Ort.»

Eugenio: «Ein sehr schönes Haus hast du. Aber jemand sollte darin wohnen. Viele Leute dort erinnern sich noch an dich und warten darauf, dass du zurückkommst. Sie wissen, dass du ein guter Mensch bist und dass du nichts getan hast.»

Lina: «Schön für sie, dass sie so viel wissen!»

Eugenio: «Lina, hören wir doch auf mit diesem Spielchen. Ich habe dich vorhin beobachtet: Du warst so nah dran. . .»

Lina: «Wo war ich nah dran?»

Eugenio: «Nahe daran, endlich die Wahrheit zu sagen!»

Lina: «Welche Wahrheit? Von welcher Wahrheit sprechen wir?»

Eugenio: «Die Frage war schlecht formuliert: Du solltest wohl besser sagen: ‹Welche Wahrheit verschweigen wir?›»

Lina: «Ja glauben Sie denn, es genügt schon, irgendetwas zu sagen, und schon ist es wahr?»

Eugenio: «Vielleicht sollte man es einmal ausprobieren. Es gibt so vieles, das wahr ist und was man doch so schwer ausdrücken kann. Wir könnten zum Beispiel damit beginnen, dass du fast dreißig Jahre unschuldig im Gefängnis gesessen hast.»

Lina: «Wenn *Sie* das sagen, wird es wohl wahr sein.»
Eugenio: «Es wird erst dann wahr, wenn *du* es sagst. Kommt Santino dich hier manchmal besuchen?»

Die Frau fuhr zusammen. Wie gehetzt blickte sie sich in der Zelle um, auf der Suche nach etwas, auf das sie ihren Blick hätte richten können. Sie machte sich von neuem daran, ihren Hemdenknopf zu bearbeiten.

Lina: «Santino? Nein. Wer weiß, wo er abgeblieben ist. Nicht einmal zum Prozess ist er erschienen.»
Eugenio: «Ich habe gehört, dass er in jener Nacht im Haus gewesen sein soll . . .»
Lina: «So, so. Dann weiß derjenige, der das gesagt hat, mehr als ich. Dann fragen Sie den doch nach der Wahrheit, wenn Ihnen so viel daran liegt.»
Eugenio: «Ich habe auch gehört, dass dein Mann ihn zum Arbeiten aufs Land geschickt hat, weil er eifersüchtig war.»

Die Frau hielt sich die Ohren zu.

Eugenio: «Santino soll in jener Nacht im Galopp durchs Dorf geritten sein. Viele Leute haben ihn gesehen.»

Sie war vom Bett herunter auf den Boden geglitten, hatte sich einfach fallen lassen, hatte sich nicht gewehrt, ist einfach in sich zusammengesunken, den Kopf auf den Knien und die Hände auf den Ohren.

3

Maciste schaute seinem Gesprächspartner in die Augen.
«Er ist bei mir zu Hause», sagte er in einem Ton, der zugleich Überraschung und Ironie signalisieren sollte.
Der Mann vor ihm nickte. «Gut. Das ändert nichts.»

«Soll ich die Sache ganz erledigen?», fragte Maciste gut gelaunt.

«Lass die Finger davon», knurrte der andere und schlug mit der Faust auf den Tisch. «Du weißt genauso gut wie ich, dass man diesem Bastard jetzt kein Haar krümmen darf!»

«Nichts einfacher als das», wagte Maciste einen erneuten Vorstoß. «Niemand weiß, dass er bei mir ist. Außerdem ist er total blau, und wenn er aufwacht, wird er Stunden brauchen, bis er wieder ganz bei sich ist. Da reicht ein Kissen auf dem Gesicht, und weg ist er. Das geht so schnell, der kapiert gar nicht, was passiert.»

«Nein», beharrte der andere.

«Du hast doch gesagt, er hätte die alte Hexe fast umgebracht. Etwas Besseres konnte uns doch gar nicht passieren, da haben wir wirklich verdammtes Schwein gehabt ... Wir stellen es einfach so hin, als habe er die Alte wirklich um die Ecke gebracht, und ruckzuck ist er weg vom Fenster ...»

«Dann bringen wir die Alte um, und er landet im Knast!», fiel der andere ein. «Wo ist sie jetzt?», fragte er.

«Mausetot. Ich habe sie nach Hause geschafft. Das war so leicht wie Pilze sammeln.»

«Dann sollten wir dafür sorgen, dass jemand sie findet. Vielleicht nicht sofort. Geben wir diesem Bastard noch ein bisschen Zeit. Außerdem will ich vor der Hochzeit keine Probleme mehr. Du weißt, wie wichtig mir das ist. Also sei pünktlich am Sonntag und zieh dir was Anständiges an. Die Sache mit den Bäumen war übrigens ausgezeichnet! So Gott will, werden Sie uns jetzt endlich unsere Arbeit tun lassen!»

Bevor Paolo die Augen öffnete, spürte er das Licht durch die geschlossenen Lider. Dann bemerkte er, dass es nicht das Tageslicht war, das ihn geweckt hatte. Die Nachttischlampe tauchte das Kopfkissen und das Kopfende des Bettes in ein gelbliches Licht. Das übrige Zimmer war in völlige Dunkelheit getaucht.

«Wie lange habe ich geschlafen?», fragte er. Dann erst merkte er, dass er allein war.

Er wusste, dass ihm, wenn er sich bewegte, ein bohrender

Schmerz in den Kopf fahren würde. Doch der Schmerz war bereits da, als er die Augen öffnete. Er versuchte, Kopf und Oberkörper gleichmäßig aufzurichten. Und der Schmerz nahm Besitz von ihm, strahlte vom Rücken in den Kopf und umklammerte seinen Nacken mit eisernem Griff.

Vorsichtig legte er sich wieder hin und schloss die Augen. Aber das Blut pochte in seinen Schläfen und seine Zunge klebte am Gaumen.

Er hörte, wie jemand die Tür aufschloss. Das Geräusch kam ihm vor wie Donnergrollen.

«Morgenstund hat Gold im Mund!», begrüßte ihn Maciste spöttisch, als er sah, dass Paolo sich rührte.

Paolo hielt schützend die Hände vor die Augen, um sie vor dem grellen Licht der Lampe abzuschirmen. «Wie spät ist es?», fragte er mit belegter Stimme.

«Sechs», antwortete Maciste und ging zum Fernseher. «Sechs Uhr abends», wiederholte er und stellte den Fernseher lauter.

Paolo biss auf die Zähne, nahm all seine Kraft zusammen und richtete sich auf. Als er schließlich saß, begann sich das Zimmer um ihn herum zu drehen. Er schwankte und stützte sich mit beiden Armen ab, um nicht rückwärts umzukippen.

«Ich brauch was zu trinken», sagte er schließlich und versuchte sich aufzurappeln.

«Hat dir das gestern nicht gelangt?», fragte Maciste leicht verächtlich.

Paolo lächelte gequält. Seine Gesichtsmuskeln fühlten sich merkwürdig schlaff an. «Du weißt, dass der Kater am schnellsten wieder vergeht, wenn man sich einen Schluck genehmigt. Das ist wie bei einem Diabetiker: Wenn es ihm schlecht geht, braucht er Zucker.»

«Da bist du bei mir an den Falschen geraten: Ich trinke nicht. Und, ehrlich gesagt, glaube ich, dass sich diesen Quatsch nur ein Alkoholiker ausgedacht haben kann. Du solltest deinen Kopf lieber unter kaltes Wasser halten. Das hilft vielleicht. Oder steck den Kopf aus dem Fenster.»

Das Wasser war wirklich eiskalt. Paolo fühlte, wie es zwischen seinen Schulterblättern herunterlief. Er fröstelte und spürte, wie sein Kopf auf den mit Macht herunterprasselnden Wasserstrahl reagierte. Er betrachtete sein Spiegelbild: Sein Gesicht war verquollen, die Augen blutunterlaufen. Das nasse Haar klebte ihm in Strähnen auf der Stirn und sah aus wie das Fell eines Seehundes. Ganz ruhig knöpfte er den obersten Knopf seines Hemdes auf, damit er sich darunter abtrocknen konnte.

»Ah!», rief Maciste, als er ihn hereinkommen sah. «Ich war bei Tante Badora und wollte ihr sagen, dass du bei mir bist, damit sie sich keine Sorgen macht . . . Aber niemand hat aufgemacht.»

Paolo schaute ihn fragend an. «Wo kann sie denn um diese Uhrzeit sein?», fragte er.

«Tja . . .», überlegte Maciste. «Vielleicht in der Kirche?»

«Ja, wahrscheinlich will sie ihr Gewissen erleichtern. Oder dem Heiligen danken, der mich heute Morgen davor bewahrt hat zuzudrücken!»

«Vielleicht solltest du nach Hause gehen, damit ihr euch aussprechen könnt.»

«Nein, ich geh nicht nach Hause zurück. Wenn es dir nicht passt, dass ich hier bin, dann musst du es mir nur sagen, und ich verschwinde . . .»

«Jetzt komm mal wieder runter und beruhige dich», erwiderte Maciste und lenkte seine Aufmerksamkeit erneut auf das Geschehen auf dem Bildschirm.

Kurz darauf stand er auf und sah sich verblüfft um.

«Wo zum Teufel habe ich das Ding gelassen? Ich hatte so ein weißes Hemd», erklärte er Paolo, der jedoch alles andere als das Hemd im Kopf hatte. «Wenn mich eins wahnsinnig macht, dann ist es, wenn ich meine Sachen nicht mehr finde!»

Paolo blickte noch nicht einmal auf. «Das wundert mich nicht, wenn du in diesem Chaos nichts mehr wiederfindest», entgegnete er aus reiner Höflichkeit. «Versuch dich zu erinnern, wann du es das letzte Mal getragen hast», riet er.

Maciste verlor die Geduld: Er leerte die Schubladen einer alten Kommode, die neben dem Bett stand. «Ich brauch es am Sonntag. Ich muss zu einer Hochzeit.»

«Wer heiratet?», fragte Paolo, das erste Mal ehrlich interessiert.

«Die Nichte vom Chef», antwortete Maciste und wühlte weiter. Plötzlich hielt er inne. «Eigentlich ist es gar nicht seine richtige Nichte, er ist ja nicht verheiratet. Eher sein Patenkind, die Tochter von einem seiner Leute. Aber für ihn ist sie fast wie seine eigene Tochter. Er schenkt ihr das Haus, stell dir das mal vor!»

Das Hemd aber war und blieb verschwunden . . .

4

Commissario Curreli beugte sich vor, um besser verstehen zu können.

«Im Moment habe ich nicht die Absicht jemanden anzuklagen, Commissario», bemerkte Dottoressa Comastri. «Aber eines will ich sofort klarstellen: Die Sache gefällt mir nicht. Sie gefällt mir ganz und gar nicht.»

Der Commissario senkte den Kopf.

«Ich bin überrascht, dass Sie Ermittlungen angestellt und Beweise gesammelt haben und dabei die Vorschriften völlig außer Acht gelassen haben . . . vor allem, wenn man bedenkt, dass Sie beide ja in dieser Hinsicht durchaus vorbelastet sind. Aber vielleicht ist noch nicht alles verloren. Vielleicht kann man diese Sache doch noch zu Ende bringen.»

«Ich habe Sie falsch eingeschätzt», brummte der Commissario.

«Macht nichts», entgegnete die stellvertretende Staatsanwältin. «Man muss sich ja schließlich nicht heiß und innig lieben, um Verbrecher dingfest zu machen, und wir wollen sie doch dingfest machen, oder?»

«Ich habe Sie wirklich völlig falsch eingeschätzt», beteuerte der Commissario erneut. «Aber es war alles so schwer zu erklären. Als Maresciallo Pili anrief, um mir mitzuteilen, wo das Mädchen war, meinte er, es sei das Beste, so zu tun, als würden sie sie zufällig finden. Und mir erschien das damals auch das Beste. So konnte man in aller Ruhe nach Spuren suchen. Der Maresciallo erzählte mir, dass ein paar Freunde von ihm ihn schon länger bedrängten, endlich einmal mit auf die Jagd zu gehen. Um alles Übrige würde er sich schon kümmern und die Spurensicherung könnte ja dann danach immer noch ihre Arbeit tun. Seiner Ansicht nach hätten wir ansonsten monatelange Arbeit einfach kaputtgemacht. Und ich war ganz seiner Meinung.»

«Wusste sonst noch jemand Bescheid?»

Der Commissario nickte.

«Luigi Masuli», erwiderte er.

Dottoressa Comastri notierte sich den Namen auf ihrem Block. «Und was ist mit den Spuren, die Sie gefunden haben?», fragte sie.

Der Commissario versuchte sich zu konzentrieren. «Maresciallo Pili war überzeugt davon, dass zwischen den verschwundenen Mädchen irgendein Zusammenhang bestand. Weil alle ungefähr im gleichen Alter waren und in die gleiche Schule gingen. Schon beim ersten Fall hatte er alleine Nachforschungen angestellt. Wenn es darum geht, ist er nicht wiederzuerkennen. Ich nehme an, das hängt damit zusammen, dass auch er ein Kind in diesem Alter verloren hat. Ich glaube, das war es auch, was mich betroffen gemacht hat. Er sagte, die Ermittlungen im Fall Grazia Mereu seien schlampig geführt worden. Seiner Meinung nach war man nicht gründlich genug vorgegangen. Damals fertigte ich ihn ab, ohne ihn überhaupt ganz angehört zu haben. Ich sagte ihm, er solle sich um die Fälle kümmern, die in seinen Zuständigkeitsbereich fallen. Aber da war nichts zu machen. Er war besessen von der Sache und beharrte darauf, dass es sich nicht um einen Einzelfall handelte. Aber konkrete Beweise gab es eben keine. Wir waren vielleicht etwas voreilig gewesen, als wir den Vater mit dem Verschwinden des Mädchens in Zusammenhang gebracht haben. Als dann das zweite Mädchen, Immacolata Cóntene, verschwand, fiel mir das Gespräch mit dem Maresciallo wieder ein. Zu dem Zeitpunkt waren die Eltern von Grazia Mereu beide schon tot. Ich traf mich mit dem Maresciallo und sagte ihm, dass es gewisse Anhaltspunkte gäbe, die für seine Theorie sprachen. Einige Tage später, nach dem Verschwinden der kleinen Mereu, war in einem Zeitungsartikel die

Rede von einer gewissen I. L., die sich telefonisch mit der Redaktion in Verbindung gesetzt und von einem Tagebuch Grazia Mereus gesprochen hatte. Wie Sie ja wissen, war Immacolata Cóntene in der Zwischenzeit gefunden worden. Wir haben uns dann dafür entschieden, dass ich die Ermittlungen offiziell weiterführen und der Maresciallo auf eigene Faust ermitteln sollte. Wir wollten uns gegenseitig auf dem Laufenden halten. Maresciallo Pili war es gelungen, sich in der nunmehr leeren Wohnung der Familie Mereu ein wenig umzusehen. Dort fand er etwas, das sich dann als Stück von einer Videokassette herausstellte.»

Der Commissario hielt inne.

«Kann ich einen Schluck Wasser haben?», fragte er und zeigte auf eine halb volle Wasserflasche auf dem Schreibtisch der Dottoressa.

Die Frau nickte.

«Ein Stück von einer Videokassette?», fragte sie, als der Commissario ausgetrunken hatte.

«Ja», bestätigte er. «Das kam uns verdächtig vor, weil die Familie Mereu gar keinen Videorekorder besessen hatte, und wir konnten uns nicht erklären, warum sie dann Videokassetten im Haus hatten.»

«Aber die Wohnung war doch monatelang unbewohnt gewesen . . .», gab Dottoressa Comastri zu bedenken.

«Ja, das schon.» lenkte der Commissario ein. «Doch nach dem Umzug war die Wohnung verschlossen worden. Wir waren jedenfalls beide der Meinung, dass man sich die Sache einmal näher würde anschauen müssen. Na ja, das wissen Sie bereits alles, darüber haben wir ja schon gesprochen . . .»

«Aber da ist etwas, von dem ich noch nichts weiß, richtig?», insistierte die stellvertretende Staatsanwältin.

«Ja, da ist noch etwas», gab der Commissario schließlich zu. «Der Maresciallo hat mit der Mutter von Immacolata Cóntene gesprochen. Er hat sich ihr als Vertreter eines Verlages vorgestellt und hat ihr ein paar Nachschlagewerke auf Video, die er an einem Kiosk gekauft hatte, zum Kauf angeboten, um ihre Reaktion auszutesten: Die Frau hat nicht einmal mit der Wimper gezuckt. Sie sagte, sie würde die Videos zu Hause gar nicht anschauen können, dass aber ihr Mann im Büro einen Videorekorder hätte, den sie für wenig Geld hätten kaufen können, weil sie in dem Ingenieurbüro, wo der Mann als Vermessungsingenieur arbeitete, ein neueres Modell bräuchten. Dann war sie auf das Verschwinden des Mädchens zu sprechen gekommen und hatte erklärt, dass sie dann nicht mehr daran gedacht hatten. Wirklich eine sehr nette Frau. Sie war bemüht, dem Maresciallo zu erklären, dass er bei ihr kein Glück haben würde und dass sie kein Interesse an den Kassetten hätte.»

«Und was beweist das?», fragte Dottoressa Comastri interessiert.

«Eigentlich gar nichts», fuhr der Commissario fort. «Ich wollte damit nur sagen, dass der Maresciallo sich in diesem Ingenieurbüro ein wenig umgehört hat . . .»

«Na und?»

«. . . und entdeckt hat, dass dieser Videoapparat es dem Mann wirklich angetan hatte und dass er sich im Büro Videos angesehen hat.»

Dottoressa Comastri lächelte kaum merklich. «Ich glaube, langsam verstehe ich», sagte sie. «Cóntene hat etwas bekommen, das er unbedingt sehen musste.»

«Genau das haben wir uns auch gedacht, Dottoressa.»

5

Giuseppina saß auf dem Bett und fühlte die Kälte des schmiedeeisernen Bettgestells im Rücken. Sie blickte auf Eugenio hinab, der in die Kissen gekuschelt dalag und döste. Es erstaunte sie immer wieder, wie milchig zart seine Haut aussah. Dies und die jugendliche Rundung seiner Schultern, und seine immer warmen Hände berührten sie stets aufs Neue. Sie streichelte ihn sacht mit einer Hand. Er erwiderte die Zärtlichkeit, indem er ihr einen Handkuss zuwarf in die Richtung, aus der die Berührung kam.

«Du schläfst nicht?», fragte er mit belegter Stimme.

Giuseppina schüttelte den Kopf. Eugenio versuchte sie zu sich herunterzuziehen, indem er ihre Hüften mit einem Arm umfasste.

Sie gab nicht nach und stemmte sich mit den Beinen dagegen.

Eugenio drehte sich und berührte mit seinem Oberkörper ihr Bein, das sich weich und kühl anfühlte.

«Meinst du nicht, ich sollte abnehmen?», fragte sie und betrachtete ihre Brüste.

«Ich meine, du solltest jetzt schlafen», entgegnete er und gab ihre einen Kuss auf den Oberschenkel.

«Findest du nicht, dass ich in den letzten zwei Jahren zugenommen habe?», insistierte Giuseppina.

«Nein», antwortete er knapp. «Du gefällst mir so, wie du bist», fügte er noch rasch hinzu, besorgt, dass seine Antwort nicht überzeugend genug geklungen hatte.

«Das stimmt nicht. Das sagst du nur, um mich zufrieden zu stellen und weil du eitel bist, weil du eine Frau willst, die nicht so gut aussieht wie du.»

«Hört, hört!», protestierte Eugenio. Er war jetzt völlig wach. «Willst du mir Konkurrenz machen? Der Psychologe im Haus bin immer noch ich! Du sagst mir, ich sei eitel, und selbst beschäftigst du dich ständig mit deinem Aussehen!»

«Vielleicht deshalb, weil ich das Gefühl habe, dass du mir nur halbherzig widersprichst, wenn ich sage, dass ich nicht so gut aussehe. Und außerdem kann ich nichts dafür, dass ich mich hässlich finde.»

«Du bist nicht hässlich! Und wage es nicht, meinen guten Geschmack in Zweifel zu ziehen!»

So endete es fast immer: Man schwieg und behielt den Rest für sich.

Eugenio schob die Decke weg. «Was ist dein Problem?», fragte er und erhob sich, wobei sein Oberkörper auf der Höhe ihres Gesichts war.

Giuseppina zuckte mit den Schultern. «Gar nichts», entgegnete sie. Sie fühlte, dass ihr Hals zu trocken war, um jetzt zu einer erschöpfenden Erklärung anzusetzen. Sie räusperte sich und schluckte. «Gar nichts», wiederholte sie deutlicher.

Eugenio zwang sich zu einem Lächeln. Er streckte eine Hand nach ihrem Gesicht aus. Er sah, wie sich ihre Halsmuskeln verspannten, als wolle sie seine Berührung abwehren. Ein paar Sekunden lang hielt er seine Hand halb ausgestreckt, dann setzte er sich unvermittelt hin, mit dem Rücken zu ihr. Er suchte seine Kleider, um sich anzuziehen.

«Du hilfst mir also nicht . . .», flüsterte sie, als sie sah, wie er steif dasaß und einen unbestimmten Punkt an der Schlafzimmerwand fixierte. Er drehte sich unvermittelt zu ihr um.

«Wobei helfe ich dir nicht?», fragte er und runzelte die Brauen.

Giuseppina antwortete nicht. Schließlich zündete sie sich die Zigarette an, die sie schon vor einer halben Stunde hatte rauchen wollen.

«Ich weiß, ich habe versprochen aufzuhören», sagte sie und inhalierte den ersten Zug. Eugenio zog sich gerade seine Hose an. «Was tust du?», fragte sie, als sie bemerkte, dass er bereits aufgestanden war.

«Ich ziehe mich an», antwortete er und seine Stimme klang leicht gereizt. «Ich kann keine ernsten Gespräche führen, wenn ich nackt bin. Was ist mit dir?»

Giuseppina nahm sein Unterhemd vom Bett, das zwischen zwei Kissen gerutscht war. «Sprich nicht in diesem Ton mit mir!» Sie ärgerte sich so, dass sie ihm das Unterhemd entgegenschleuderte. «Hier! Das solltest du dir wohl besser auch noch anziehen, weil das Gespräch sehr ernst wird.»

Eugenio griff reflexartig nach dem Unterhemd, zog es aber nicht an. «Ich will mich nicht mit dir streiten», versuchte er sie zu beschwichtigen.

Giuseppina streckte einen Arm aus, um ihn auf Abstand zu halten. Eugenio war stärker als sie und packte sie an den Schultern. Sie spürten beide, dass der Wettstreit, das Spiel begonnen hatte.

«Eine Abtreibung», sagte Giuseppina und brach damit das vollkommene Schweigen danach.

Eugenio blieb unbeweglich liegen und sagte nichts. Doch Giuseppina war kein Mensch, der schnell aufgab.

«Ines Ledda hatte eine Abtreibung. Das ist es, was sie nicht rauslassen wollen!»

«Woher weißt du das?», flüsterte Eugenio.

«Ich weiß es eben», sagte sie nur. «Auch ohne deine Hilfe ist es mir gelungen, einen Blick in den Bericht des Gerichtsmediziners zu werfen.»

«Du weißt aber auch, dass du das nicht veröffentlichen darfst?» Eugenio hatte diese Bemerkung wie eine Frage klingen lassen.

«Warum bist du so feindselig? Was diese Sache anbelangt, meine ich», fragte Giuseppina unvermittelt.

Eugenio sagte eine Weile gar nichts. «Ich weiß nicht, wovon du sprichst», sagte er schließlich betont deutlich, und in seiner Stimme schwang ein aggressiver Unterton mit. «Ich weiß, was du erreichen willst!», brach es aus ihm heraus. «Entschuldige», fuhr er ruhiger fort, als er sah, dass sie ihn völlig entgeistert ansah. «Entschuldige», wiederholte er und zog sie an sich. «Ich bin einfach nur müde.»

Giuseppina erwiderte seine Umarmung und hielt ihn fest. Sie vergrub ihr Gesicht an seiner Schulter.

«Ich war heute den ganzen Tag unterwegs, außerhalb von Nùoro», berichtete er. «Ich habe Erkundigungen eingezogen wegen eines Falles, in dem ich nicht weiterkomme. Eine Geschichte, die mich langsam, aber sicher verrückt macht.»

Giuseppina schwieg und atmete den Duft seiner Haut. Sie wusste, dass es keinen Zweck hatte, ihn mit irgendwelchen Fragen zu bedrängen. Sie wusste, dass er, wenn er wollte, schon von selber darüber sprechen würde . . . Und tatsächlich fuhr er fort.

«Eine Patientin von mir. Eine aus dem Gefängnis. Ich glaube, sie ist unschuldig. Ich glaube, sie hat die Tat nicht begangen, für die sie verurteilt worden ist. Aber sie will es nicht zugeben. Also bin ich heute losgezogen, um Erkundigungen einzuziehen. Ich war in Laconi und wollte herausfinden, was wirklich geschehen ist.» Das war das erste Mal, dass er versuchte, Tatsachen und Begründungen, Dinge, die gesagt und nicht gesagt wurden, miteinander in Verbindung zu bringen. «Sie hat mir eine unglaubliche Geschichte erzählt. Sie behauptet hartnäckig, sie sei eine

Mörderin, und hat mir eine Story aufgetischt, die einfach nicht stimmig ist. Sie hat mich angelogen, verstehst du? Sie hat behauptet, sie habe ein Kind bekommen, und das Mädchen sei nach ein paar Monaten gestorben. Sie mache ihren Mann für diesen Tod verantwortlich und habe ihn deshalb getötet. Und hat dafür dreißig Jahre Zuchthaus bekommen . . .»

Giuseppina hob den Kopf und sah ihm in die Augen. «Vielleicht ist das Gefängnis immer noch besser als die Wahrheit. Als das, was wirklich geschehen ist, meine ich.»

Er nickte nachdenklich. «Ich glaube, wenn sie ein Kind gehabt hat, dann einen Sohn.» Schon während er dies sagte, wusste er auf einmal mit Bestimmtheit, dass es genau so hatte sein können. «Ja, sie hatte ein Verhältnis mit dem Bruder ihres Mannes! Das erklärt alles: Sie hatte ein Kind von ihrem Schwager. Ihr Mann hat sie mit seinem Bruder überrascht, und der Bruder hat ihn daraufhin getötet! So muss es gewesen sein! Das erklärt alles. Ihn hat sie also all die Jahre über schützen wollen! Sie wollte den Mann, den sie liebte, schützen.»

«All diese Jahre», erwiderte Giuseppina und zog die Decke über ihre Brust. «Gut», sagte sie und setzte sich bequemer hin. «Aber das ist nicht deine Angelegenheit, Eugenio.»

«Bist du dir eigentlich im Klaren darüber, dass niemand sich die Mühe gemacht hat, ernsthafte Ermittlungen anzustellen? Es hat mich nur einen Vormittag gekostet – und inzwischen sind immerhin dreißig Jahre vergangen –, und ich habe Dinge entdeckt, die alles in einem ganz anderen Licht erscheinen lassen.»

«Hast du mit ihr schon darüber gesprochen?»

Eugenio lächelte. Er griff nach der Schachtel Zigaretten.

«Willst du jetzt etwa rauchen?», rief Giuseppina überrascht.

«Nein», sagte er schlicht. «Ich zünde *dir* eine an.» Er nahm einen Zug und reichte ihr die Zigarette. «Man kann mit ihr über diese Dinge nicht reden, nicht so», fuhr er fort. «Ich habe ihr gesagt, dass ich in ihrem Dorf war und ein bisschen herumgefragt habe. Ich fürchte, dass ich damit alles, was ich bisher mit ihr erreicht hatte, zunichte gemacht habe. Ich war zu ungeduldig, verstehst du? Sie muss ihn sehr geliebt haben . . . Ja, so muss es gewesen sein: Sie hatte sich in ihren Schwager verliebt und hatte einen Sohn von ihm. Und all die Jahre hat sie ihn gedeckt.»

«Woher willst du wissen, dass sie geschwiegen hat, um ihn zu decken? Wer sagt dir, dass dieser Mann, ihr Schwager, sie nicht vielleicht missbraucht hat? Lass uns einmal in Ruhe darüber nachdenken: Sie lebt in einem kleinen Dorf und wird von dem Mann zum Ehebruch gezwungen. Er bedroht sie, und vielleicht hatte sie Angst vor –»

«Was macht das schon für einen Unterschied? Ob sie nun als Flittchen im Gefängnis sitzt oder draußen ist?»

«Vielleicht macht es wirklich einen Unterschied! Vielleicht wollte sie sich auf diese Weise selbst bestrafen. Vielleicht hat sie selbst ja das Kind auf dem Gewissen und beschuldigt den Ehemann, der sich ja nun nicht mehr wehren kann, weil sie das Kind von einem Mann hatte, den sie hasste. Vielleicht glaubte sie, dafür bezahlen zu müssen. Weißt du, ich glaube wirklich, dass diese Wahrheit niemandem etwas nützt.»

«Ich weiß es nicht, ich weiß es wirklich nicht. . .»

6

Maria Vittoria Leccis hatte den Tisch fertig gedeckt: zwei Teller, zwei Gläser und alles andere. Das war ein komisches Gefühl für sie, einen Gast zu erwarten. Wegen der Neuigkeiten, die er mitbringen würde, und weil sie eben auf ihn warten musste. Alberto war spät dran. Die Pasta würde zu weich werden. Die Sauce wurde langsam kalt. Warten machte sie immer so ängstlich. Das Alleinleben hatte wenigstens den Vorteil, dass diese Art von Aufregung ihr erspart blieb. Und auch die viele Zeit, die sie zur Verfügung hatte. Eine alleinstehende Frau, die die Zeit zum Freund hatte: Essen, wenn man hungrig ist, zu Bett gehen, wenn man müde ist.

Und irgendwo da draußen war Alberto, der nicht kam. Draußen gab es diese Leute, die alle irgendwie miteinander verbunden schienen. Als würde ihr Leben davon abhängen, dass sie miteinander sprachen und einander anschauten. Nein, das war nicht ihr Leben, ihres nicht. Und sie spürte, wie ihre Angst größer wurde, wie sie langsam in alle Hirnwindungen drang. Sie hatte plötzlich das Gefühl, alle da draußen könnten an ihre Tür klopfen und ungehindert in ihre Welt eindringen. Diese Wirklichkeit konnte ihre jahrelang aufrechterhaltene Selbstdisziplin umschmeißen, konnte ihre Welt einfach so aus den Angeln heben. Vielleicht sollte sie das Ganze doch lieber lassen. Aus und vorbei, Arbeit beendet. Und so weitermachen wie bisher.

Die Nudeln waren jetzt definitiv verkocht. Soviel war klar. Der gedeckte Tisch erschien ihr auf einmal dermaßen übertrieben, dass sie am liebsten geweint hätte. Aber zu ihrer Ordnung gehörte nun einmal, nicht zu weinen. Nicht weinen.

Und das alles wegen einer Verspätung! Manche kümmern sich gar nicht weiter darum und essen eben alleine. Andere werden wütend und gehen einfach aus. Maria Vittoria warf die Nudeln in den Mülleimer und stellte die Sauce in den Kühlschrank. Sie zog sich ihren unförmigen Schlafanzug über und schlüpfte in ihre Fellhausschuhe.

In dem Moment klingelte es.

Alberto entschuldigte sich nicht. Er wusste nicht einmal, dass er zu spät gekommen war. «Es war nichts los», sagte er. «Ich wollte dir nur kurz Bescheid sagen. Ich muss gleich wieder los, bin zum Pizzaessen verabredet.»

«Also nichts», wiederholte Maria Vittoria.

«Ich bin ihm den ganzen Vormittag nachgefahren: erst zur Baustelle in Funtana Buddia, dann noch zu einer bei der Uni. Zehn Minuten in der Bar auf einen Aperitif, dann nach Hause, wo er bis zum Schluss geblieben ist. Um vier bin ich abgezogen, hab noch nicht mal was gegessen.»

Maria Vittoria dachte, dass an dieser Stelle ein Lächeln angebracht sein müsste. «Irgendwelche Besuche?», fragte sie.

«Nur einer. Ein Typ, so eine lange Latte, den ich nicht kannte. Und bei dir? Neuigkeiten?»

Maria Vittoria schüttelte den Kopf. «Alles normal: Büro, einen Kaffee in der Bar, Mittagessen zu Hause, nichts Weltbewegendes.»

«Die Fotos sind morgen früh fertig. Tja, dann mach ich mich mal auf den Weg . . .»

«Ja, guten Appetit!»

«Zieh dich doch schnell an und komm mit. Einen Platz haben wir noch im Auto.»

«Danke, aber ich habe schon gegessen.»

Alberto war schon auf dem Weg nach draußen, als er noch einmal zurückkam und lächelnd sagte: «Ach ja, etwas muss ich dir noch sagen», verkündete er.

Maria Vittoria sah ihn ungeduldig an.

«Raus damit!», sagte sie. «Jetzt tu nicht so geheimnisvoll!»

«Halt dich fest», begann Alberto, um die Sache noch ein bisschen spannender zu machen. «Am Sonntag habe ich einen Fototermin für eine Hochzeit!»

Maria Vittoria konnte ihre Enttäuschung nicht verbergen. «Da freu ich mich aber für dich», log sie. «Das wird sicher gut bezahlt.»

Alberto bestätigte, dass man da in der Tat ganz gut verdiente, sicher mehr als bei der Zeitung. «Aber das wollte ich damit eigentlich gar nicht sagen: Weißt du, wer heiratet?»

Maria Vittoria hasste diese Spielchen. Sie senkte den Blick, um ihren Ärger zu verbergen. «Nein, ich weiß nicht, wer heiratet!», rief sie ungeduldig.

«Die Tochter von Bachisio Corda!»

«Und wer soll das sein, bitte schön?»

Alberto lächelte wieder. «Der Geschäftsführer der SARCOS. Und der Zufall will es, dass die Braut die Patentochter von Santino Pau ist! Ist das nun eine gute Nachricht oder nicht?», fragte Alberto, als er sah, dass Maria Vittoria wie vom Donner gerührt dastand.

Der junge Mann blieb noch ein paar Sekunden stehen und schaute Maria Vittoria besorgt an.

«Ist etwas nicht in Ordnung?»

Sie trat auf ihn zu, nahm ihn bei den Schultern und drückte ihn kurz. «Du siehst toll aus heute Abend . . .», sagte sie mit einer Begeisterung, die fast ein wenig traurig klang. «Du siehst wirklich toll aus . . .»

Viertel Teil

1

Richter Corona trank seinen Kaffee, ohne auf den überraschten Ausruf des Kellners zu achten, der in der Bar unten im Palazzo di Giustizia arbeitete. Er nickte nur, als dieser seiner Zufriedenheit Ausdruck verlieh über die, wie er es nannte, «Rückkehr aus der Finsternis». Er ging gar nicht auf den mitleidigen Tonfall des jungen Mannes ein, der ihn zwar nicht direkt auf seine persönlichen Angelegenheiten ansprach, dessen Stimme allein jedoch schon Bände sprach. *Und das ist erst der Anfang*, dachte der Richter bei sich. *Das Schlimmste kommt erst noch.* Und «das Schlimmste» ließ denn tatsächlich nicht lange auf sich warten, denn kaum, dass er den Palazzo betreten hatte, wurde er schon von warmen Händedrücken, Vertrauensbeweisen, die er nicht verlangt hatte, und schiefen Blicken, die ihm die Kollegen zuwarfen, begrüßt. Seit jenem schrecklichen August hatte sich hier, zumindest in den Korridoren, nichts verändert. Nur, dass es jetzt ein wenig kälter war, weil die Heizung nicht richtig funktionierte oder nicht voll aufgedreht war. Der altvertraute Geruch, diese Mischung aus Rauch und Papier, Staub und Industrieputzmitteln, wirkte seltsam beruhigend auf ihn. Sein Büro war praktisch genau so, wie er es hinterlassen hatte. Nur hin und wieder war wohl sauber gemacht und das Fenster geöffnet worden, um ein bisschen frische Luft hereinzulassen. Die Akten lagen schön geordnet auf dem kleinen Tisch unter dem Fenster. Zunächst nur Routineangelegenheiten, hatte der Leiter der Staatsanwaltschaft ihm versichert. Was die Sache mit den verschwundenen Mädchen anbelangte, so war da nichts zu machen gewesen, denn der Fall wurde schon von Dottoressa Comastri bearbeitet.

Er hob den Telefonhörer ab und wählte eine interne Nummer. Nach mehrmaligem Klingeln meldete sich eine weibliche Stimme.

«Dottoressa Comastri?», fragte Salvatore Corona und räusperte sich.

«Ah, ich hoffte, Sie würden anrufen», antwortete die Frau, noch bevor der Teilnehmer am anderen Ende der Leitung sich zu erkennen gegeben hatte.

»Einen ganz schönen Schlamassel haben Sie da angerichtet», sagte sie, unschlüssig, ob sie Platz nehmen sollte oder nicht.

Sie war jünger, als Salvatore Corona erwartet hatte. Danila Comastri lächelte, als der Richter sie mit einer Handbewegung aufforderte, Platz zu nehmen. Sie zögerte , denn in gewisser Weise fühlte sie sich in die Defensive gedrängt.

«Ziemlich viel Aktenmaterial ist da zusammengekommen», fuhr er fort und stützte sich mit den Ellenbogen auf dem Schreibtisch ab. «Als ich damals mit dem Fall zu tun hatte, war die ganze Angelegenheit noch nicht so unübersichtlich», sagte der Richter in dem Versuch, die Stimmung etwas aufzulockern. «Damals hielt ich den Fall sogar für gelöst», fügte er hinzu.

Danila Comastri versuchte zu lächeln. «Waren Sie wirklich überzeugt davon, dass das erste Mädchen – wie hieß es doch gleich . . .?»

«Grazia Mereu», antwortete Salvatore Corona wie aus der Pistole geschossen.

«Glaubten Sie wirklich, dass der Vater der Mörder war?» Danila Comastri sah ihn mit halb offenem Mund abwartend an, was ihrem Gesicht einen etwas einfältigen Ausdruck gab. Als habe sie sich plötzlich selbst durch eine Kamera gesehen, straffte sie ihre Gesichtsmuskeln und setzte sich schließlich.

«Alles deutete damals darauf hin», betonte der Richter und rieb sich die Augen. Er war müde. Nach all den Monaten, in denen er völlig zurückgezogen gelebt hatte, war er es nicht mehr gewöhnt, mit anderen einen Dialog zu führen. «Eigentlich kann man das so gar nicht sagen, ich meine, dass wir uns sicher waren. Nein, nein, ich glaube nicht, dass wir uns sicher waren. Ist es im Grunde nicht immer so?»

Danila Comastri nickte zustimmend. «Aber nach dem zweiten Mädchen?»

«Ach», seufzte Salvatore Corona. «Nach dem zweiten Mädchen ging uns die Sache nicht mehr aus dem Kopf, das können Sie mir glauben! Nur wollten wir natürlich nicht damit hausieren gehen und den Leuten Angst machen. Was hätten wir ihnen auch schon sagen können? Irgendwo da draußen läuft ein Verrückter frei herum, der kleine Mädchen umbringt? Was glauben Sie? Wir haben uns an die Arbeit gemacht und haben alle Ermittlungen in diese Richtung laufen lassen. Ganze Berge von Akten haben wir produziert ... alles Altpapier: Es gab einfach keine Verbindung zwischen den Mädchen, außer der Tatsache, dass sie in die gleiche Schule gingen. Wir haben dann auch die ganze Schule umgekrempelt, haben alle verhört: Lehrer, Hausmeister, sogar die Arbeiter, die gegenüber auf einer Baustelle gearbeitet haben.»

«Das Mädchen ...» Danila Comastri versuchte sich an den Namen zu erinnern, «das zweite Mädchen war doch bei Nachbarn –»

Salvatore Corona fiel ihr ins Wort. «Wir haben die beiden Familien auf jede nur mögliche Verbindung hin untersucht. Weniger als nichts ...» Er fühlte sich in die Defensive gedrängt und wurde langsam nervös.

«Aber da gab es doch einen Verdächtigen ...», beharrte Danila Comastri und machte dabei nicht den Eindruck einer Frau, die schnell aufgab.

Salvatore Corona legte den Kopf ein wenig schief und betrachtete die Frau. «In der Zeitung war zwar die Rede von einem Verdächtigen. Wir haben aber niemals einen gehabt. Der Mann wurde von uns nur routinemäßig überprüft, und gefunden haben wir absolut nichts», sagte der Richter, als hätte er ihre nächste Frage bereits vorausgesehen. «Kurz darauf ist das Mädchen dann wieder aufgetaucht, völlig verängstigt und desorientiert: Sie konnte nicht sagen, was mit ihr passiert war. Sie habe einen ihrer Anfälle gehabt, und als sie wieder zu sich gekommen war, habe sie sich an nichts mehr erinnert. Vielleicht ist sie mit dem Kopf irgendwo draufgefallen; jedenfalls irrte sie vier Tage lang in der Gegend herum und wurde dann im Handwerkerviertel gefunden.»

«Dennoch kam kurz darauf noch ein Mädchen aus dieser Schule ums Leben!»

«Ein Unfall!», stieß der Richter hervor. «Ein Unfall zu Hause.» Er ärgerte sich. «Die Leute sterben nun mal, Dottoressa! Wir können nicht jedesmal Großalarm geben, wenn ein Mädchen aus dieser Schule einen Unfall hat. Vielleicht machen Sie sich ja ein völlig falsches Bild von der ganzen Sache. Glauben Sie bitte nicht, wir hätten nur oberflächlich ermittelt.»

Danila Comastri schoss in die Höhe. «Oberflächlich?», wiederholte sie. «Was halten Sie davon, mir in mein Büro zu folgen? Ich möchte Ihnen etwas zeigen.»

2

SARCOS Snc, Geschäftsführer: Bachisio Corda
Edilbarbagia Srl
Nuorese Costruzioni Snc, Geschäftsführer: Giovanni Mura
Baugenossenschaft «Su Nuraghe»
ARCHISARDA Srl
«Città Domani» Srl
Baubetrieb Santino Pau

Maria Vittoria Leccis ging die Liste noch einmal durch. Antonio Sassu blickte sie erstaunt an.

«Du hast doch mal eine Prüfung in Buchhaltung abgelegt, wenn ich mich nicht irre», sagte Maria Vittoria vage, ohne aufzublicken.

«Und ich habe ein abgeschlossenes Studium der Literaturwissenschaften», fügte er hinzu, damit alles seine Richtigkeit hatte.

«Ich frage mich», nahm Maria Vittoria den Faden wieder auf, «ob es wohl möglich ist festzustellen, wem diese Firmen gehören?»

Antonio Sassu schnaubte verächtlich. «Natürlich kann man das feststellen: Es steht im Briefkopf!»

Maria Vittoria schüttelte den Kopf. «Du weißt, was ich

meine», setzte sie zu einer Erklärung an. «Ich möchte wissen, wem sie wirklich gehören.»

«Ich weiß zwar nicht, warum du das wissen willst, aber eine innere Stimme sagt mir, dass du etwas Bestimmtes im Schilde führst.»

«Und so ist es auch», bestätigte sie. «Wie kann ich zum Beispiel in Erfahrung bringen, wer die Teilhaber sind und welche Anteile sie besitzen? Wie kann ich sicher sein, dass die offiziellen Teilhaber nicht nur Strohmänner sind?»

Antonio Sassu lächelte. «Das kannst du nicht», sagte er einfach. «Außer du verschaffst dir heimlich Zugang zu den Unterlagen, imdem du bei diesen Firmen einbrichst und mit einer Kleinbildkamera alle wichtigen Unterlagen fotografierst. Du weißt schon, 007 und so!»

Maria Vittoria gab sich noch nicht geschlagen. «Nehmen wir einmal an, du bist ein vielbeschäftigter Mann. Du hast dein Geld in verschiedene Bauunternehmen gesteckt. Nehmen wir weiter an, dass du dich mit all diesen Firmen an einer Ausschreibung beteiligst: Egal, welche Firma den Zuschlag erhält, du kannst dabei nur gewinnen –»

«Dann wäre ich auf jeden Fall die längste Zeit Journalist gewesen», unterbrach Antonio ihre Überlegungen. «Und die Hälfte des Jahres in Urlaub. Jetzt hör mir mal zu, Mavi! Ich weiß, worauf du hinauswillst, und mir ist gar nicht wohl dabei. Da geht es um sehr viel, wenn du verstehst, was ich meine!»

«Ich versuche ja nur, das Ganze zu verstehen», erwiderte sie stur, ohne auf seine Einwände einzugehen. «So wie es ein Gesetz gibt, das Absprachen und Monopolstellungen bei öffentlichen Ausschreibungen verbietet!»

«Und weiter?»

«Weiter macht sich jeder strafbar, der diese Bestimmungen umgeht, er macht den Markt kaputt und seine Konkurrenten dazu.»

«Das sind eben die Gesetze der freien Marktwirtschaft . . . und die Gesetze des Lebens. Hat dir deine Oma nie erzählt, dass die großen Fische die kleinen fressen?»

«Hast du dir noch nie einen Dokumentarfilm über Haie angeschaut? Dann wüsstest du, dass sie zwar gierig, aber blind sind. Ich war auf dem Amtsgericht und wollte ein paar Informationen. Aber ohne vorherigen schriftlichen Antrag läuft da gar nichts. Außerdem dauert die Bearbeitung einen Monat.»

«Du würdest nichts finden. Glaub mir, wenn die Person, die du suchst, im Hintergrund bleiben will, dann erscheint auch im Register nichts über sie.»

«Kannst du dich nicht etwas genauer ausdrücken?»

«Ich will damit sagen, dass im Handelsregister nur die Rechtsverhältnisse einer Firma eingetragen sind und nicht unbedingt die Namen all derer, die dort Geld investiert haben.»

Das Gespräch wurde langsam interessant. Maria Vittoria setzte sich auf ihrem Drehstuhl zurecht.

«Wenn also unser Mann offiziell kein Geld in die Firma gesteckt hat, dann steht sein Name auch nicht im Handelsregister?»

«Richtig. Genau das wollte ich damit sagen.»

«Und der Leiter einer Firma, sagen wir mal, der Geschäftsführer einer GmbH, der müsste keine Anteile haben; diesen Posten könnte also im Grunde jeder übernehmen.»

«Genau!»

«Das war es, was ich wissen wollte.»

«Hättest du vielleicht die Güte, mir zu sagen, was du vorhast?», forderte Antonio Sassu sie auf, mit einem Mal ernst.

«Ach, nichts Konkretes», erwiderte Maria Vittoria hastig. «Ich hatte da nur so eine Idee . . .»

«Das ist aber keine gute Idee, Maria Vittoria. Das ist es ganz und gar nicht! Und nicht nur aus dem Grund, weil die erforderlichen Informationen so gut wie unerreichbar für dich sind. Selbst das Amtsgericht müsste gute Gründe vorweisen, um da ranzukommen. Ist die Nachricht angekommen?»

«Lass mich wenigstens einen Versuch wagen, Antonio. Ich werde mich an die offiziellen Kanäle halten, an die Ausschreibungsbehörde und an den Berufsverband. Ich werde nichts tun, was in irgendeiner Weise gefährlich werden könnte.»

«Nein!» Antonios Stimme hatte etwas Endgültiges. «Das ist zu gefährlich. Und außerdem, wenn ich ehrlich sein soll, sehe ich auch keinen Grund für deine sogenannten Ermittlungen. Vorausgesetzt, du hast mir alles gesagt, was du weißt.»

Die Frau rückte ihre Brille zurecht. «Ich habe die beiden zusammen gesehen», sagte sie nach einer Weile. «Und sie sahen nicht so aus, als würden sie Höflichkeitsfloskeln austauschen.»

«Wen hast du zusammen gesehen?», fragte der Chefredakteur in einem Tonfall, der deutlich seine Beunruhigung über die zu erwartende Antwort verriet.

«Die Bürgermeisterin», entgegnete sie, jede einzelne Silbe betonend. «Und ... Pau. Santino Pau.»

3

Diesen Teil der Stadt, der als ältestes Viertel galt, liebte Giuseppina ganz besonders. Sie stolperte. Das Kopfsteinpflaster, das man während einer der sporadischen Restaurierungsmaßnahmen der historischen Altstadt entdeckt hatte, war erst vor kurzem von einer alten Asphaltdecke befreit worden war. Der Effekt war verblüffend: Die einstmals ärmlich wirkenden Häuser hatten sich auf einmal in richtige kleine Prachtstücke verwandelt, und die Häuserfassaden in ihren verblassten Farben, die früher eher schmutzig gewirkt hatten, bezauberten nun mit ihrem nostalgischen Charme.

Salvatora Fenus Haus in der kleinen Gasse machte einen renovierungsbedürftigen Eindruck. Mit seinen nackten Granitwänden hatte es etwas Unfertiges an sich.

Um ganz sicherzugehen, kontrollierte Giuseppina noch einmal die Adresse, die sie notiert hatte. Ja, hier war sie richtig. Wenn die Alte ihr nichts Neues erzählen könnte, hätte sie immer noch die Möglichkeit, sich einmal mit dem «kranken» Mädchen zu unterhalten. Aber allzu große Hoffnungen machte sie sich eigentlich nicht. Die Cóntenes waren von ihrer Absicht, mit Immacolata zu sprechen, nicht gerade erbaut gewesen. Das Mädchen brauche vor allem Ruhe, und alles, was es dazu zu sagen gäbe, hätten sie schließlich schon der Polizei gesagt.

So war ihr Ausweichplan schon im Vorfeld gescheitert. Sie würde sich der Alten als «Patientin» vorstellen und sie um eine Medizin gegen den bösen Blick bitten. Sie würde über Symptome eines unerklärlichen Leidens klagen, würde es auf missgünstige Kollegen schieben, die ihr ihren Erfolg neideten. Und die Alte würde sie ins Haus lassen. Wenn ihre Informationen richtig waren, und das waren sie sicher, dann würde es genau so ablaufen. Die Alte würde schließlich das Glas und den Teller vorbereiten, und dann würde sie mit Öl, Wasser und Salz kommen ...

Vorsichtig drückte sie gegen das Tor, das in den kleinen Vorgarten führte. Der obere Flügel schwang auf. Giuseppina beugte sich vor und steckte den Kopf hinein. Den zementierten Vorplatz zierten Betonkästen, die mit Basilikum- und Rosmarinstauden bepflanzt worden waren und nun alle, der Kälte wegen, mit einer Plastikplane bedeckt waren. Außen herum wuchsen üppige Geranien, die jedoch ihre Blüten schon ganz abgeworfen hatten. Neben einem Beet, aus dessen dunkler Erde vereinzelte Hortensienstängel ragten, stand ein Granitblock, der wohl an warmen Tagen als Sitzplatz diente.

«Hallo! Kann ich reinkommen?», rief Giuseppina und räusperte sich, um für eine Antwort gerüstet zu sein. «Kann ich reinkommen?», fragte sie erneut, diesmal etwas gedämpfter.

Keine Antwort. Im Hof schien alles in Ordnung zu sein. Der Zementboden sah aus, als würde er regelmäßig geschrubbt, doch an der Hausmauer hatte der Nordwind trockenes Laub aufgetürmt. Links konnte sie durch eine Glastür eine ziemlich geräumige Küche erkennen. Rechts war ein Anbau, der sicher als Speisekammer oder Abstellraum diente. Eine Treppe ohne Geländer führte zum oberen Stock, dessen Fenster auf einen Balkon hinausgingen. Ein heftiger Windstoß ließ einen Fensterladen klappernd hin- und herschwingen.

Giuseppina betrat den Vorhof. Schützend hielt sie die Hände über die Augen und versuchte in die Küche hineinzuspähen. Das erste, was sie bemerkte, war die Unordnung. Etwas, das im Widerspruch zur Reinlichkeit des kleinen Vorplatzes stand. Zögernd legte sie ihre Hand auf den Türgriff. Eine Weile lang stand sie einfach da und wartete. Dann klopfte sie an die Scheibe. Schließlich öffnete sie die Tür.

Der Tisch schien für ein Frühstück gedeckt: eine hastig eingenommene Mahlzeit. Jemand hatte es sehr eilig gehabt. Die Milchkanne stand noch auf dem Tisch, die Marmorplatte war übersät mit Krümeln, und die Kaffeekanne befand sich noch auf dem Herd. In dem Zimmer herrschte ein heilloses Durcheinander. Jemand hatte die Schubladen herausgezogen und sie samt Inhalt einfach irgendwo hingestellt. In den anderen Zimmern sah es nicht viel besser aus.

Der Körper sah aus wie eine schwarze Masse. Neben dem Kamin lag eine Frau, mit dem Gesicht nach unten.

4

Maciste lag auf dem Sofa und räkelte sich. Er warf einen flüchtigen Blick auf den Bildschirm: eine Sendung für Heimgärtner.

Seitdem Paolo bei ihm wohnte, war die Wohnung um einiges sauberer geworden. Na ja, er hatte ja sonst nichts zu tun, also konnte er sich ruhig ein bisschen nützlich machen.

Er hörte, wie Paolo im Bad herumwerkelte. Vielleicht bekäme er den Wasserhahn ja dicht. Das wäre ja dann wirklich mal was! Ihm gefiel Paolos stille und arbeitsame Art, mit der er sich ihm erkenntlich zeigte. Was ihm auch gefiel, das war, dass Paolo, zumindest vorläufig, nicht vorhatte zurückzugehen. Der Junge hatte wirklich eine Schraube locker, das sah man auf den ersten Blick. Er konnte sich einfach nicht entscheiden zuzupacken, und dies war auch der Grund für seine Impotenz. Maciste hatte versucht, ihn da rauszuholen, aber umsonst. Und das war eigentlich auch gut so, sogar sehr gut.

Als das Telefon klingelte, zuckte er noch nicht einmal mit der Wimper. Ohne den Blick vom Fernseher abzuwenden, griff Maciste nach dem Hörer. «Ja?», antwortete er gleichgültig.

In diesem Moment kam Paolo aus dem Bad, die Ärmel seines

Pullovers bis über die Ellenbogen hochgeschoben, die Hände triefend vor Nässe.

«Ich dachte, du seist ausgegangen.» Als er sah, dass Maciste telefonierte, entschuldigte er sich. Aber er erhielt keine Antwort, denn der Hausherr war wie gebannt von dem, was ihm die Stimme am anderen Ende der Leitung zu berichten hatte.

Als das Gespräch beendet war, sagte er noch immer nichts, schlüpfte wortlos in seine schwere Jacke und machte Anstalten zu gehen.

«Rühr dich nicht vom Fleck, bis ich wieder da bin!», fuhr er Paolo an, der ihn perplex anschaute. Dann ging er.

So schnell konnte es gehen. Als die Tür hinter Maciste ins Schloss fiel, begann Paolo nachzudenken. Er spürte, wie die Einsamkeit ihn wieder einhüllte.

Vielleicht sollte er ja doch zurückgehen.

Ohne näher darüber nachzudenken, griff er zum Hörer, achtete aber sorgfältig darauf, sich vorher noch die Hände abzutrocknen, so dass der Hörer nicht nass wurde.

Die Stimme, die sich am anderen Ende der Leitung meldete, klang kühl und unpersönlich. «Doktor Martis? Einen Moment bitte», sagte die Frau einfach. Dann hörte man eine Melodie, die die Wartezeit überbrücken sollte, deren einzige Wirkung aber darin bestand, dass einem Sekunden wie Stunden vorkamen. Als er gerade auflegen wollte, hörte er Eugenios Stimme, die ein wenig atemlos klang.

«Hallo?»

«Spreche ich mit Doktor Martis?», fragte Paolo.

«Ja», war die knappe Antwort.

«Hier spricht Paolo Sanna.»

In dem dicken Schal, den er um Mund und Nase geschlungen hatte, musste Alberto tief durchatmen, um genügend Luft zu bekommen. Er hatte die ganze Nacht durchgearbeitet, aber es hatte sich gelohnt: Die Fotos waren wirklich gut geworden. Die Hochzeit, eine große Feier, war von Anfang bis Ende dokumentiert worden: die Braut, wie sie aus der Kirche tritt, die Teller mit dem Korn, die zerschmissen wurden, Blüten, Münzen, Bonbons und

Pralinen auf dem Weg. Die Verwandtschaft des Bräutigams, die zufrieden lacht, weil es wirklich eine schöne, eine sehr schöne Braut ist, die er da heimbringt. Dann die Trauungszeremonie – der aufgeregte Bräutigam, wie er den Text laut vorliest, die Braut, wie sie die Worte mit dünnem Stimmchen wiederholt. Dann der Empfang mit Hunderten von Gästen im teuersten Restaurant der Stadt, in dem man nur das Beste der heimische Küche vorgesetzt bekommt. Die Gruppenfotos mit ihren und seinen Eltern, mit den Trauzeugen, den Patenonkeln und Patentanten. Dann die Aufnahmen vom Brautpaar im Gegenlicht, vor der untergehenden Sonne, die Bergsilhouette im Hintergrund.

Ein ganz gewöhnlicher Auftrag. Diese Feiern waren doch alle gleich.

Der Umschlag mit den anderen Fotos war bei weitem nicht so dick. Alberto tastete in seiner Jackentasche nach den Bildern, um sich zu vergewissern, dass sie noch da waren. Auch diese Fotos waren sehr gut geworden: Das Treffen war in allen Einzelheiten festgehalten worden.

Dieser Auftrag war alles andere als Routine. Eine heiße Sache war das. So heiß, dass ihm die Fotos förmlich in der Tasche brannten.

In der Redaktion angekommen, schaute Alberto sich suchend um und entdeckte Maria Vittoria, die mit dem Chefredakteur sprach. Kurz darauf bemerkte sie ihn und gab ihm mit einem Zeichen zu verstehen, er solle warten. Alberto klopfte auf seine Tasche, um ihr zu zeigen, dass er die Fotos bei sich hatte. Maria Vittoria lächelte, während sie Antonio Sassu weiter zuhörte.

«Hast du ihm von den Fotos erzählt?», fragte der junge Mann besorgt, nachdem es ihr gelungen war, sich loszureißen.

Maria Vittoria sah ihn mit einem Blick an, der zugleich Zärtlichkeit und Tadel ausdrückte. Wie konnte er sie für so dumm halten! «Nein», sagte sie. «Natürlich nicht.» Er will nicht einmal, dass ich mich weiter mit der Sache beschäftige.»

«Also lass uns damit aufhören», schlug Alberto vor und versuchte so überzeugend wie möglich zu klingen.

«Lass sehen», erwiderte sie nur.

Der Junge zog den Umschlag aus der Tasche. Vor lauter Angst

hatte er sich noch nicht einmal die Jacke ausgezogen und merkte, wie er langsam zu schwitzen begann.

Maria Vittoria griff nach dem Umschlag und riss ihn Alberto aus der Hand. Sie klappte die Lasche auf, holte die Bilder heraus, wobei sie darauf achtete, dass die Negative nicht herausfielen, und warf einen raschen Blick darauf.

Die ersten waren ein bisschen verwackelt und unscharf. Durch das Weitwinkelobjektiv erschienen die Leute winzig klein. Aber die Aufnahmen mit dem Teleobjektiv waren so scharf, dass einem angst und bange wurde. Santino Paus Gesicht sprang einem förmlich entgegen, rechts im Bild, mit gesenktem Kopf, die Bürgermeisterin. Er hatte sie bei den Schultern gepackt und drohte ihr. Sie versuchte etwas zu erwidern . . .

«Und jetzt?», fragte Alberto ängstlich.

Maria Vittoria antwortete nicht. Sie war völlig gebannt von dem, was sie da sah.

«Was machen wir jetzt?», fragte Alberto noch einmal und wurde unruhig.

Maria Vittoria blätterte die Fotos noch einmal flüchtig durch. Zum ersten Mal wurde ihr deutlich bewusst, dass diese Fotos etwas bezeugten, was wirklich geschehen war. Und dass sie keine Möglichkeit sah, diese Fotos in irgendeiner Form zu verwenden. Im Moment jedenfalls nicht.

«Wir warten ab», antwortete sie abwesend. «Vorerst warten wir einfach ab, und die hier nehme ich an mich. Wir treffen uns heute Abend um neun», beendete sie das Gespräch und steckte den Umschlag ein, ohne seine Antwort abzuwarten.

Denken macht einem das Leben schwer, ja so war es!

Maciste reckte sich und hielt sich dabei so nah wie möglich an der Hausmauer. Wenn er die Hände aus der Tasche zog, würde er sie dem eisigen Wind aussetzen, dem eisigsten Wind, den er jemals erlebt hatte. Aber eigentlich hatte er nie so recht darauf geachtet. Im Gegensatz zum Boden und zu seinen Füßen erschien ihm die Hausmauer geradezu warm. Er hatte viel zu leichte Schuhe an, die Sohlen waren zu dünn . . .

Ichnusa tauchte auf, schnaufend wie eine alte Lokomotive. Er stellte sich neben Maciste. Er war ein wenig kleiner als Maciste. Auf dem Kopf trug er eine Wollmütze mit aufgekrempeltem Rand, die den Blick auf seine krause Mähne freigab, die sich an den Schläfen bereits ein wenig zu lichten begann.

Coddanzinu hatte keine Eile. Die anderen beiden beobachteten, wie er lässig auf sie zuschlenderte: Über seinem üblichen Unterhemd trug er heute eine Jeansweste, die bis zum Hals zugeknöpft war, und seine muskulösen Beine steckten in knallengen Hosen. An den Füßen trug er Tennisschuhe. Mit seinem streichholzkurzen Haar wirkte Coddanzinu noch kleiner, als er eigentlich war. In dieser Kleidung erwartete man förmlich, dass er gleich aus allen Nähten platzen würde. Er war stolz auf seine Muskeln, war stolz auf jede einzelne Faser seines Körpers, den er mit stundenlangen Fitnessübungen und Bodybuilding trainierte.

«Du kommst zu spät», begrüßte ihn Maciste vorwurfsvoll.

«Jetzt bin ich ja da, oder?», parierte Coddanzinu. «Kennen wir den Typen?», wollte er wissen, nachdem sie eine Weile lang geschwiegen hatten.

«*Ich* kenne ihn!», antwortete Maciste kurz angebunden. «Du musst bloß aufpassen, dass du es nicht übertreibst. Ist das klar?»

Coddanzinu nickte zum Zeichen, dass er verstanden hatte.

Alberto gehörte nicht zu den Menschen, die es merken, wenn sie verfolgt werden. Dennoch drehte sich noch einmal um. Nichts. Was man sich nicht alles einbilden kann!

Er beschleunigte seinen Schritt, um schnell in seine warme Wohnung zu kommen, wo das Abendessen, der Fernseher und sein Bett auf ihn warteten. Bei der Zeitung war es heute spät geworden, und zu dieser Jahreszeit hieß das, dass man im Dunkeln zur Arbeit ging und im Dunkeln wieder von der Arbeit nach Hause kam. Da machte es eigentlich auch keinen großen Unterschied, ob man am späten Nachmittag Feierabend machte oder tatsächlich erst abends, denn der Tag war ohnehin schon vorbei. Bald würde der Abend in die Nacht übergehen, der Mond würde in der vom Nordwind gereinigten Luft so klar strahlen, dass man seinen eigenen Schatten würde sehen können.

Und wie Schatten kamen ihm jetzt auch die Lichter vor, die die Fenster bläulich schimmern ließen. Wenn ihm die Kälte nicht so viel ausgemacht hätte, wäre er wohl mit dem Roller gefahren, dann wäre er jetzt schon zu Hause. Heute Morgen war ihm ein Spaziergang immer noch angenehmer erschienen als eine zehnminütige Fahrt durch die Kälte. Doch diese Entscheidung hatte er heute früh direkt nach dem Aufstehen getroffen, und um diese Zeit hat man bekanntlich noch mehr Energie als am Ende eines langen Arbeitstages.

Ein Typ mit einer militärgrünen Windjacke tauchte plötzlich vor ihm aus einer Gasse auf. Er war unrasiert und trug eine Wollmütze.

«Hast du mal Feuer?», fragte er, wobei sein Gesicht, wahrscheinlich der Kälte wegen, einen irgendwie starren Ausdruck hatte.

Alberto schüttelte den Kopf. Er rauchte nicht. Der junge Mann zeigte zwei blendendweiße Zahnreihen, als er sich für die Störung entschuldigte.

«Aber bitte», hatte Alberto geantwortet und sich wieder in Bewegung gesetzt.

Er bemerkte die Hand an seinem Arm nicht sofort.

«Nicht so hastig!», sagte der Junge und zwang Alberto, sich umzudrehen. Da erst erblickte er die beiden anderen, der eine mager, der andere klein und gedrungen.

«Lasst mich in Ruhe!», flehte Alberto.

Der Typ mit der Mütze äffte ihn nach, und die beiden anderen lachten. Dann, mit einer knappen Bewegung, rammte er ihm eine Faust in den Magen. Alberto zuckte nach vorne und keuchte. Er konnte nicht sprechen und streckte einen Arm hoch, als würde er um eine Pause bitten. Der zweite Schlag, ein Knie, das in die weiche Stelle zwischen Unterkiefer und Adamsapfel gerammt wurde, traf ihn mit voller Wucht. Er hustete, spuckte Blut und sackte zusammen. Sein fragender Gesichtsausdruck verlangte nach einer Antwort, und seine Augen forderten eine Erklärung auf die einzige Frage, die ihm angemessen erschien: Warum?

Sie brauchten eine gute Viertelstunde, um ihn wieder wach zu kriegen. Coddanzinu, der übermäßig schwitzte, hatte sich seine Weste ausgezogen. Ichnusa gönnte sich eine wohlverdiente Zigarettenpause. Maciste hatte sich noch nicht einmal den Anorak ausgezogen.

Das erste, was Alberto bewusst wahrnahm, war der Geruch. Durch das Tuch, mit dem sie ihn zugedeckt hatten, konnte er nur schemenhaft etwas erkennen. Er konnte seine Hände nicht bewegen, und sein Hals war so geschwollen, dass er Mühe hatte, überhaupt zu atmen. Er lenkte all seine Kraft auf diesen Geruch, eine Mischung aus Zement und rostigem Eisen, und merkte, dass es wie auf einer Baustelle roch.

Coddanzinu spielte mit einem Eimer Wasser, an dessen Innenseite Zementreste klebten. Er war ungeduldig.

«Bleib ruhig», sagte Maciste in einem Ton, der deutlich machte, dass er hier der Anführer war. «Sobald er wach ist, fangen wir wieder an.»

«Der wird schon noch singen!», versprach Ichnusa und machte es sich auf dem großen Tisch bequem, auf dem alte Zeitungen ausgebreitet waren.

«Jetzt komm schon, mach den Mund auf!», beschwor Coddanzinu den Gefesselten und vergewisserte sich, ob dieser auch wirklich noch bewusstlos war.

Alberto fühlte Coddanzinus Atem auf seinem Gesicht, roch dessen süßliche Ausdünstungen und spürte die übermäßige Wärme, die sein Körper, der nur wenige Millimeter von ihm entfernt war, auszustrahlen schien, so warm wie der Leib eines Tieres. Das war der mit den heißen Händen, der ihm die Gurgel zugedrückt hatte, bis er das Bewusstsein verloren hatte. Langsam kam Alberto wieder zu sich und merkte, wie auch die Angst wieder zurückkehrte. Die heiße Hand hatte seinen Nacken gepackt und zwang ihn, das Gesicht nach oben zu halten.

«Wenn du nichts sagen willst, so ist das deine Sache! Ich amüsiere mich auch so gut, glaub mir!»

Der Schlag, der auf diese Worte folgte, löste bei dem Gefesselten einen Hustenanfall aus. Der Fausthieb hatte ihn links in die Rippen getroffen. Coddanzinu hatte gemerkt, wie die Rippen unter seinem Schlag nachgegeben hatten. Alberto bäumte sich auf, so weit es ihm seine auf dem Rücken zusammengebundenen Arme erlaubten. Sein Mund fühlte sich an wie mit Gelatine gefüllt. Er nahm seine ganze Kraft zusammen und spuckte aus. Schon wieder drehte sich alles vor seinen Augen. Mit letzter Kraft versuchte er den Kopf zu heben, in die Richtung, wo der Mann stand, der diesen üblen Körpergeruch verströmte. Er wollte etwas sagen, aber seine geschwollene Zunge hinderte ihn, das zu sagen, was er unbedingt loswerden musste. Die Luft erschien ihm seltsam zäh, und es fühlte sich an, als steckten viele kleine Glasscherben in seiner Lunge und in seiner Luftröhre. Er bewegte sich und hörte, wie die anderen lachten. Wie war es möglich, dass sie einfach nicht kapierten, dass er schon sprechen würde, wenn sie ihn nur ließen? Alles, alles würde er ihnen erzählen: von den Fotos, wann er die Aufnahmen gemacht hatte, von der Person, der er die Bilder gegeben hatte. Doch seine Bereitschaft mitzuarbeiten drückte sich nur in einem unverständlichen Gurgeln aus. Und das schien sie prächtig zu amüsieren.

Ichnusa trat seine Zigarette aus. Ihm wurde langsam langweilig. Und kalt.

«Warum spuckst du nicht einfach den Namen von dem Typen aus, der dich für diese Fotos bezahlt hat? Nenn uns einfach seinen Namen und alles ist vorbei. Nun mach schon, damit wir hier nicht noch festfrieren!»

Er hatte Recht. Dieses Arschloch hatte wirklich Recht. Wenn es ihm nur gelingen würde, einen klaren Gedanken zu fassen ... Wie im Fieberwahn stammelte er unverständliches Zeug. Er spürte, wie sein Herz raste, als wollte es zerspringen, und er hatte nur einen Gedanken: Er musste sprechen, unbedingt, sonst wäre er ein toter Mann.

Coddanzinu nahm einen Lappen und tauchte ihn in den Eimer mit dem Schmutzwasser, wickelte ihn um die Faust und stieß dem Gefesselten den Lappen zwischen die Beine.

«Das hab ich mal in einem Film gesehen», meinte er stolz.

Alberto tauchte in ein Dunkel, das ihm wie das schreckliche Vorspiel zu etwas noch viel Schlimmerem vorkam. Er versank in einer tiefen Dunkelheit, in der es nur noch die Angst gab vor dem, was da noch kommen mochte. Und so hoffte Alberto, dass diese Dunkelheit andauern würde, denn noch mehr Schmerz würde er nicht ertragen können. Er biss die Zähne zusammen, weil er wissen wollte, ob ihm der Speichel aus dem Mund lief. Vielleicht konnte er auf diese Weise die Kontrolle bewahren. Vielleicht schaffte er es ja so, endlich den Namen zu sagen. Doch mit jedem Hieb ließ sein Wille nach, und am Ende spürte er nur noch, wie Blut seine Schläfen hinunterlief.

5

Dottoressa Comastris Büro war nicht sehr hell. Es lag in dem Flügel des Gerichtsgebäudes, der zum Colle di Sant'Onofrio hin gebaut war. Früher einmal konnte man durch die großen Eichenfenster, deren Rahmen schwarz gestrichen waren, so dass sie wie Ebenholz aussahen, Bäume und bizarre Felsformationen erkennen. Nun aber fiel der Blick auf herrschaftliche Anwesen mit großen Terassen und Villen im pompejanischen Stil. Durch das linke Fenster konnte man ganz oben auf dem Hügel die steinernen Turmfalken eines im mittelalterlichen Stil erbauten Palazzo aus den zwanziger Jahren erkennen.

Danila Comastri öffnete die Tür zum Korridor und trat beiseite, um Salvatore Corona durchzulassen. Nach einem kurzen, peinlichen Moment des Schweigens trat er schließlich ein. Das Büro war komfortabel ausgestattet und auffallend sauber, was entweder dafür sprach, dass Dottoressa Comastri sich mit den Putzfrauen gut verstand oder dass sie hin und wieder selbst Hand anlegte.

«In einer schmutzigen Umgebung könnte ich nicht arbeiten», erläuterte sie, als habe sie seine Gedanken gelesen. «Am Anfang sah das hier etwas anders aus», fuhr sie fort. «Aber es scheint, dass man nur mit einer schriftlichen Beschwerde zu einem sauberen Büro kommt.»

Salvatore Corona lächelte über ihre Worte.

«Natürlich», fuhr sie fort, «habe ich eine schriftliche Beschwerde eingereicht.»

«Und natürlich haben Sie an strategisch geschickten Punkten kleine Papierkügelchen versteckt, um die Arbeitsweise der Putzfrauen zu kontrollieren», hörte er sich zu seiner eigenen Überraschung sagen, und um seine Worte etwas abzumildern, lächelte er ihr komplizenhaft zu.

Danila Comastri verstand den Wink und schien sein Lächeln nicht zu bemerken.

«Natürlich!», sagte sie in herausforderndem Ton. «Genau das habe ich getan und noch viel Schlimmeres, wenn Sie es genau wissen wollen. Und wissen Sie, was? Ich fühle mich in keinster Weise schuldig.»

«Das wollte ich damit ja gar nicht sagen», versuchte Salvatore Corona einzulenken, und seine Stimme hatte einen reuevollen Klang. Wenn man Sie genauer betrachtete, konnte man sie wohl als schön bezeichnen, wenngleich nicht von jener Schönheit, die ihn selbst berührte. Er ließ sich auf das kleine Ledersofa nieder, das ein wenig vom Schreibtisch entfernt stand, ohne dass sie ihn dazu aufgefordert hätte.

Danila Comastri blieb stehen. Sie bemühte sich nicht, das Schweigen, das zwischen ihnen lag, zu brechen. Salvatore Corona wusste, dass es keinen Zweck hatte, die Dinge übers Knie zu brechen. Er warf einen Blick auf einige Reiseprospekte, die an der Rückenlehne des kleinen Sofas lehnten.

«Ferien?», fragte der Richter unvermittelt und deutete auf ein buntes Heft, auf dessen Titelblatt ein tropischer Sandstrand abgebildet war.

«Nein», erwiderte sie fast ein wenig unbeholfen. «Aber mir macht es Spaß, davon zu träumen.» Sie lächelte, als habe er gerade eine Schwäche von ihr entdeckt. Plötzlich wurde sie wieder ernst. «Haben Sie schon einmal mit einer Workbench gearbeitet?», fragte sie.

Salvatore Corona verneinte. Aber er wisse, was das sei.

«Gut», bemerkte sie. «Das macht die Dinge einfacher. Sie wissen, dass es im Falle der verschwundenen Mädchen Ermittlungsmaterial gibt, das nicht ganz offiziell ist.»

Salvatore Corona nickte. Sie waren beim entscheidenden Punkt angekommen.

«Ich habe Tage damit zugebracht, das Material in meinen PC einzugeben», führte Danila Comastri weiter aus. «Ich denke, wir sollten gemeinsam einen Blick darauf werfen.»

«Ich glaube nicht, dass das eine gute Idee wäre», wandte der Richter ein. «Diese Ermittlungen fallen nicht in meinen Zuständigkeitsbereich. Nicht mehr», korrigierte er sich. In seiner Stimme schwang eine leise Angst mit.

Sie konnte diese Angst spüren, aber sie drehte sich nur um und langte auf die andere Seite ihres Schreibtischs. Sie holte einige Stapel Papier und legte sie auf die freie Fläche vor ihr. «Da gibt es ein paar Dinge, die ich wahrscheinlich nur mit Ihrer Hilfe verstehen kann», ignorierte sie seinen Einwand und forderte ihn auf näher zu treten.

Salvatore Corona legte die Prospekte genau dort wieder hin, wo sie gelegen hatten, und erhob sich schwerfällig. Als er vor dem Schreibtisch stand, sah er, dass die Stapel nach «Themen» geordnet waren. Auf dem ersten Stapel stand fett gedruckt GRAZIA MEREU. Auf dem zweiten Stapel, ebenso ein Ausdruck mit dem Nadeldrucker, IMMACOLATA CÓNTENE. Auf dem dritten LORENZA IBBA und auf dem vierten INES LEDDA.

«Ich dachte», brach Dottoressa Comastri das Schweigen und knüpfte dort an, wo sie aufgehört hatte, «dass man zuallererst einmal alles neu ordnen müsste. Aber verstehen Sie mich recht: Wenn man mit diesen Systemen arbeitet, dann hängt alles von der Definition der entsprechenden Felder ab.»

Salvatore Corona verstand sehr gut. Es war alles eine Frage der Genauigkeit: Man musste dem Apparat sagen, dass er alle nur erdenklichen Querverbindungen untersucht. Im Grunde war das eine Fleißaufgabe, und man musste lediglich die erforderlichen Informationen eingeben.

«Wenn die Daten richtig eingegeben worden sind, wenn man die Informationen horizontal und vertikal lesen kann, dann heißt das, dass wir auf dem richtigen Weg sind.»

Seltsamerweise fühlte er beinahe so etwas wie Dankbarkeit dafür, dass sie im Plural gesprochen hatte. Er lächelte anerkennend.

«Ich bin folgendermaßen vorgegangen: Zu jeder Akte gibt es

eine Reihe von Kriterien, die sich wiederholen: Beruf der Eltern, welche Schule, welche Klasse hat das Kind besucht, körperliche Merkmale, Adresse, Gewohnheiten und anderes. Bei all dem gehe ich natürlich davon aus, dass die Fälle irgendwie miteinander zusammenhängen.»

«Vergleichsfaktor?», fragte der Richter unvermittelt.

Danila Comastri zwinkerte hinter ihren Brillengläsern. «Dreißig Prozent?», schlug sie vor.

«Fünfzig Prozent?», hielt der Richter entgegen.

«Vierzig», schloss sie und musste sich das Lachen verkneifen.

Salvatore Corona konnte nicht umhin, seine Bewunderung für Dottoressa Comastris Modus operandi auszudrücken. Nicht, dass sich aus all dem wesentlich neue Erkenntnisse ergeben hätten. Dennoch hatte diese Ordnung – diese Daten, die alle an ihrem vorbestimmten Platz standen – eine irgendwie beruhigende Wirkung. Man hatte den Eindruck, als würde man die Dinge auf diese Weise leichter verstehen . . .

Dottoressa Comastri hatte einen kurzen Überblick in Tabellenform erarbeitet. «In der ersten Spalte», erklärte sie gerade, «stehen die Namen der Opfer; in der zweiten, wann und wo sie verschwunden sind; in der dritten Spalte, wo sie wieder aufgetaucht sind bzw. aufgefunden wurden, in der vierten Name und Beruf der Eltern der Opfer, und in der fünften Spalte habe ich Hinweise zu dem jeweiligen Fall notiert. Was meinen Sie, fehlt etwas?»

«Ich sehe, Sie haben auch das Mädchen aufgeführt, das an dem Gift gestorben ist», dachte der Richter laut.

Die Frau nickte und presste die Lippen zusammen. «Ich denke zwar, dass dadurch der Vergleichsfaktor in die Höhe schnellt, aber ich will es erst einmal so probieren», vertraute sie ihm an.

«Man müsste nachprüfen, ob es irgendwelche Gemeinsamkeiten gibt», murmelte der Richter. Plötzlich war ihm, als hörte er eine unbestimmte Musik, die sich wie eine Streichersonate anhörte. Er blickte sich suchend nach einer Sitzgelegenheit um.

Danila Comastri streckte den Arm aus, um ihn zu stützen, und führte ihn zu ihrem Drehstuhl.

«Ihnen geht es nicht gut», bemerkte sie.

Salvatore Corona winkte ab, als wollte er sagen, dies sei kein Grund zur Besorgnis. «Mein Blutdruck», erklärte er. «Das ist nur der Blutdruck. Ist schon wieder besser.» Er stand abrupt wieder auf, schwankte noch ein wenig, bis er sich wieder sicher auf den Beinen fühlte. «Machen wir weiter!» Seine Worte klangen fast wie ein Befehl, als er sah, dass die Dottoressa immer noch unschlüssig dastand und ihn ansah. «Ich sagte gerade, man müsste nachprüfen, ob es irgendwelche Gemeinsamkeiten gibt.»

Danila Comastri reichte ihm die Tabelle mit der Übersicht.

«Bei allen vier Kindern handelt es sich um Mädchen im Alter zwischen neun und zwölf Jahren. Sie gehen auf die gleiche Schule, wenn auch nicht in dieselbe Klasse. Zwei der Mädchen werden als kontaktfreudig und extrovertiert beschrieben. Drei stammen aus einem bürgerlichen Zuhause, und ihre Väter haben alle einen sicheren Arbeitsplatz: Salvino Cóntene ist Vermessungsingenieur beim Ingenieurbüro Paggi, dem die Archisarda Srl gehört. Marcello Ledda ist im Forstdienst. Giorgio Ibba ist bei der Gemeinde angestellt. Giulio Mereu war der einzige Arbeitslose unter ihnen. In zwei Fällen gibt es Zeugenaussagen oder Beweise, dass man Videos zu Hause gesehen hätte, und in beiden Fällen haben die Besitzer der Videokassetten keinen Videorekorder.

«Es sind drei Fälle», unterbrach sie der Richter. Dottoressa Comastri blickte ihn verständnislos an. «In drei Fällen taucht eine Videokassette auf: Maresciallo Pili hat dort, wo man Ines Ledda gefunden hat, unbenutzte Videoaufkleber gefunden.»

«Sehen Sie, auf so etwas habe ich gewartet», bemerkte Danila Comastri.

«Sie wissen, dass das nichts heißen muss?», fragte der Richter nach einer kurzen Pause. «Heutzutage haben doch viele Leute Videos zu Hause. Manchmal bekommt man eine als Gratisgeschenk zu einer Zeitschrift, und man behält sie halt, auch wenn man keinen Videorekorder hat. Die Aufkleber, die der Maresciallo dort im Wald gefunden hat, könnten praktisch von jedem stammen, was weiß ich, vielleicht von jemandem, der dort ein

Picknick mit Freunden oder Verwandten gemacht hat und seine Videokamera dabeihatte.»

Seine Überlegungen ergaben einen Sinn.

«Eines der Mädchen taucht lebend wieder auf: Es gibt keinerlei Hinweise darauf, dass sie misshandelt oder sexuell missbraucht worden ist. Eines der drei Mädchen, die tot aufgefunden wurden, ist vor ihrem Tod zwar weder misshandelt noch sexuell missbraucht worden, aber die Obduktion hat zweifelsfrei ergeben, dass sie keine Jungfrau mehr war und dass an ihr eine Abtreibung vorgenommen worden war.»

Salvatore Corona versteifte sich.

«Maresciallo Pili konnte davon nichts wissen, denn ich habe Commissario Curreli ausdrücklich untersagt, diese Information weiterzugeben. Und ich habe dafür gesorgt, dass sie nicht nach außen dringt, wenn Sie verstehen, was ich meine.»

Salvatore Corona nickte zustimmend. «Warum tun Sie das?», fragte er unvermittelt.

«Warum tue ich was?», antwortete Dottoressa Comastri mit einer Gegenfrage.

«Na, das hier!» Der Richter deutete auf die Stapel mit den Unterlagen, die sie erarbeitet hatte.

Danila Comastri seufzte tief. Unbewusst rückte sie ihre Brille zurecht. «Ich kann es Ihnen nicht genau sagen. Mein erster Impuls war der, gegen alle vorzugehen. Dann habe ich mir gesagt, dass sie ja im guten Glauben gehandelt haben. Sie sind zwar gute Menschen, aber ihr Verhalten kann vom strafrechtlichen Standpunkt her nicht toleriert werden. Wenn diese Geschichte erst einmal abgeschlossen ist, habe ich vor, um ihre Entlassung zu bitten.»

Salvatore Corona dachte an die Worte des Maresciallo, erinnerte sich an seine Absicht, den Dienst zu quittieren. «Haben Sie schon mit Commissario Curreli darüber gesprochen?», fragte er mehr aus Neugierde, denn aus beruflichem Interesse.

Danila Comastri schüttelte den Kopf. «Glauben Sie mir, das hat er auch so verstanden.» Sie sprach wie jemand, der eine schlechte Neuigkeit überbringen musste. «Und Sie?», fragte sie plötzlich.

«Ich?»

«Wofür haben Sie sich entschieden?»

Salvatore Corona ließ sie nicht ausreden. «Ich habe mich für gar nichts entschieden!», entgegnete er barsch. «Meine Situation ist nicht dergestalt, dass ich mich für oder gegen etwas entscheiden könnte. Dennoch glaube ich nicht, dass ich hier weitermachen könnte.»

«Haben Sie vor, um Ihre Versetzung zu bitten?»

«Ich habe vor, den Dingen ihren Lauf zu lassen. Vorerst.»

Kurze Zeit später ließ Dottoressa Comastri ihren Gedanken freien Lauf: Da gab es eine ganze Reihe von Informationen, die noch in keinem Zusammenhang standen. Wer hatte angerufen, um mitzuteilen, wo Ines Ledda begraben lag? Zumindest einer der Jagdfreunde Maresciallo Pilis musste über ihr Vorhaben informiert gewesen sein, aber inwieweit? Was hatte es mit Grazia Mereus Tagebuch auf sich? Was war mit der Familie, bei der Immacolata Cóntene ganze Tage und Wochen verbracht hatte?

«All das haben wir schon untersucht», versuchte der Richter Danila Comastris Fragen herunterzuspielen. «Der anonyme Anruf lässt wenig Raum für Spekulationen: Entweder handelt es sich um den Mörder, aber dann verstehe ich nicht, warum er nicht gesagt hat, wo Grazia Mereu war –»

«Vielleicht wusste er es nicht!», unterbrach ihn Danila Comastri.

«Oder», spann er seinen Gedankengang weiter, «es war einer unserer Ausflügler, der den Videofilm gedreht hat.»

Die Frau machte ein nachdenkliches Gesicht. «Eines ist jedenfalls klar: Die Person, die wusste, wo Ines Ledda vergraben war, wusste nichts über den Verbleib von Grazia Mereu. Oder aber jemand will uns das nur glauben machen.»

«Wir haben jeden Quadratzentimeter des Geländes abgesucht, auf dem das Mädchen gefunden wurde. Wir dachten, es könnte vielleicht eine Art Friedhof ans Tageslicht kommen, aber dafür gab es nicht den geringsten Hinweis.»

«Ehrlich gesagt, macht all dies überhaupt keinen Sinn. Da

steckt doch kein Funken Logik dahinter», beschwerte sich Dottoressa Comastri und merkte auf einmal, wie müde sie war.

«Es sei denn . . .» Der Richter hielt inne, bevor er weitersprach. «. . . Grazia Mereu ist nicht mehr am Leben.»

Wie im Film, wenn die Hauptdarsteller sich gerade küssen wollen, wurde die Szene durch das Klingeln des Telefons unterbrochen. Danila Comastri brauchte ein paar Sekunden, bis sie begriff, dass es ihr Telefon war, das läutete. Sie nahm den Hörer, und ihr Gesicht verfinsterte sich zusehends.

«Ich komme sofort!», rief sie und knallte den Hörer auf die Gabel. «Eine Leiche, eine alte Frau. Scheint sich um Raubmord zu handeln», erklärte sie dem Richter kurz, während sie nach ihrem Mantel suchte.

Commissario Curreli versuchte sich einen Weg zu der Leiche zu bahnen. Ein junger Mann in einem weißen Hemd beugte sich gerade über sie. Er hatte den Rock der Frau hochgeschoben, um die Körpertemperatur zu messen, und Commissario Currelis Blick fiel auf ein Hinterteil, dessen schlaffe Haut gelblich wirkte. Die alte Frau musste schon geraume Zeit tot sein.

«Mindestens drei Tage», sagte der junge Mann, ohne sich umzudrehen. «Ihre Körpertemperatur ist fast identisch mit der Raumtemperatur.» Er kontrollierte noch einmal die Quecksilbersäule, die in der Tat kaum angestiegen war.

Er drehte sich um und zeigte dem Commissario das Thermometer. Dieser warf nur einen flüchtigen Blick darauf, wohl in der Hoffnung, diesen Fall rasch über die Bühne zu bekommen.

«Bedecken Sie sie», ordnete er an und deutete auf den Rock der Alten, der immer noch bis zu den Hüften hochgeschoben war.

Der Arzt trug das Ergebnis seiner soeben vorgenommenen Untersuchung in ein Formular ein. Dann sterilisierte er das Thermometer mit einem in Desinfektionsmittel getränkten Wattebausch und zog den Rock der Frau wieder herunter, um ihre Blöße zu bedecken.

«Keine Spuren eines Sturzes», fuhr der junge Mann fort und gab laut das wieder, was er gerade niederschrieb.

Commissario Curreli wartete, bis er fertig war und sich erhoben hatte.

Ein Polizeibeamter sammelte die Rosenkranzperlen auf, die überall auf dem Fußboden verstreut lagen, wobei er jede einzelne in ein separates Tütchen steckte, das er mit dem genauen Fundort der Perle kennzeichnete.

«Irgendwelche Anzeichen dafür, dass sie sich gewehrt hat?», fragte der Commissario den Arzt.

«Es scheint so. Sie hat ein großes Hämatom am Hals. Zwei große Abdrücke auf der Höhe des Kehlkopfdeckels, Anzeichen dafür, dass jemand mit zwei kräftigen Daumen zugedrückt hat, aber nicht kräftig genug, um sie zu töten ... Hier, daran ist sie gestorben.» Er zeigte mit dem Stift auf den Hals des Opfers und deutete auf einen langen, gleichmäßigen Striemen ein paar Zentimeter tiefer.

Der Commissario runzelte die Stirn. Der Arzt erhob sich und legte ihm die Hände um den Hals.

«Das hier sind die ersten Abdrücke», erklärte er, indem er beide Daumen auf den Kehlkopf des Commisario legte. «Aber einfach war das nicht. Genau hier», demonstrierte er, indem er mit seinen Fingernägeln ganz leicht zudrückte. «Genau hier sieht man Kratzspuren und zwei Fingernagelabdrücke des Mörders. Sie hat sich wohl befreien können und muss versucht haben, rauszukommen; erfolglos, denn der Mörder hat sie noch einmal erwischt und wahrscheinlich mit ihrem eigenen Kopftuch erdrosselt: Das ist der zweite Abdruck. Natürlich sind das erst mal nur Vermutungen. Das einzige, was ich mit Sicherheit sagen kann, ist, dass sie nicht an der Stelle umgebracht wurde, an der sie aufgefunden wurde. Ich glaube, der Mörder hat sie dort hingelegt, als sie schon tot war. Sie hat eine Hautabschürfung am rechten Fersenknochen, und sie hat ihre Schuhe verloren. Der Mann muss sehr kräftig sein, ist mindestens zehn Zentimeter größer als sie, denn während er sie würgte, hat er sie hochgehoben. Dann muss er sie hierher geschleift haben.»

«Haben Sie denn Schleifspuren gefunden?», fragte der Commissario den Beamten, der inzwischen alle Perlen aufgesammelt hatte und nun den Ausführungen des Arztes lauschte.

Der Beamte schüttelte verneinend den Kopf, aber das Chaos hier war noch zu groß, um dies mit Sicherheit sagen zu können.

«Die Schleifspuren könnten minimal sein, habt ihr im Hof alles abgesucht?»

Der Beamte blickte den Commissario skeptisch an. Der Commissario lächelte, als wüsste er die Antwort schon im Voraus. «Nein», entgegnete der Beamte leise und wartete darauf, dass der Commissario etwas sagte.

«Dann sucht den Innenhof auch noch ab», ordnete er schließlich an.

Der Beamte machte sich eilig auf den Weg und legte beim Hinausgehen die Tütchen mit den dunklen Kugeln ab.

Giuseppina Floris erhob sich. «Ich bin müde», sagte sie vorwurfsvoll. «Ich habe dem Beamten doch schon alles gesagt.»

Commissario Curreli zuckte gleichmütig die Schultern. «Ja, Signorina, aber ich bin nicht ‹dieser Beamte› und war nicht dabei», erwiderte er und setzte sich. Dann beugte er sich vor, so dass sein Gesicht nur wenige Zentimeter von ihrem entfernt war. «Es geht nicht darum, dass ich unbedingt alles wissen muss. Es geht vielmehr darum, dass, wenn Sie mir nicht alles genau erzählen, ich gar nicht herausfinden kann, was ich wissen muss.»

Giuseppina betrachtete ihn eine Weile lang schweigend. «Und mir geht es nicht darum, dass ich nicht mit Ihnen sprechen möchte, glauben Sie mir. Ich möchte nur nicht alles ein drittes Mal vor dem Untersuchungsrichter wiederholen müssen. Wäre es nicht ratsam, auf ihn zu warten?», entgegnete sie herausfordernd, indem sie seinen Tonfall nachahmte.

«Der Untersuchungsrichter!», rief Commissario Curreli aus. «In welcher Welt leben Sie denn! Na, wenn das die Presse ist . . .» Er sprach den Satz nicht zu Ende, wie um seine Enttäuschung noch zu betonen. «Da hat sich so einiges verändert, Signorina, so einiges! Der Untersuchungsrichter, wie Sie es nennen, ist Schnee von gestern, verstehen Sie?»

Giuseppina reagierte nicht, sie blickte den Commissario nur mit großen Augen an. Sie griff nach einer Zigarette, die dritte in zwanzig Minuten, und zündete sie in aller Ruhe an.

«Wenn die stellvertretende Staatsanwältin kommt, die die Ermittlungen leitet, dann werden wir ein langes Gespräch miteinander führen», bemerkte der Commissario.

Trotz der vielen Leute, die ständig aus und ein gingen, um hier einen Bericht herauszusuchen und dort ein Formular auszufüllen, war es warm in dem Raum. Dottoressa Comastri entschied sich dennoch dafür, den Mantel anzubehalten. In dem Bemühen, sich auf die bruchstückhaften Informationen zu konzentrieren, die sie vom Pathologen, dem diensthabenden Beamten und Commissario Curreli geliefert bekam, kniff sie leicht die Augen zusammen.

Die junge Frau, die dort auf dem Stuhl saß, war eine Journalistin, die in dem Fall der verschwundenen Mädchen recherchierte.

«Und so haben Ihre Nachforschungen Sie in dieses Haus geführt.» Danila Comastri konnte sich eine gewisse Süffisanz nicht verkneifen.

Giuseppina schnaubte unwillig. «Ich wollte nichts unversucht lassen.»

«Gibt es einen konkreten Hinweis dafür, dass zwischen dem Opfer und dem letzten verschwundenen Mädchen ein Zusammenhang besteht?»

Giuseppina reagierte nicht. Sie schaute die Frau, die vor ihr stand, unbeweglich an. Sie musste ein wenig den Kopf heben, um der Frau ins Gesicht sehen zu können. «Was meinen *Sie* dazu?», fragte sie herausfordernd.

Dottoressa Comastri lächelte leicht. Wenn es sie auch nicht weiter erstaunte, so ärgerte sie sich doch über die Selbstsicherheit, die die Zeugin demonstrierte.

«Sie sind nicht hier, um mich zu interviewen, Signorina . . .?»

«Floris.»

«Signorina Floris! Und deshalb tut es mir leid, Ihnen mitteilen zu müssen, dass es bei uns tatsächlich auch nicht viel anders zugeht als in gewissen abgeschmackten Fernsehserien, dass nämlich die Fragen hier immer noch ich stelle.»

Commissario Curreli kratzte sich angestrengt an der Nase, um nicht laut herauszulachen.

«Wenn Sie im Besitz von sachdienlichen Hinweisen sind, Signorina Floris, dann ist es jetzt wohl langsam an der Zeit, die ermittelnden Beamten ins Bild zu setzen», fuhr die stellvertretende Staatsanwältin fort, darum bemüht, so streng wie möglich zu klingen.

«Da muss ich Sie enttäuschen», beeilte Giuseppina sich zu sagen. «Ich habe mich nur hier und dort ein wenig umgehört.»

«Wie hätte es auch anders sein können!», schimpfte Commissario Curreli. «Wenn man euch wirklich mal braucht, dann seid ihr nicht da! Das einzige, was ihr könnt, ist Unruhe stiften!»

Danila Comastri brachte ihn mit einer Handbewegung zum Schweigen. «Also gut», sagte sie an Giuseppina gewandt. «Wenn Sie nichts weiter zu sagen haben ... Ich habe keine weiteren Fragen an Sie. Lassen Sie sie jetzt gehen», ordnete sie an und verließ den Raum.

»Gestohlen wurde nichts», erläuterte der Beamte gerade. «Die Wohnung ist in einem verheerenden Zustand. Irgendetwas müssen sie gesucht haben ...»

«Außer man wollte den Einbruch nur vortäuschen», überlegte Danila Comastri laut. «Die Frau hat nicht allein gelebt.»

Der Beamte schüttelte den Kopf und zeigte auf eine Fotografie, auf der ein Junge im Kommunionsanzug zu sehen war. «Sie ist sehr früh Mutter geworden», erklärte er. «Das war zu jener Zeit alles andere als einfach. Als das Kind neun Jahre alt war, wurde die Vaterschaft anerkannt, es trägt auch den Nachnamen des Vaters.»

«Ist das der junge Mann, der verschwunden ist?»

Der Beamte nickte verzagt. «Er war vorbestraft: Trunkenheit und Ruhestörung, Prügelei. Ich glaube, er hat sich mit den Ersparnissen der Alten aus dem Staub gemacht. Etwas anderes scheint nicht zu fehlen.»

«Vorausgesetzt, die Alte hat ihre Ersparnisse zu Hause aufbewahrt.»

«Wir haben weder Sparbücher noch irgendwelchen Schriftverkehr mit Kreditinstituten gefunden.»

«Was ist mit einem Postsparbuch? Alte Leute haben oft eins.»

Der Beamte schüttelte den Kopf. «Nichts», erwiderte er.

Danila Comastri sah, wie Commissario Curreli auf sie zukam: Er sah sie triumphierend an. Zwischen Daumen und Zeigefinger hielt er, deutlich sichtbar, eine kleine schwarze Kugel in die Höhe. «Eine Rosenkranzperle», bemerkte er und entblößte ein gepflegtes Gebiss. «Im Hof, nahe beim Ausgang!»

6

Eugenio Martis hatte es die Sprache verschlagen. «Paolo Sanna?», fragte er, um sich zu vergewissern, ob er richtig gehört hatte.

Am anderen Ende der Leitung war es still. Paolo ertappte sich dabei, wie er mit dem Kopf nickte. «J . . . Ja», antwortete er schließlich zögerlich. Plötzlich war er sich gar nicht mehr so sicher, das er das Richtige tat. «Also», hob er an, «ich dachte, vielleicht . . .»

Eugenio wusste, dass es ein langes Telefonat werden würde, wenn Paolo erst einmal anfing zu erzählen. «Brauchst du Hilfe? Sollen wir uns treffen?», fragte er ein wenig zu eilfertig.

«Na ja, also –», setzte Paolo an.

«Wie wär's mit morgen?», fiel Eugenio ihm ins Wort.

«Nein», entgegnete Paolo entschieden. «Nicht morgen. Ich muss Sie heute noch sehen!»

Eugenio hätte beinahe gelächelt, wenn Paolos Stimme nicht so dringlich geklungen hätte. «Heute geht es nicht. Ich habe das ganze Wartezimmer voll mit Patienten, und dann habe ich heute Nacht im Gefängnis Dienst.» Warum rechtfertigte er sich eigentlich? Rasch verdrängte er diese Frage wieder.

«Macht nichts, macht nichts», beeilte Paolo sich zu sagen, konnte sich aber nicht überwinden, den Hörer aufzulegen.

Beide schwiegen.

«Bist du noch da?», fragte Eugenio jetzt ganz ruhig.

«Ja», antwortete Paolo kaum hörbar. «Dottore . . .» Wieder eine Pause. «Ich weiß nicht mehr ein noch aus, es hat alles keinen Sinn mehr. Ich wünschte, ich wäre tot . . .»

«Paolo, hör mir zu: Ich hol dich zu Hause ab. Warte, bis –»

Jetzt war es an Paolo, den anderen zu unterbrechen. «Ich bin nicht zu Hause», erklärte er. «Darum geht es ja: Ich geh nicht mehr nach Hause zurück . . .»

«Sag mir, wo du jetzt bist, dann hol ich dich», wiederholte Eugenio.

Paolo stieß ein merkwürdiges Lachen aus. «Sie haben mir gesagt, ich könne Sie anrufen, ich meine . . . anstatt zu trinken . . .» Er sprach den Satz nicht zu Ende, wusste aber, dass Eugenio verstanden hatte. «Im Moment würde ich alles schlucken, was ich in die Finger bekomme. Nein, so kann ich nicht weitermachen, so nicht», sagte er wie zu sich selbst. «Ich habe keine Arbeit, was soll ich überhaupt darüber reden. Was soll ich hier noch? Ich bin ein Nichts, verstehen Sie? Was soll ich hier überhaupt noch?»

Eugenio streckte einen Arm nach einem Stuhl aus und zog ihn heran. «In solchen Momenten musst du ganz einfach die Ruhe bewahren und vor allen Dingen keine übereilten Entscheidungen treffen», sagte er und setzte sich.

«Wann habe ich jemals eine Entscheidung gefällt, Dottore? Was für eine Entscheidung soll ich denn treffen? Ich gehöre doch zu den Menschen, die sich niemals entscheiden!»

«Du hast dich entschieden, mich anzurufen.»

«Eine tolle Entscheidung war das: Viel ist dabei ja noch nicht herausgekommen!»

«Sag mir, was los ist, Paolo!» Eugenios Stimme hatte wieder den Tonfall angenommen, den er Patienten gegenüber gewöhnlich anschlug. Mit einer Handbewegung bedeutete er dem Mädchen, das bei ihm als Arzthelferin arbeitete, nachzusehen, wie viele Patienten im Wartezimmer saßen. Das Mädchen hielt drei Finger in die Höhe.

Paolo Sanna schwieg, als könnte er sehen, was dort am anderen Ende der Leitung geschah. Er wartete, bis der Arzt und seine Assistentin aufgehört hatten, miteinander zu flüstern. «Ich will Ihnen nicht die Zeit stehlen», sagte er schließlich.

Eugenio Martis presste den Hörer nervös an sein Ohr. «Was ist los, Paolo?», wiederholte er noch einmal.

Der Junge atmete schwer. Es klang wie ein unterdrücktes

Schluchzen. «Ich weiß es nicht.» Er hielt inne, und ein Klagelaut drang aus seiner Kehle.

«Was soll das heißen, ‹du weißt es nicht›?», rief Eugenio Martis ungeduldig.

«Das heißt, dass heute alles schief läuft», bemerkte der Junge schließlich. Er klang, als würde er das Gespräch gleich beenden. «Aber jetzt geht es mir schon besser, viel besser!»

«Sag mir, wo du jetzt bist, dann komme ich dich gleich holen!»

Das Lachen, das auf diese Worte folgte, klang schrill.

Eugenio fluchte innerlich. «Bitte, Paolo, mach keinen Mist!», beschwor er ihn.

«Alles, alles läuft verkehrt. Es ist einfach so passiert: Ich habe ihr die Hände um den Hals gelegt! Verstehen Sie? Was soll ich nur tun?»

«Von wem sprichst du?» Dieser Satz war Eugenio einfach so herausgerutscht.

«Sie weiß alles, verstehen Sie! Sie weiß, warum Ines gegangen ist.»

«Wer ist sie?»

»Plötzlich war mir alles klar. ‹Sie weiß alles›, habe ich mir gesagt. In diesem Moment hätte ich sie umbringen können! Wir waren so vorsichtig, sehr vorsichtig. Und ich liebte sie, Dottore. Wir wollten zusammen fortgehen, irgendwohin.»

«Hör mir jetzt bitte gut zu!», sagte Eugenio eindringlich. «Ich kann dir nur helfen, wenn du mir gegenüber etwas deutlicher wirst: Von wem sprichst du? Wo bist du jetzt?»

«Zu viele Fragen, Dottore, zu viele Fragen! Ich brauche Antworten, keine Fragen!»

Traurig und endgültig klangen diese Worte, so traurig und endgültig wie das Freizeichen, das nun ertönte und anzeigte, dass der Teilnehmer aufgelegt hatte.

Nun ging es nur noch darum, sein bisschen Gepäck zusammenzusuchen, damit er die Wohnung verlassen hätte, bevor Maciste wieder zurück war. Er achtete nicht auf die Lokalnachrichten, die soeben über den Bildschirm des ständig laufenden Fernsehers flimmerten.

7

»Nein, nein, das stimmt nicht!», protestierte Maresciallo Pili. Er sah übermüdet aus, als habe er schon viele Nächte nicht mehr richtig geschlafen. Er hielt die Tabelle in Händen, die Dottoressa Comastri erarbeitet hatte. «Hier zum Beispiel.» Er zeigte auf einen Punkt der Liste. «Giulio Mereu war kein Arbeitsloser, wie hier steht. Er war lediglich zu dem Zeitpunkt, als das Mädchen verschwand, arbeitslos!»

Wie in alten Zeiten blickte Richter Corona ihn mit einer Mischung aus Überraschung und Belustigung an.

«Giulio Mereu hat fünfzehn Jahre lang als Bauleiter für mindestens drei Bauunternehmen gearbeitet. Er war einer der Besten.»

«Was sollen wir tun, Maresciallo?» Richter Coronas Worte klangen schärfer als beabsichtigt.

Der Maresciallo antwortete nicht. Er wusste, dass der Richter, wenn er ein wenig warten würde, den Faden von selbst wieder aufnehmen würde. Dennoch konnte er nicht umhin, unruhig mit dem Blatt in seiner Hand herumzuwedeln.

«Wollen wir hier Erbsen zählen, oder was?», warf der Richter ihm vor. «Durch solche Haarspaltereien ist dieser Fall so kompliziert geworden. Dies ist die letzte Gelegenheit: Wenn Sie also noch etwas zu sagen haben, dann tun Sie's jetzt! Dottoressa Comastri wird nämlich Ihre Laufbahn beenden, verstehen Sie? Sie könnte Sie sogar ins Gefängnis schicken. Ist Ihnen eigentlich klar, dass Sie Beweismittel zurückhalten? Ganz zu schweigen davon, dass Sie Ihre Nase in einen Fall gesteckt haben, der absolut nicht in Ihren Zuständigkeitsbereich fällt! Was ist an dieser Tabelle auszusetzen?»

«Sie ist ungenau», antwortete Nicola Pili leise. Seine Stimme klang wie die eines Kindes, das gerade bei einem Streich ertappt wurde.

«Gut», stimmte Salvatore Corona zu. «Hier haben Sie einen Stift. Ich möchte, dass Sie alle ‹Ungenauigkeiten› ankreuzen.»

Der Maresciallo rührte sich nicht. Er kratzte sich nervös am Kinn.

«Dieser Fall ist zwar nicht Ihrer, Maresciallo, aber die Wahrscheinlichkeit ist groß, dass es trotzdem Ihr letzter sein wird», bemerkte der Richter grimmig.

Nicola Pili zuckte die Achseln wie zum Zeichen, dass er das sehr wohl wusste. «Giulio Mereu war kein *Arbeitsloser*», antwortete er mit gepresster Stimme. «In verwaltungstechnischer Hinsicht natürlich schon, das ja, aber man kann ihn nicht so bezeichnen: Er hatte damals selbst gekündigt.»

Richter Corona machte es sich auf seinem Bürosessel bequem, um sich besser aufs Zuhören zu konzentrieren. «Fahren Sie fort», forderte er den Maresciallo auf.

«Ungefähr zehn Tage vor dem Verschwinden des Mädchens. Ich glaube, dass zwischen beiden Ereignissen ein Zusammenhang besteht. In den Ermittlungen wurde dieser Umstand völlig außer Acht gelassen.»

«Aber sicher! Es gab keinen Grund dafür, dies zu berücksichtigen.»

«Ich glaube, dass irgendjemand Druck auf ihn ausgeübt hat», warf der Maresciallo ein. Ein wenig lauter fuhr er fort. «Bei der Arbeit, meine ich. Die Firma, bei der er zuletzt gearbeitet hat . . .»

«Druck, in welcher Weise?»

«Ich habe keine Ahnung. Das ist nur eine Vermutung von mir.»

«Um welche Firma handelte es sich, haben Sie das rausgekriegt?»

Der Maresciallo versuchte Zeit zu gewinnen. Es war ihm sichtlich peinlich, weil nun nach und nach herauskam, wie viele Informationen er zurückgehalten hatte. «Die Edilbarbagia», sagte er leise.

«Nummer zwei!», fiel der Richter ein. Der Maresciallo sah ihn fragend an. «Zwei Firmen», beeilte sich der Richter zu sagen. «Salvino Cóntene ist Vermessungsingenieur beim Ingenieurbüro Paggi, dem die Archisarda Srl gehört», las der Richter laut aus der Übersichtstabelle vor. «Bauunternehmen, Maresciallo?», fragte er, und sein Gesicht hellte sich auf.

«Die Baustellen», bestätigte der Maresciallo.

«Diesen Zusammenhang haben wir bisher nicht bemerkt.» Salvatore Coronas Stimme klang aufgeregt. Er nahm einen Kugelschreiber und zog eine Linie in der Spalte, in der die Gemeinsamkeiten zwischen den verschwundenen Mädchen vermerkt waren. «Bauunternehmen» trug er in die Tabelle ein.

Nicola Pili wartete, bis der Richter geschrieben hatte. «Da ist noch etwas . . .» Er suchte nach den passenden Worten, und um seine Unsicherheit zu überspielen, tastete er nervös seine Jackentaschen ab. Schließlich zog er eine kleine durchsichtige Plastiktüte hervor, in der sich eine Haarnadel befand, von der Art, wie man sie früher aus Knochen oder Horn hergestellt hatte, die heutzutage jedoch aus Plastik waren. Eine große Haarnadel für jemanden, der viel Haar zu bändigen hat. Das Ding war ungefähr zehn Zentimeter lang.

Richter Corona schaute den Maresciallo nur an, darum bemüht, ruhig zu bleiben, doch er spürte, wie Wut gepaart mit einem Gefühl angstvollen Staunens in ihm hochstieg und er nicht länger an sich halten konnte. «Das glaube ich einfach nicht!», brach es aus ihm heraus. «Das glaube ich einfach nicht», wiederholte er noch einmal, diesmal etwas gemäßigter, und schluckte trocken. «Dafür könnten Sie ins Gefängnis kommen!» Seine Bemerkung hatte wie eine Klage geklungen. Der Maresciallo hatte noch keine Erklärung zu seinem Fund abgegeben. Dennoch wusste der Richter – er wusste es einfach –, dass dieses Beweisstück vom Fundort der Leiche Ines Leddas stammte.

Bei den Worten des Richters machte der Maresciallo ein finsteres Gesicht. «Sie wissen genauso gut wie ich, was geschehen wäre: Ein Beweisstück unter vielen, denn in diese Gegend kommen ja so viele Ausflügler . . .» Der Maresciallo beugte sich vor und tippte mit dem Zeigefinger auf ein Fragezeichen in der Spalte der Beweisstücke, mit dem die Dottoressa das Wort «Videokassetten» markiert hatte. «Noch ein Fragezeichen mehr», fuhr der Maresciallo fort. «Was würde das auch schon beweisen, nur eine alte Frau, die eine Haarnadel verloren hat . . .»

«Eine alte Frau», wiederholte der Richter nachdenklich. «Wie kommen Sie auf eine alte Frau?»

Der Maresciallo lächelte. «Also bitte, Dottore, Sie wissen genauso gut wie ich, dass heutzutage kein Mädchen mehr einen Knoten trägt.»

8

Der Weg nach Hause.

Fahren, einfach fahren. Kopf und Hände erfüllten ihre Aufgabe wie im Traum, und die Füße drückten das Gaspedal automatisch. Ohne dass er darüber nachdenken musste. Bis die Fahrt zu Ende war, bis er durch das ferngesteuerte Tor fuhr und sein Auto auf dem Abstellplatz parkte.

Der Nordwird war wieder stärker geworden, wie immer am späten Nachmittag um diese Jahreszeit, wenn es früh dunkel wurde. Wenn man so im warmen, um nicht zu sagen überheizten Auto saß, konnte es einen schon Überwindung kosten, überhaupt auszusteigen. Jetzt, wo die Bäume ihr Laub abgeworfen hatten und die Büsche in schmutzigem Gelb dastanden, vermittelte der Garten der Wohnanlage eine gewisse Trostlosigkeit. Sogar das Gras zwischen den Pflastersteinen auf dem Hof war nun gelb.

Abende wie dieser hatten ihn immer schon ein wenig traurig gestimmt und ließen in ihm Gedanken an Flucht aufkommen.

Eugenio Martis zog die Handbremse an und tastete nach seinen Handschuhen, die irgendwo auf dem Beifahrersitz liegen mussten. Warme Handschuhe für warme Hände: Schon als kleiner Junge hatte er sich daran gehalten. Denn man sagt nicht umsonst, dass man die Kälte nicht spürt, solange nur Hände und Füße warm eingepackt sind.

Wie ein Fallschirmspringer bei einer Übung lief er die dreißig Meter bis zum Haus, den Oberkörper vorgebeugt, um sich vor dem eiskalten Wind zu schützen, der ihm ins Gesicht schnitt. Er brauchte ein paar Sekunden, bis er das Schlüsselloch gefunden hatte. Dann schloss er die Tür hinter sich und stand im kalten, aber wenigstens windgeschützten Treppenhaus. Der Gang zum Fahrstuhl. Vierter Stock. Dann die Wohnungstür.

Aus dem Wohnzimmer drang die Stimme des Nachrichtensprechers: die Abendnachrichten im Regionalsender.

Giuseppina hatte es sich auf dem geblümten Sofa vor dem Fernseher bequem gemacht. Sie saß im Dunkeln. Eugenio konnte die Umrisse ihres Kopfes im Gegenlicht erkennen.

«Du bist schon da?», stellte sie erfreut fest.

Sie streckte einen Arm nach oben über die Rückenlehne des Sofas. Er ergriff ihre Hand und drückte sie. Dann beugte er sich herunter, um ihr einen Kuss zu geben. Mit einer Hand umfasste er ihr Kinn und drückte ihren Kopf sanft nach oben.

«Du hast warme Hände», sagte sie und rieb ihr Gesicht an seinen Händen wie eine Katze, die zum Schmusen aufgelegt ist. «Ich schlaf heute Nacht bei dir», teilte sie ihm mit.

Eugenio ging um das Sofa herum und setzte sich zu ihr. Er legte einen Arm um ihre Schultern und hielt sie schweigend im Arm. Die Bilder, die vor ihnen über den Bildschirm liefen, waren in diesem Moment so fern und unwirklich wie der Nordwind, der draußen um die Ecken fegte.

«Du bist traurig», sagte sie unvermittelt.

«Heute Nacht hab ich Dienst im Gefängnis», war seine Antwort. «Du weißt ja, einmal im Monat bin ich dran.»

«Ich würde trotzdem gerne bleiben, wenn es dir nichts ausmacht.»

«Morgen früh, wenn du aufwachst, bring ich dir frische Brötchen mit.»

Sekunden vergingen. Die Wärme im Zimmer kam ihnen beinahe wie ein stummer Protest vor. Das Schweigen. Ihre Köpfe, die sich dort berührten, wo das Blut am stärksten pulsiert.

«Warum bist du schon zu Hause?», fragte er, um das Schweigen zu brechen, das langsam schwer auf ihnen lastete und bei dem die Gedanken zu kreisen anfingen.

«Urlaub!», entgegnete sie und rückte ein wenig von ihm ab, um wieder in die Realität zurückzukehren. «Sie haben mich in Urlaub geschickt», bemerkte sie ein wenig bitter.

Eugenio blickte sie fragend an.

«Ich bin über einen Mordfall gestolpert», klärte sie ihn auf und sah ihm unverwandt in die Augen. Sie wartete auf ein Zeichen von ihm, bevor sie weitersprach. Doch er blieb reglos sitzen und sah dabei aus wie ein kleiner Junge, der gleich vor Lachen losprusten würde.

«Ich wollte mit Salvatora Fenu sprechen, mit der Frau, die Immacolata Cóntene zeitweise bei sich hatte. Ich habe sie gefunden . . . tot.»

Eugenios Gesicht erstarrte, als habe eine eisige Windbö ihn erfasst bei dem Versuch, ein klapperndes Fenster zu schließen. Doch alle Fenster der Wohnung waren fest verschlossen. «Fenu, Salvatora?», fragte er und hörte sich dabei an wie ein Grundschullehrer, der gerade die Anwesenheitsliste kontrolliert.

«Ja, ja», bestätigte Giuseppina, als wollte sie die Erinnerung an diese Frau so schnell wie möglich abschütteln. «Und ich darf kein Wort darüber schreiben, weil ich sonst ein Verfahren wegen Behinderung der Justiz an den Hals bekomme!»

Eugenio rückte ein wenig näher an die Armlehne des Sofas heran. Er wollte dieses Mädchen, diese Frau, die da neben ihm saß, besser im Blick haben. «Du meinst, du warst bei ihr zu Hause und hast sie tot aufgefunden?» So hatte er die Frage eigentlich gar nicht stellen wollen, nein. Das hatte er schon verstanden, dass sie die Frau tot aufgefunden hatte. Nur, dass es ihm einfach nicht in den Sinn wollte, dass gerade ihr, der Frau, die neben ihm hier auf dem Sofa saß, das passiert war. Unwillkürlich sprang er auf.

Inzwischen hatte Giuseppina zu erzählen begonnen. «Alles war offen, weißt du, das Tor zum Hof. Es war einfach offen. Und alles schien in Ordnung zu sein. Ich bin reingegangen und habe nach ihr gerufen. Keine Antwort. Da bin ich zur Küchentür und habe entdeckt, dass es drinnen wie Kraut und Rüben aussah. Und die Küchentür war auch auf. Ich habe ein paarmal geklopft, dann bin ich rein. Zuerst habe ich sie gar nicht gesehen, denn überall lag so viel Zeug herum. Unglaublich, einfach unglaublich. Da lag sie. Mit dem Gesicht nach unten. Fertig angezogen. Ich habe sie nicht einmal berührt. Habe gleich die Polizei angerufen, mit dem Telefon neben dem Fernseher. Dann bin ich wieder rausgegangen, in die Kälte, und da habe ich auf die Polizei gewartet.» Im Verlauf ihrer Erzählung war ihre Stimme immer leiser geworden, bis sie die letzten Worte schließlich nur noch wisperte. «Sie haben mich nach Hause geschickt», fuhr sie fort, nachdem sie sich wieder etwas gefangen hatte. Nervös strich sie sich die Haare hinter die Ohren und richtete sich auf. «Ich darf keinerlei Erklärung abgeben und keine Zeile schreiben!» Dies schien sie besonders mitzunehmen. «Also habe ich jetzt zwei Wochen frei und muss mich für die Ermittlungsbeamten zur Verfügung halten.»

«War sonst niemand im Haus?», fragte Eugenio.

Ein Großteil ihrer Erzählung war ihm entgangen, doch die wichtigsten Punkte hatte er mitbekommen.

Giuseppina kramte in der Tasche ihrer Strickjacke und zog eine Schachtel Zigaretten hervor. Nicht, dass sie die Absicht gehabt hätte zu rauchen, nein. Diese Geste war einfach schon zu einem Teil ihrer selbst geworden: sich vergewissern, dass der Nachschub immer gewährleistet ist.

«Wenn du ihren Neffen oder Sohn meinst, der war nicht da.» Zweifellos hatte sie sich wieder völlig im Griff. Ihre Worte zeugten von einem Zynismus, den sie immer dann an den Tag legte, wenn sie auf keinen Fall Schwäche zeigen wollte.

«Genau den meine ich», bestätigte Eugenio und hing schon wieder seinen eigenen Gedanken nach. Er erzählte ihr nicht, dass Paolo Sanna ihn wenige Stunden zuvor angerufen hatte.

«Er wird gesucht», klärte ihn Giuseppina auf. «Wusstest du, dass er ihr Sohn war?»

Eugenio verneinte, indem er den Kopf schüttelte. «Er nannte sie ‹Tante›.» Seine Stimme klang abwesend, als habe er nur mit halbem Ohr hingehört. Auf einmal ergab alles keinen Sinn mehr: Eugenio versuchte sich die Worte des Jungen am Telefon noch einmal ins Gedächtnis zu rufen.

Als das Telefon klingelte, blieb er reglos sitzen. Es war schließlich Giuseppina, die abhob. Sie blickte Eugenio an, der langsam wieder zu sich kam, und reichte ihm den Hörer.

«Für dich», sagte sie. «Aus dem Gefängnis.»

Lina.

Ihr Ausbruch erinnerte an einen Vulkan, der zwar lange geruht hatte, aber noch nicht ganz erloschen war. Und nun gellten ihre angsterfüllten Schreie wie Feuerblitze durch den Frauentrakt des Hochsicherheitsgefängnisses von Badu 'e Carros.

Mit einem Mal war es losgegangen, sagte man ihm am Telefon. Ganz plötzlich. Das Fernsehen, dann die Schreie. Und dann fing sie an wie eine Irre in ihrer Zelle rumzurennen. Das erzählte man ihm am Telefon, auch, dass sie nach ihrem jungen Doktor verlangte.

Eugenio nickte wie einer dieser kleinen Hunde, die man auf der Hutablage hinten im Auto stehen hat. Ausgerechnet jetzt wurde ihm eine Entscheidung abverlangt. Ausgerechnet jetzt, wo es besser gewesen wäre, sich mit nichts anderem belasten zu müssen, weil er nachdenken wollte.

«Jetzt beruhigen Sie sich erst einmal!», hörte er sich sagen und es kam ihm vor, als seien diese Worte an ihn selbst gerichtet. «Gebt mir noch eine halbe Stunde», bat er eindringlich. «Ich muss mich wenigstens kurz duschen! Außerdem habe ich seit gestern Nachmittag nichts mehr gegessen, guter Gott!»

Doch sein Gesprächspartner war hartnäckig und wollte nicht warten.

Seine Situation sah folgendermaßen aus: Wenn er jetzt die Polizei anrufen und von dem Telefonat mit Paolo Sanna berichten würde, dann müsste er den ganzen Abend auf dem Polizeirevier verbringen. Aber niemand zwang ihn schließlich dazu, diesen Umstand der Polizei mitzuteilen. Immerhin ging es hierbei um einen seiner Patienten. Andererseits konnte man die Unterhaltung mit Paolo Sanna schwerlich als Sitzung bezeichnen. Kurzum, es war eine ganze Menge, was ihn beschäftigte, als der Anruf aus dem Gefängis ihn erreichte. Und jetzt war alles noch verworrener: Lina hatte wieder einen ihrer Anfälle, und dies schien ihm ein willkommener Anlass zu sein, seine Pflicht als braver Bürger noch um einen Tag, um eine Nacht hinauszuschieben.

Ja, das war im Moment die einzige Möglichkeit, die er sah: Gleich morgen früh würde er zur Polizei gehen, sobald seine Schicht im Gefängnis zu Ende wäre. «Der Junge, den Sie suchen, hat mich gestern Nachmittag in meiner Praxis angerufen», das würde er sagen.

«Ich komme», sagte er und klang dabei, als würde er sich einer höheren Macht beugen.

9

Eine Eiseskälte war das. Seine Hände waren schon fast starr vor Kälte. Paolo stellte die Sporttasche, sein ganzes Gepäck, auf einem Mäuerchen ab.

Maresciallo Pili trat zum Fenster. Draußen war es schon dunkel. Der Himmel war sternenklar und schimmerte in einem gedämpften Glanz wie ein Opal. Es musste sehr kalt sein. Ein Junge hatte seine Sporttasche auf einem Mäuerchen abgestellt und hauchte in seine Hände, um sie zu wärmen . . .

Er hielt die Hände vors Gesicht und versuchte sie mit seinem Atem zu wärmen. Er spürte, wie langsam wieder Gefühl in seine Finger zurückkehrte. Er hatte noch nie ein Paar Handschuhe besessen. Wie er so dasaß und seine Hände mit seinem warmen Atem füllte, fühlte Paolo sich plötzlich wie ein großes Kind.

Die Kälte verhalf einem auch nicht gerade zu mehr Sicherheit. Aber Paolo und die Sicherheit standen ja noch nie auf vertrautem Fuß miteinander. Noch nicht einmal der Tod war sicher: Das konnte man wohl laut sagen. Seine ganze Kindheit war bevölkert gewesen von Toten, die wieder auf die Erde zurückgeschickt wurden, um dort Lebende zu spielen. Weil, wenn man es genauer betrachtete, die Toten eigentlich keinerlei Interesse daran hatten zurückzukehren. Sie baten, nein, sie flehten den Herrn an, sie bei sich in seinem Reich zu behalten. Das war eine Lektion, die er gelernt hatte: Den Tod musste man sich verdienen. Er fällt einem nicht so leicht zu, wie alle immer sagen. Der richtige Tod, versteht sich. Manche Bilder, die man längst vergessen glaubte, tauchen Jahre später plötzlich wieder auf. So wie das Bild der flehenden Toten zum Beispiel, das er früher so oft vor Augen gehabt hatte. Jetzt sah er das Bild wieder ganz deutlich vor sich, und es hatte nach all den Jahren nichts von seiner Klarheit einbebüßt: Da war Jesus, mit einem weißen Gewand bekleidet, und da waren die Toten, die ganz nackt waren. Alle außer den Päpsten und den Heiligen waren nackt. Die Päpste und die Heiligen hatten nichts zu befürchten, sie waren ja in Sicherheit. Aber alle anderen, die Nackten, sahen aus wie Kinder, die ihre Mutter suchten. Sie weinten und waren traurig, streckten ihre Arme aus. Doch Jesus schaute in die andere Richtung, und ohne jemanden direkt anzusprechen, verkündete er Botschaften. Wie viel Schmerz in den Gesichtern derer, die zum Bleiben verdammt sind!

Dieses Bild wurde in seinem Kopf von einer leisen Musik begleitet. Ein altes Lied, das zusammen mit den Figuren aus dem Nichts zu kommen schien. Ein altes Lied. Vielleicht älter als die alte Frau, die ihm das Lied das erste Mal vorgesungen hatte. Immer wieder erklang dieses Lied in seinen Ohren, immer und immer wieder.

Maria Vittoria bahnte sich ihren Weg durch den Wind. Sie schlug den Mantelkragen hoch und versank tiefer in ihrem Mantel und in einer Einsamkeit, die so einzigartig war, dass sie jeden, der es wagte, in diese Welt einzudringen, einfach ausblendete. Ein Junge ging vor ihr. Plötzlich blieb er stehen: Er schien nicht zu wissen, welchen Weg er einschlagen sollte. «Ich bin ganz allein», dachte Maria Vittoria. «Er existiert nicht!» Sie bog rechts ab in eine verlassene Straße.

Paolo war weitergegangen und hatte aufgehört, darüber nachzudenken, welchen Weg er gehen sollte. Allein mit Jesus, der in eine andere Richtung blickte, und dem Lied, das in seinem Kopf immer wieder ertönte. Und immer lauter wurde.

Vielleicht war das der Moment, in dem er die Tasche einfach abstellte, wie man eine Last abwirft, die einen nur behindert beim Denken, die einen daran hindert, endlich frei zu sein. Vielleicht war das der Moment, in dem er loslief, immer weiter, bis zum Ende der Stadt, die kein Ende nehmen wollte, immer weiter, um im Nichts draußen vor dieser Stadt zu versinken. Doch völlig banale, belanglose Fragen drangen durch die Stimmen der flehenden Toten in sein Bewusstsein, wurden lauter als die Zeilen seines Liedes: Wohin gehe ich? Was soll ich tun? Er spürte, wie das Bild sich beim Laufen langsam aufzulösen begann, wie seine Muskeln sich immer mehr und mehr verkrampften. Und auch das Lied klang in seinen Ohren jetzt verzerrt, die Worte abgehackt im Rhythmus seiner Schritte, obwohl er das Lied ja gar nicht laut sang, denn er brauchte seinen ganzen Atem jetzt zum Laufen.

Er riss das Steuer herum. Diese abrupte Lenkbewegung hatte ihn auf die Mitte der Fahrbahn gebracht. Ein Verrückter, der ohne zu schauen auf die Straße gelaufen war, hatte ihn zu diesem gefährlichen Lenkmanöver gezwungen. Er lenkte den Wagen wieder zurück auf seine Fahrbahnseite und spürte, wie das Herz gegen seine Brust hämmerte. «Diese Arschlöcher, die einfach nicht aufpassen!», fluchte er und merkte, wie das Zittern in seinen Knien langsam, ganz langsam nachließ.

Wie eine Ziege sprang Paolo von dem erst kürzlich eröffneten Bahnübergang, der über das Schmalspurgleis führte. Nur noch ein paar Meter, und er würde sich in die Büsche schlagen können. Im Dunkeln hatten seine Füße die Funktion der Augen übernommen. Wenn er beim Laufen die Augen schloss, wäre es wohl auch nicht viel anders. Der Abstand zwischen den Bohlen würde dadurch auch nicht gleichmäßiger werden, und das Gestrüpp und die spitzen, eiskalten Steinbrocken überall wären deshalb auch nicht besser begehbar. Ihm war heiß. Er zog sich die Weste und den Pullover aus, dann das Unterhemd, immer weiter, bis er spürte, wie die Kälte in seine Poren drang. Bis er fühlte, wie seine nackte Haut von der schneidenen Kälte des Windes gepeitscht wurde. Seine Kleider ließ er liegen, wo sie hingefallen waren, irgendwo zwischen den Büschen hinter ihm. Eine kurze Rast, eine Atempause, auf einem Bein hüpfend, um die Schuhe abzustreifen. Und die Hose, wobei er darauf achtete, nicht das Gleichgewicht zu verlieren, und er hatte sogar noch die Zeit über seine Unbeholfenheit zu lächeln. Bis er nackt war, splitterfasernackt. Erst in diesem Moment kam er langsam wieder zu sich. Er sah, wie seine Haut in der Finsternis weiß leuchtete. Spürte, dass das Lied und das Bild sich aufzulösen begannen und seine Schritte langsamer wurden. Seine Knöchel und Füße waren blutverschmiert. Aber er merkte die Kälte nicht. Er drehte sich um, um zu sehen, wie weit er gekommen war. Die nahe Stadt leuchtete in der Dunkelheit wie eine Weihnachtskrippe. Er fiel auf die Knie und versuchte ruhig zu atmen, aber es kam ihm so vor, als bräuchten seine Lungen mehr Luft als er ihnen geben konnte. Er sank auf die harte Erde nieder. Sein nackter Körper roch ungewaschen, verströmte einen ranzigen Geruch nach alter Körperflüssigkeit, das merkte er noch. Er war verwirrt und zitterte am ganzen Leib. Sein Körper bebte vor Kälte und Verwirrung. Da waren sie wieder, diese Fragen, drängten sich in sein Bewusstsein und überlagerten alles andere. Er öffnete den Mund weit, wie um diese Fragen, diese Gedanken in die frühe Dunkelheit hinauszuschreien: Wohin gehe ich? Was soll ich tun? Doch kein Laut kam über seine Lippen, und die Gedanken, die Fragen blieben unausgesprochen, waren eingeschlossen in seinem Kopf und schafften den Weg nach draußen nicht. Doch tief aus seinem dornenzerkratzten Bauch drang jetzt ein Schrei, wie dumpfes Donnergrollen, das einer Explosion vorausgeht. Der Schrei, der aus seiner Kehle drang, war nicht der Schrei eines menschlichen Wesens. Wie ein Schrei eines verwundeten Tieres gellte seine Klage durch die Stille der sternenklaren Nacht.

Lina drehte sich um. Auf ihrem Gesicht lag die Andeutung eines Lächelns, in dem eine abgrundtiefe Verzweiflung zu lesen war.

«Haben Sie das gehört?», fragte sie. «Der Schrei der Bestie!», bemerkte sie und bekreuzigte sich.

10

Lina.

Man war nicht umhingekommen, sie anzubinden. Das war lange Zeit nicht nötig gewesen.

Die korpulente Krankenschwester schaute nach der Patientin. Sie schien sich beruhigt zu haben. Rosig und entspannt lagen ihre Hände auf der Decke. Sie hatte aufgehört, an ihren Fingernägeln zu zerren, und murmelte nun unverständliche Worte vor sich hin.

«Wir haben Doktor Martis Bescheid gesagt», versicherte ihr die Krankenschwester, wobei sie sich zu ihr hinunterbeugte, weil sie nicht riskieren wollte, die Patientin durch eine zu laute Stimme erneut in Unruhe zu versetzen.

Lina blinzelte zum Zeichen, dass sie verstanden hatte. Sie hatte aufgehört, zu murmeln. Das Beruhigungsmittel, das man ihr verabreicht hatte, schien langsam seine Wirkung zu entfalten und ließ sie in einen Zustand apathischer Ruhe verfallen.

Minuten vergingen, in denen die Frau wie betäubt dalag. Dann, völlig unvermittelt, begann sie sich wieder zu regen.

Was nun folgte, würde die Krankenschwester niemals wieder vergessen. Sie würde ihren Kindern und später einmal ihren Enkeln erzählen, wie es Lina Piredda an jenem Abend gelungen war, sich mit einem einzigen Ruck von den Gurten zu befreien, mit denen sie am Bett festgebunden war. Fassungslos blickte sie von den zerrissenen Gurten zu der Patientin selbst, die sich, ungeachtet der Gurte um ihre Fußgelenke, mit einem plötzlichen Ruck aufgesetzt hatte, als habe ihr Oberkörper eine völlig eigene Motorik. Nichts, was ihr einfiel, hätte den Ausdruck in Lina Pireddas Gesicht beschreiben können. Es war folgendermaßen geschehen: Sie hatte die Gurte abgerissen und sich aufgesetzt wie ein Hampelmann mit einer Feder im Leib. Dann hatte sie die Augen geöffnet und auf einen Punkt irgendwo hinter ihr gestarrt.

Die Krankenschwester hatte vor Schreck einen Schrei ausgestoßen, der ihre Kollegen herbeigerufen hatte und sogar ein paar Häftlinge, die in dem kleinen Gefängniskrankenhaus Dienst taten.

Aber man hatte gar nicht eingreifen müssen, denn die Patientin schien mit ihrer Position durchaus zufrieden. Sie hatte wieder damit begonnen zu murmeln. Dann hatte sie sich zu den Leuten, die herbeigeeilt waren, umgedreht und mit einem verzweifelten Lächeln gesagt: «Habt Ihr das gehört?», hatte sie geflüstert. «Das war der Schrei der Bestie!»

«Was hast du gesagt?» In Santino Paus Stimme schwang unterdrückte Wut mit.

Maciste senkte den Kopf. «Tot», wiederholte er kleinlaut. «Er ist tot und hat nichts rausgelassen», fügte er noch hinzu, denn man sagte besser gleich, wie es war.

Der Mann runzelte die Stirn. «Mit anderen Worten, wir wissen nicht, wer die Fotos hat!»

«Nein, wir wissen es nicht», gab Maciste leise zu.

«Wir wissen es nicht!» Santino Paus Brüllen ließ seinen Gesprächspartner ein paar Schritte zurückweichen. «Dann ist alles aus: Wenn man mich mit der Bürgermeisterin in Verbindung bringt, werden sie ihre Nase überall reinstecken. Ist dir klar, was das heißt?» Er hatte sich hingesetzt und strich mit seiner großen, rauen Hand über seinen Schädel mit dem schütteren roten Haar. «Du bist zu nichts zu gebrauchen», sagte er mit einer unnatürlichen Ruhe, die in Maciste leise Furcht aufkommen ließ.

«Ich weiß nicht, wie das passieren konnte, wir haben gar nichts weiter gemacht», setzte er an.

Aber er kam nicht dazu, den Satz zu beenden: Der Schlag, der ihn mit unglaublicher Wucht traf, schleuderte ihn gegen die Wand. Er versuchte sich aufzurichten. Santino hatte mit einer Kraft zugeschlagen, die er ihm niemals zugetraut hätte.

«Ihr habt nichts weiter gemacht!», wiederholte er, während er auf Maciste eintrat. «Ihr habt nichts weiter gemacht!» Der junge Mann, der am Boden lag, versuchte einen Tritt in die Seite abzuwehren. «Ihr solltet ihn zum Reden bringen, das war alles!», fuhr Santino fort und spürte, wie der Kiefer des jungen Mannes unter seinen schweren Schuhen nachgab.

Schwer atmend hielt er inne. Maciste rührte sich nicht. Er blutete aus der Nase und an der linken Schläfe. Seine Arme und seine Rippen erschienen ihm wie eine einzige Masse. Auf seinem weißen Hemd breiteten sich langsam Flecken aus Blut, Schweiß und Erbrochenem aus.

In Santinos Kopf flammte eine Erinnerung auf, als hätte er das schon einmal vor vielen Jahren erlebt. Er dachte an die wenigen Dinge, die er hatte mitnehmen können. Er dachte an Deutschland, an seine Firmen und an seinen Wald. Er sah sich selbst als jungen Mann auf seiner Reise ins Nichts. Diesen Gedanken hielt er fest: Im Nichts verschwinden, sich in Luft auflösen, das wäre die Lösung. Er schaute auf seine Füße und bemerkte überrascht den reglosen Körper eines jungen Mannes. Er durfte keine Zeit verlieren, das wusste er jetzt. Er durfte nicht abwarten, bis die Mühlen des Gesetzes zu mahlen beginnen würden und er in das Räderwerk geraten würde . . . Er sah sich suchend um. Schließlich blieb sein Blick an dem Körper vor ihm auf dem Fußboden hängen. Er sah, dass seine Schuhe voll Blut waren. Kleider würde er keine mitnehmen, das war nicht nötig. Er ging in sein Schlafzimmer, ohne die Fußabdrücke, die er hinterließ, weiter zu beachten. Er versuchte sich an die Zahlenkombination des kleinen Wandsafes zu erinnern, der hinter einem hässlichen Bild gegenüber von seinem Bett versteckt war. Das Geld. Das war es, was den Unterschied ausmachen würde. Er griff nach den Bündeln Banknoten und ließ die Sparbücher unangetastet. Das würde genügen, um problemlos untertauchen zu können. Alles andere zählte nicht.

11

Die Nachricht von der Frau, die tot aufgefunden worden war, hatte sich im Gericht wie ein Lauffeuer verbreitet und schließlich auch das Büro von Richter Corona erreicht. Keiner sagte ein Wort. Der Maresciallo blickte aus dem Fenster, unschlüssig, ob er sich verabschieden sollte. Der Junge, den er eben noch gesehen hatte, war verschwunden, die Sporttasche um einen Unterarm gehängt, die Hände tief in den Taschen vergraben.

Salvatore Corona hatte die Nachricht vom Mordfall Fenu schweigend entgegengenommen. Er betrachtete die Haarnadel, die in einer durchsichtigen Plastiktüte auf seinem Schreibtisch lag. Er hatte seinen Füller in der Hand und vermerkte etwas auf dem Computerausdruck, den Dottoressa Comastri erstellt hatte.

«Denken Sie, was ich denke?», fragte er und blickte auf.

«Ich denke gerade, dass wir alles falsch gemacht haben», antwortete der Maresciallo barsch. «Sehen Sie», fuhr er fort, «ich glaube, wir haben uns von dem, was offensichtlich war, täuschen lassen. Und wenn diese Haarnadel der Person gehört, von der ich glaube, dass sie ihr gehört, dann können wir noch mal ganz von vorne anfangen.»

«Die Haarnadel muss sofort zur Spurensicherung», warf der Richter ein. «Dottoressa Comastri wird nicht sehr erfreut sein. Und das kann ich ihr nicht verdenken.»

«Ich könnte ja sagen, dass ich das Ding ganz vergessen hatte?»

«Das werden Sie nicht sagen, Maresciallo! Sie können von Glück sagen, wenn sie Sie nicht einsperrt.»

«Ich weiß, ich weiß. Aber glauben Sie denn wirklich, es hätte irgendetwas geändert, wenn ich die Haarnadel sofort den Ermittlern übergeben hätte?»

«Wahrscheinlich nicht, aber es wäre nun mal Ihre Pflicht gewesen. Sie hätten mir davon erzählen sollen, als Sie mich zu Hause besucht hatten.»

«Meine Pflicht. Seit vielen Jahren tue ich nur meine Pflicht. Ich habe deshalb nicht darüber gesprochen, weil ich wusste, dass niemand mir zuhören würde. Und aus diesem Grund habe ich bis zum richtigen Moment gewartet, um sie zu präsentieren.»

«Und dieser Moment ist jetzt gekommen?»

Der Maresciallo zuckte die Achseln.

«Da gibt es etwas, was Sie nicht wissen», fuhr der Richter fort. «Aber das macht jetzt auch keinen Unterschied mehr.»

«Der Autopsiebericht?», stieß der Maresciallo hervor.

«Ja, der Autopsiebericht von Ines Ledda», bestätigte Salvatore Corona. «Vor zwei Tagen ist der endgültige Bericht erstellt worden: Das Mädchen ist seit mindestens einem Jahr tot. Sie wurde erwürgt, aber sie wäre sowieso bald gestorben: akute Blutvergiftung als Folge einer illegalen Abtreibung.»

Die Worte des Richters klangen in den Ohren des Maresciallo überdeutlich. Als hätte jemand einen unsichtbaren Schalter umgelegt, waren alle Geräusche draußen plötzlich ausgeblendet.

«Eines wird dadurch jedenfalls klar: Ines Ledda hat nichts mit den drei anderen verschwundenen Mädchen zu tun. Und höchstwahrscheinlich auch Lorenza Ibba nicht.»

Nicola Pili unterdrückte ein Schluchzen, indem er eine Hand auf den Mund presste. «Wenn ich den Mut dazu hätte, würde ich mir jetzt eine Kugel in den Kopf jagen, ja, das würde ich», klagte er.

«Ich weiß, was Sie meinen, Maresciallo, und Sie wissen ja nicht, wie oft ich selber schon diesen Wunsch hatte. Aber es ist doch besser, wenn alles seinen Gang geht und man der Stimme seines Gewissens folgt. Waren das nicht Ihre Worte, Maresciallo?»

«Was soll ich tun?»

«Ich glaube nicht, dass uns noch viel zu tun bleibt. Sprechen Sie mit Dottoressa Comastri, und wenn die Haarnadel der Frau gehört hat, die heute Nachmittag tot aufgefunden wurde, dann ist wenigstens ein Fall gelöst.»

«Glauben Sie, dass die Frau den Eingriff vorgenommen hat?» Der Maresciallo konnte das Wort Abtreibung nicht über die Lippen bringen.

«Daran besteht gar kein Zweifel. Ich glaube, das werden wir relativ leicht beweisen können. Vor allem aber müssen wir die genaue Todeszeit der Fenu erfahren. Dann das Alibi des Jungen, der bei ihr lebte, überprüfen und auch das Alibi von Ines Leddas Vater. Es ist sehr gut möglich, dass er etwas weiß. Die Beamten kämmen das ganze Viertel durch, um festzustellen, ob die Alte Hexerei betrieben hat.»

«Sehen Sie jetzt, dass ich Recht hatte?», rief der Maresciallo aus und wirkte dabei merkwürdig heiter. «Ich bin wirklich langsam zu alt für diesen Beruf.»

Danila Comastri zuckte auf ihrem Bürosessel zusammen. Das Klopfen an ihrer Bürotür war zwar diskret, dennoch hatte sie sich erschrocken. «Herein!», sagte sie und räusperte sich.

Bevor er eintrat, streckte der Beamte zuerst den Kopf durch die Tür. «Da ist jemand, der Sie sprechen möchte, Dottoressa.»

Danila Comastri schaute auf die Uhr. «Nur, wenn es unbedingt sein muss. Es ist schon spät, ich wollte gerade gehen», sagte sie. Sie musste sich zusammennehmen, um nicht barsch zu klingen.

Der Beamte verschwand, um kurz darauf wieder aufzutauchen.

«Ein Pfarrer», sagte er. «Es geht um den Mordfall Fenu.»

Der Priester war noch keine Fünfzig. Er hatte das Büro der Staatsanwaltschaft mit einer ehrfürchtigen Haltung betreten, wie er sie sicher auch im Vatikan an den Tag gelegt hätte. Dottoressa Comastris Aufforderung, Platz zu nehmen, lehnte er dankend ab.

«Ich werde Sie nicht lange aufhalten», sagte er. «Ich möchte Ihnen nur das hier geben.» Er legte ein kleines Päckchen auf den Schreibtisch der Dottoressa.

Danila Comastri griff danach und fragte sich, was es wohl enthalten mochte.

«Salvatora Fenu war eines meiner Pfarrkinder», erklärte der Priester. «Vor zwei Jahren hat sie mir dies hier anvertraut und mich gebeten, im Falle dass . . . nun, ich glaube, sie hat damit gerechnet, dass ihr etwas passieren könnte.»

«Glauben Sie das nur, oder wissen Sie es?» Die Frage der Dottoressa hörte sich wie eine Behauptung an.

«Ich weiß es», antwortete der Priester ruhig. «Aber Sie werden verstehen, dass ich Ihnen nicht mehr sagen darf.»

«Ja, natürlich», überlegte die stellvertretende Staatsanwältin laut. «Das Beichtgeheimnis.» Sie merkte, dass der Priester nur darauf wartete, entlassen zu werden. «Danke», sagte sie, um das peinliche Schweigen zu beenden.

Er drehte sich um und ging.

12

Die Wohnung war gut geheizt. Die kleine Diele mit dem Schirmständer und der Garderobe war wirklich mickrig. Maria Vittoria hängte ihren Mantel auf und ließ sich von der Wärme im Raum einhüllen. In einer halben Stunde würde Alberto kommen. Seit dem Nachmittag hatte sie nichts mehr von ihm gehört, doch die

Verabredung hatten sie schon getroffen gehabt, bevor er weggegangen war. Sie fasste alles noch einmal im Geiste zusammen: An der Ausschreibung für den Bau des Parkplatzgeländes hatten sich mehrere Firmen beteiligt gehabt – sie ging die Liste noch einmal durch –, und die SARCOS hatte schließlich den Zuschlag erhalten. Erwähnenswert war auch, dass die Archisarda ihr Angebot zurückgezogen hatte, und was die Edilbarbagia betraf, so hatte sich herausgestellt, dass sie für die Arbeiten nicht geeignet war, weil die Auftragssumme zu hoch war im Verhältnis zum eingetragenen Stammkapital. Die Città domani hatte Konkurs angemeldet. Die SARCOS hatte einen Teil der Arbeiten an Subunternehmer vergeben wie den Abbruch, der von der Nuorese Costruzioni durchgeführt worden war. Soviel war aus den Unterlagen ersichtlich gewesen. Im Amtsgericht hatte sie nur wenig in Erfahrung bringen können: Bei keinem Unternehmen tauchte Santino Paus Name auf.

Aber sie hatte ja die Fotos. Maria Vittoria holte sie aus ihrer Manteltasche.

Sie ging eines nach dem anderen genau durch. Diese Bilder sprachen für sich und erzählten von dem Unmut, mit dem dieser scheinbar unbeteiligte Mann auf die Nachricht der missglückten Bürgerversammlung reagiert hatte. Daran gab es nicht den geringsten Zweifel. Genau darum ging es. Wenn sie nur irgendeine Verbindung hätte herstellen können, etwas Konkretes, das sie nicht nur vom Hörensagen hatte! Dann hätten ihre ganzen Nachforschungen einen Sinn gehabt.

Aus dem Umschlag mit den Fotos fielen die Negative heraus. Ziemlich viele, wenn man an die Anzahl der Abzüge dachte!

Maria Vittoria sammelte sie ein. Ein wachsendes Unbehagen machte sich in ihr breit, absurde Zweifel stiegen in ihr auf. Mit zitternden Fingern hielt sie einen bräunlichen Negativstreifen gegen das Licht: ein Brautpaar, das eine Hochzeitstorte anschnitt . . .

Fünfter Teil

1

»Sag ihm, was du mir gesagt hast!», befahl Maresciallo Pili.

Der besorgte Klang seiner Stimme löste in Luigi Masuli ein wachsendes Unbehagen aus. Er senkte den Kopf und konnte sich einfach nicht überwinden zu sprechen.

«Nun mach schon!», bedrängte ihn der Maresciallo. «Los! Das, was du mir erzählt hast, Wort für Wort!»

«Ich war sechzehn Jahre lang als Bauunternehmer tätig», begann Luigi Masuli mit dünner Stimme.

Salvatore Corona setzte sich aufrecht hin. Wenn der Maresciallo ihm mitten in der Nacht ins Haus schneite, dann musste er einen guten Grund dafür haben. Er blickte den Maresciallo fragend an.

«Es handelt sich um diese Baufirmen, erinnern Sie sich, Richter? Sie müssen sich unbedingt anhören, was er zu sagen hat.» Er schwieg und deutete mit dem Kopf auf seinen Jagdgenossen, der von Zweifeln geplagt schien und ihn beinahe angsterfüllt ansah. Als wäre alles seine Schuld, weil der Maresciallo ihn zwang, alles, was er dem anderen noch vor einer Stunde völlig arglos in der Bar anvertraut hatte, vor dem Richter zu wiederholen.

«Ich weiß nicht recht . . .», stammelte er. «Es geht um die Ausschreibungen. Ich habe damit nichts mehr zu tun. Ich bin jetzt als Kaufmann tätig», rechtfertigte er sich. «Und nur dank meiner Frau, denn wenn ich mit dem, was damals von meiner Firma noch übrig war, hätte weitermachen müssen, dann könnte ich jetzt betteln gehen. Meine Frau hatte aber ihren Tabakladen», versuchte er Zeit zu gewinnen.

«Das interessiert uns alles nicht!», rief Maresciallo Pili ungeduldig. «Das ist im Moment nicht wichtig», versuchte er seinen Worten die Heftigkeit zu nehmen.

«Na ja, die Sache endete mit einem Vergleichsverfahren», bemerkte er endlich.

Richter Corona forderte ihn mit einem Nicken auf fortzufahren. Mittlerweile fiel es ihm schwer, die Ruhe zu bewahren.

Luigi Masuli setzte erneut zu sprechen an, den Blick fest auf den Fußboden gerichtet. Er wagte nicht, sich zurückzulehnen.

«Nicò», stieß er plötzlich aus, «hör mal, ich will keine Schwierigkeiten bekommen. Ich glaube nicht, dass es irgendwie nützlich sein kann. Das ist doch mittlerweile eine alte Geschichte.»

Salvatore Corona blickte den Maresciallo an, als wollte er fragen, aus welchem Grund die Aussage dieses Mannes von Bedeutung sein könnte.

«Jetzt komm schon!», spornte ihn der Maresciallo an und klopfte ihm aufmunternd auf die Schulter.

«Ich habe Bauland gekauft und viel Geld dafür bezahlt. Habe sogar Schulden dafür gemacht, aber die Lage war gut und wir hätten für eine Weile zu tun gehabt, sicher auch ganz gut daran verdient. Kennen Sie die Gegend um den Obstgroßhandel?» Luigi Masuli wandte sich direkt an den Richter, der ihn schweigend anblickte, ohne auf die Frage zu antworten. «Die Gemeinde hätte innerhalb eines Monats über das Bebauungsvolumen entscheiden müssen. Aber die Baufreigabe kam und kam nicht, und dieses Land hat mich nur Zinsen gekostet. Ich habe mich umgehört, aber es gab keine Möglichkeit, aus der Sache wieder herauszukommen. Mir war klar, dass jemand mir eins auswischen wollte. Aber ich hatte auch noch Freunde. In meiner Firma gab es keine krummen Dinger. Wir haben immer sauber gearbeitet, Dottore», wandte er sich an den Richter, der bei dieser Bemerkung zusammenzuckte.

«Sauber gearbeitet?», fragte er in scharfem Ton.

«Ganz genau!», bestätigte der Mann und richtete sich auf. «Ich habe mich nie auf irgendwelche Absprachen eingelassen. Und alle wussten das. Haben Sie eine Ahnung, wie diese Dinge laufen?», hakte er nach, als er den fragenden Blick des Richters sah. «Eine Ausschreibung steht an», fuhr er fort, ohne eine Antwort abzuwarten. «Dann geht das Geschacher los, der kriegt dies, jener kriegt das, und der traurige Rest, die Krümel, wenn man so sagen will, werden offiziell ausgeschrieben. Verstehen Sie, was ich meine?»

Richter Corona blickte den Maresciallo an. Was hatte das alles mit den Ermittlungen zu tun?

Der Maresciallo verstand sofort. «Erzähl weiter!», forderte er den Freund auf.

Richter Corona gähnte.

«Auf jeden Fall war ich gezwungen, alles zu verkaufen, um die Banken zu bezahlen. Das war die einzige Möglichkeit, die ich hatte, um diesen Zinsen zu entkommen und ein wenig Zeit zu gewinnen.»

«Sie haben sich nicht an die Justiz gewandt?» Die obligate Frage des Richters hatte einen vorwurfsvollen Beiklang.

«Nein», antwortete Luigi Masuli, «es handelte sich um einen außergerichtlichen Vergleich, Dottore. Ich sagte vorhin, dass ich noch Freunde in diesen Kreisen hatte, insbesondere einen, Giulio Mereu. Er war als Bauleiter sehr zuverlässig, und er sicherte mir seine Hilfe zu. Er sagte mir, dass es in nicht allzu ferner Zukunft einen Skandal geben würde. Er habe entdeckt, dass es zu manipulierten Ausschreibungen gekommen war und dass jemand aus den obersten Rängen der Stadtverwaltung in die Sache verwickelt war. Es ging um Millionen, Dottore. Dann geschah, was wir alle schon wissen: Das Mädchen verschwand, und man sagte Mereu nach, er sei es gewesen, aber sie kannten ihn schließlich nicht . . .»

«Guter Gott, warum rücken Sie erst jetzt mit der Sprache raus?» Die gedrückte Stimmung des Richters war in Wut umgeschlagen. «Es hat schließlich Ermittlungen in dem Fall gegeben!»

Der Mann setzte zu einer Rechtfertigung an: «Man hörte damals so vieles, sogar, dass er das Mädchen verkauft haben soll. Haben Sie eine Vorstellung davon, was es bedeutet, sich gegen . . .» Er verstummte. Der Maresciallo verzog das Gesicht zu einer Grimasse.

«Luigi», schrie er fast, «gegen wen, um Himmels willen?» Er war selbst verblüfft über seine ungestümen Worte.

«Es ging um den neuen Bebauungsplan», wich Luigi Masuli der Frage aus. «Und um eine Menge Geld. Und alle wollten ein Stück von dem Kuchen abhaben. So läuft das, Dottore! Man schaltet die Konkurrenz aus, bevor es zu spät ist. Das haben sie mit mir gemacht. Ja, genau das haben sie mit mir gemacht! Ich konnte an nichts anderes mehr denken. Nur, dass ich eine Menge Leute entlassen musste. Daran dachte ich. Alles andere ist mir erst viel später eingefallen, als ich merkte, wer am Ende die ganzen Ausschreibungen bekommen hat.»

«Und wer war das? Wenn die Frage gestattet ist . . .», brachte Salvatore Corona mit Mühe über die Lippen.

Der Mann versuchte Zeit zu gewinnen. «Das weiß doch jeder, Dottore, wer sie bekommen hat!»

Der Maresciallo machte eine ärgerliche Handbewegung. Er fühlte sich verraten. Luigi Masuli wusste doch, wie wichtig diese Ermittlungen für ihn waren. Er wusste doch, dass für ihn das Verschwinden aller Mädchen miteinander in Zusammenhang stand. Und er wusste auch, dass diese Information über Giulio Mereu den Fall in einem ganz anderen Licht erscheinen ließe und ihm vielleicht sogar das Leben retten würde.

«Was hätte ich schon machen können, Nicò!», jammerte der andere. «Was hätte ich denn schon machen können? Sie hatten ihn mit diesem Geld doch festgenagelt. Er hatte sich auf ein Spiel eingelassen, das eine Nummer zu groß für ihn war. Ich hatte ihn monatelang nicht mehr gesehen. Man sagte mir, er habe gekündigt. Dann ist die Sache passiert. All das habe ich aber erst hinterher kapiert: zwei mal zwei macht vier, hab ich mir gesagt, er hat gespielt und verloren. Er hatte sich auf eine Erpressungsgeschichte eingelassen, verstehen Sie?»

«Nein, ich verstehe ganz und gar nicht!» Salvatore Corona machte all seiner Enttäuschung Luft.

«Das viele Geld!», rief der Mann in einem Ton, der beinahe einfältig wirkte. «Wo er doch das viele Geld auf der Bank hatte. Das hieß doch, dass er das Wild aufgespürt und gestellt haben musste –»

Der Maresciallo schoss nach vorne, packte Luigi Masuli bei den Schultern und schüttelte ihn: «Jetzt reicht's mit den Metaphern, Luigi! Wir wollen wissen, von wem du sprichst!»

Der Mann zuckte zusammen und versuchte das Zittern seiner Lippen zu unterdrücken. «Ich kann nicht», sagte er beschwörend. «Ich kann nicht.»

«Dann ist unser Gespräch hiermit beendet!» Salvatore Coronas Stimme hatte einen drohenden Unterton.

Eine Weile lang sagter keiner ein Wort. «Wir dürfen nicht noch mehr Zeit verlieren», fuhr der Richter fort.

«Nein! Verdammt noch mal! Du hast mich all die Monate zum Besten gehalten, ja, das hast du getan! Und mir den guten Freund vorgespielt!», brach es aus dem Maresciallo heraus.

Luigi Masuli sah ihn an, als sähe er ihn das erste Mal. «Santino Pau», flüsterte er kaum hörbar. «Santino Pau, hört ihr?»

«Sind Sie bereit, diese Aussage vor Gericht zu wiederholen?», fragte Salvatore Corona. Er bemühte sich, der Frage einen möglichst harmlosen Klang zu verleihen.

Luigi Masuli riss die Augen auf, als wäre er gerade erst aufgewacht und müsste sich zuerst einmal orientieren. Dann, ganz langsam, breitete sich ein Lächeln auf seinem Gesicht aus, das Besorgnis und Erstaunen signalisierte. «Nein», sagte er schlicht. «Nein, das bin ich nicht.»

Unter dem Namen Pau gab es nicht viele Einträge im Telefonbuch. Maresciallo Pili hatte den Finger auf die Spalte gelegt und ging die Einträge einen nach dem anderen durch: Hier! Pau, Santino, in der Viale del Lavoro 24. Das war nicht weit vom Palazzo di Giustizia entfernt, sofern man in Nùoro überhaupt von Entfernungen sprechen konnte.

Er würde ganz neu anfangen. Die Landschaft, die draußen an ihm vorbeizog, ließ einen Gedanken in ihm reifen, der lange in einem Winkel seines Bewusstseins geschlummert hatte: nach Hause! Er würde nach Hause zurückkehren! Er riss das Steuer herum und lenkte das Fahrzeug in eine Ausweichstelle neben der Strada Provinciale nach Cagliari. Als er die Fahrertür öffnete und ausstieg, wurde er von einem eisigen Windstoß erfasst. Die lockere, dunkle Erde vor ihm schien zu beben.

Vielleicht lag es nur daran, weil der Maresciallo, um nicht entdeckt zu werden, einen gebührenden Abstand einhalten musste, dass Santino Pau ihm, wie er dort neben seinem Auto vor der weiten, windgepeitschten Landschaft stand, so klein, ja beinahe winzig vorkam. Er würde ihm folgen. Bis ans Ende der Welt würde er ihm folgen ... Egal, in welchem Winkel er sich verkriechen würde, er würde ihn finden.

Was tat er dort in dieser Einöde? Der Maresciallo klopfte rhythmisch auf den Schaltknüppel. Er fühlte sich jetzt irgendwie leichter. Er war dem Schicksal dankbar, dass er gerade in dem Augenblick vor Santino Paus Haus angekommen war, als dieser durch die Haustür trat und sich hinters Steuer seines Wagens setzte.

Und ob er ihm folgen würde! Wie sein eigener Schatten würde er ihm auf den Fersen bleiben. Vorausgesetzt, Santino Pau hatte einen Schatten.

2

Als er ankam, hatte man die Gurte um ihre Fußgelenke bereits gelöst. Eugenio betrachtete Lina. Sie schien entspannt, völlig ruhig. Sie hatte um einen Kamm gebeten, um sich das zerraufte Haar ein wenig zu richten. Das grelle Neonlicht verfälschte die Farben, vor allem das Weiß bekam dadurch einen Gelbstich.

Sie schwiegen beide. Die Pupillen der Frau waren leicht vergrößert, und ihre Augen hatten einen starren und beinahe heiteren Glanz.

«Wir müssen miteinander reden», sagte sie nach einer Weile.

Eugenio zog sich einen Stuhl heran.

«Ich habe jetzt keinen Grund mehr zu schweigen.»

Sie so fügsam zu sehen, kam ihm seltsam vor. Lina interpretierte sein Schweigen als stummen Vorwurf.

«Ich habe eine große Dummheit begangen», setzte sie zu einer Rechtfertigung an.

Eugenio forderte sie lächelnd auf fortzufahren.

«Wissen Sie, was passiert, wenn zwei Planeten genau übereinanderstehen?» Die Frage hörte sich irgendwie komisch an. «Die Leute werden verrückt.» Sie hatte geantwortet, noch bevor er zu einer Erwiderung ansetzen konnte. «Ein normaler Mensch bricht einfach unter der Last seines Lebens zusammen.»

«Ist das auch dir passiert?», fragte Eugenio.

«So etwas Ähnliches», entgegnete sie heftig. «So etwas Ähnliches», wiederholte sie, diesmal etwas ruhiger. «Das war nur ein Beispiel», fügte sie hastig hinzu. Während sie nach den richtigen Worten suchte, kaute sie nervös auf ihrer Unterlippe. Sie schloss die Augen, als müsse sie sich auf etwas besinnen, was sie einmal auswendig gelernt hatte. «Auch ich habe mich schuldig gemacht», betonte sie. «Aber Schweigen macht jetzt keinen Sinn mehr. Ich habe jedenfalls niemanden umgebracht. War es nicht das, was Sie von mir hören wollten?»

Eugenios Herz klopfte so laut, dass es in seinen Ohren wie eine Trommel klang. «Was ist geschehen . . . damals?», brachte er mühsam hervor.

Die Frau ging über die Frage hinweg und begann von neuem, ihr Haar zu kämmen.

«Es waren zwei Brüder», begann sie, als das Haar zu ihrer Zufriedenheit gekämmt war. «Und ich habe den älteren geheiratet.» Sie lächelte fast wie ein kleines Mädchen. «Aber der andere gefiel mir besser», verriet sie, als würde sie ein pikantes Geheimnis preisgeben. «Sie hatten einen Bauernhof, der zwar klein war, aber ganz guten Ertrag brachte. Wir hatten genug zu essen. Die beiden waren Waisen. Mein Gatte war ein schöner Mann, aber mir hat der jüngere Bruder immer schon besser gefallen . . .»

«Santino?», fragte Eugenio leise, nachdem er sich zu ihr vorgebeugt hatte.

Ein stilles Lächeln umspielte ihre Lippen. «Santino», bestätigte sie kaum hörbar. «Ich sah ihn jeden Tag. Er war noch ein Kind und ich auch», fuhr sie fort. «Früh am Morgen, wenn ich mit meinem Vater zur Schule ging. Damals hätte ich ihn kennen lernen müssen. Er hatte dichtes dunkles Haar, er war so schön, Dottore.»

«Aber du hast den älteren Bruder geheiratet.» Eugenio brach das Schweigen, das auf ihre Worte gefolgt war.

Lina schien nach den richtigen Worten zu suchen.

«Cosimo», fuhr sie plötzlich fort. «Er blieb im Dorf und kümmerte sich um die Hauswirtschaft, und Santino blieb draußen bei den Schafen. Nur einmal in der Woche kam er heim, um seine Vorräte wieder aufzufüllen, sich zu baden und frische Sachen anzuziehen. Dort draußen, wo er war, hatte er ja nicht die Gelegenheit dazu. Damals lebten die Schäfer wie ihre Schafe. Im ersten Monat nach der Hochzeit ging alles gut, jedenfalls glaubte ich das. Wenn ich nicht so jung und unerfahren gewesen wäre, dann hätte ich schon damals erkannt, dass eigentlich von Anfang an alles schief lief. Cosimo verhielt sich jedenfalls nicht wie ein richtiger Ehemann.» Bei diesen Worten stockte sie.

«In welcher Hinsicht?», fragte Eugenio vorsichtig.

Lina rang verzweifelt die Hände. «In *dieser* Hinsicht», antwortete sie errötend.

«Was heißen soll», warf der Arzt ein, «dass ihr keinen . . . Verkehr hattet?» Es erschien ihm überflüssig zu präzisieren, um welche Art Verkehr es sich handelte.

«Ja, genau. Er sagte, es ginge ihm nicht gut. Mein Mann hat mich nie angerührt, Dottore. Wissen Sie, ich war nicht ganz unbedarft – naiv vielleicht –, aber nicht dumm. Ich habe gleich gemerkt, dass mit dem Mann etwas nicht in Ordnung war. Wo doch alles an ihm dran war, verstehen Sie?»

Sie blickte Eugenio erwartungsvoll an.

«Er schaute mich gerne an. Er beobachtete mich, wenn ich mich für die Nacht umzog. Und den Rest besorgte er selber. Er liebte sich ganz allein.»

«Er masturbierte?»

«Ja, so nennt man das. Eines Nachts habe ich das per Zufall entdeckt. Ich fürchtete, es könnte ihm schlecht gehen . . . Also stellte ich mich schlafend und fand bald heraus, dass es jede Nacht dasselbe war.»

«Hast du nicht versucht, mit ihm darüber zu sprechen?»

«Sicher, nach einiger Zeit schon. Ich fragte ihn, ob es meine Schuld sei: Vielleicht war ich ja nicht gut genug, vielleicht war ich zu unerfahren und stellte mich dumm an. Vielleicht gefiel ich ihm ja auch nicht so. Das alles sagte ich ihm. Auf jeden Fall hätte ich das nicht tun sollen. Er sagte, ich solle den Mund halten. Er wurde richtig aggressiv. Ich wisse nichts von diesen Dingen, und er würde mir schon noch zeigen, zu was er fähig wäre. Einmal hat er sich auf mich geschmissen – er war ganz rot im Gesicht, er sah aus wie ein Teufel mit seinem roten Haar, das wie eine Bürste vom Kopf abstand. Er tat mir weh, aber ich habe nichts gesagt. Ich spürte sein Gewicht auf mir, seinen kratzigen Bart auf meinem Gesicht ... Aber nichts passierte, jedenfalls nichts, was normalerweise zwischen Mann und Frau passieren sollte. Er weinte und entschuldigte sich. Er vergrub sein Gesicht im Kopfkissen, um seine Tränen zu verstecken. In diesem Moment war ich zutiefst gerührt, Dottore, können Sie das verstehen? Wenn ich mich recht entsinne, war das das einzige Mal, dass zwischen mir und dem Mann, den ich geheiratet hatte, so etwas wie Liebe zu spüren war. Ich wiegte ihn in meinen Armen, und er schlief weinend ein. Nachdem er eingeschlafen war, stand ich auf. Es war Samstag. Ich würde mich auch dann noch an diesen Samstag erinnern, wenn man mir das Gehirn rausnehmen würde. Es war eine Nacht wie diese. Es war kalt, der Himmel war sternenklar, und der Mond leuchtete so hell ... Santino war angekommen und hatte gerade gegessen. Das heiße Waschwasser, das ich im Zuber vor dem Kamin für ihn vorbereitet hatte, dampfte. Ich schaute ihm heimlich zu. Ich habe ihm beim Ausziehen zugesehen.»

«Und er hat es bemerkt.»

«Nein, nicht gleich, glaube ich. Aber irgendwann kam er dann jede Nacht nach Hause. Cosimo war dagegen, er sagte, dadurch würde er viel zu viel Zeit verlieren. Santino antwortete, er wolle schließlich auch wie ein Christ leben und in einem sauberen Bett schlafen. Er sagte, die Entfernung sei schließlich nicht so groß, dass er nicht zum Abendessen kommen könnte. Cosimo war aufgebracht, ich glaube, er wollte ihn nicht im Haus haben. Aber er hatte keinen konkreten Verdacht. Er war wie ein Tier, Dottore. Er konnte die Gefahr riechen, sie sich aber nicht erklären. Was dann geschah, kann ich nur als einen Strudel beschreiben, der mich mitgerissen hat. Ich war mit meinen Gedanken immer woanders. Kaum aufgewacht, zählte ich bereits die Stunden bis zur Nacht. Bis dann das Unausweichliche geschah. Ich glaube, ich war es, die die Initiative ergriffen hat, denn Santino hätte es niemals gewagt. Aber ich. Ich ging in die Küche ... Und es war das

Schönste, das Außergewöhnlichste in meinem Leben. Ich liebte diesen Mann so sehr, dass ich noch immer Mühe habe, es in Worte zu fassen. Es war eine glückliche Zeit. Die einzige glückliche Zeit. Wir waren zu jung, und wir liebten uns zu sehr, um ganz verstehen zu können, was mit uns geschah.

«Hat Santino nicht gemerkt, dass du noch Jungfrau warst?»

«Er hat es gemerkt, und er war sehr verwundert. Und erschrocken. Aber das änderte nichts an den Dingen. Wir waren jung und wir liebten uns. Zwei Monate später wusste ich, dass ich schwanger war. Aber die Ereignisse überschlugen sich, noch bevor ich etwas hätte tun können. Cosimo hat uns zusammen erwischt. Es kam zu einem Streit zwischen den Brüdern. Ich habe ihn aus dem Haus gewiesen. Natürlich hat er mich geschlagen, und ich dachte, dass es ein Gutes hätte, dass ich mit etwas Glück das Kind verlieren würde. Aber ich hatte kein Glück. Ja, so war das immer schon gewesen. Das Glück und ich, wir waren immer schon meilenweit voneinander entfernt. Aber wissen Sie, was? Ich hatte den Eindruck, dass mein Mann gar nicht so wütend war, wie er vorgab. Das war nur so ein Gefühl von mir, vielleicht wollte ich nur mein Gewissen beruhigen. Das Schlimmste kam dann danach, als ich die Schwangerschaft nicht mehr verheimlichen konnte. Cosimo war völlig außer sich. Er hat alles Mögliche mit mir gemacht, denn er wollte auf jeden Fall verhindern, dass dieses Kind geboren würde. Doch nach außen hin hat er gute Miene gemacht und den stolzen Vater gespielt. Dieses arme Geschöpf hat trotz allem überlebt und wuchs in meinem Bauch heran. Dann kam die Niederkunft. Es war ein Junge. Aber das wissen Sie ja schon.»

Eugenio Martis war zu nervös, um sich über diese Anerkennung zu freuen.

«Aber vorher, da hat er mich zu sämtlichen Engelmacherinnen in der Gegend geschleppt. Im siebten Monat haben sie dann das Öl-Ritual an mir ausprobiert», fuhr Lina fort. «Wissen Sie, was ich meine?» Ein Ausdruck kindlicher Schläue durchbrach die neutrale Maske, die auf ihrem Gesicht lag. «War es nicht genau das, was Sie wissen wollten?»

«Nein, nein, ich habe keine Ahnung», beeilte Eugenio sich zu sagen. In seinen Worten schwang eine gewisse Erwartung mit. «Eigentlich wollte ich ja nur wissen –», sagte er, bemüht, nicht zu wissbegierig zu erscheinen.

«Natürlich haben Sie keine Ahnung davon! Das alles ist für Sie völlig unverständlich», fiel Lina ihm hastig ins Wort, als wollte sie ihm aus der Verlegenheit helfen und ihn beruhigen, dass er sich nicht neugierig vorkam. «Jedenfalls behaupteten sie, es gäbe eine Möglichkeit, dieses Kind noch im Mutterleib zu töten.»

Die letzten Worte waren kaum mehr als ein Flüstern, und Eugenio musste sich vorbeugen, um überhaupt etwas zu verstehen.

«Im siebten Monat?», fragte er und hob seine Augenbrauen.

Lina lächelte, wobei sie Eugenio offen ansah. Sie blickte ihn mit mütterlicher Nachsicht an. «Es gibt Frauen, Dottore, die sind in der Lage, einen Fötus so zu drehen, dass sich die Nabelschnur um seinen Hals wickelt. Verstehen Sie? Das Öl soll die Haut am Bauch elastisch machen. Und dann braucht man es auch noch für den Ritus.» Nach diesen Worten brauchte sie eine Weile, um sich zu sammeln. Plötzlich lächelte sie. Dann wurde sie wieder ernst. «Ich bin ganz durcheinander», seufzte sie.

«Das Ritual», half Eugenio ihr auf die Sprünge.

«Das Ritual bestand darin, den Zeigefinger der linken Hand in ein bestimmtes Ölgemisch zu tauchen, dessen Zusammensetzung nur wenigen Eingeweihten bekannt ist. Durch diese Art Taufe schließt man so eine Art Pakt mit dem Teufel. Es gibt Leute, die durch diese Kulthandlung schon eine Reise durch Raum und Zeit gemacht haben wollen. Die Kräfte, die so etwas möglich machen, verlangen natürlich auch eine Gegenleistung: Das ist das Leben eines Neugeborenen oder eines ungeborenen Kindes. Der Sinn der Sache besteht eigentlich einzig darin, dass man sich damit sozusagen von der Schuld, einen Mord zu begehen, freispricht. Dennoch hat es bei mir nicht geklappt, und mein Baby kam unversehrt auf die Welt. Schön wie der Vater, der es gezeugt hat. Man musste ihm auch keinen Klaps geben, damit es schrie, das war gar nicht nötig: Wie ein Siegesschrei hallte seine Stimme durchs ganze Haus. Cosimo hielt sich die Ohren zu. Er weinte und lief hin und her wie ein Tier im Käfig. Ich glaube, dass in diesem Moment alles begann. Ich glaube, dass dieser Moment entscheidend war für unser ganzes weiteres Leben. Fünf Monate vergingen, und während dieser Zeit mussten wir so tun, als sei alles ganz normal. Aus dieser Zeit stammen auch die Fotos.» Tastend vergewisserte sie sich, dass das Foto noch in ihrer Tasche war. «Nach außen hin waren wir ein glückliches Paar», fuhr sie fort, «überglücklich über die Geburt unseres Sohnes. Doch in Wirklichkeit war unser Leben die Hölle! Ich suchte nach Santino, ließ ihm eine Nachricht zukommen, aber ich erhielt keine Antwort. Ich durfte das Kind keine Sekunde aus den Augen lassen, also trug ich es ständig bei mir, als wäre es immer noch ein Teil von mir. Ich schlief kaum noch, können Sie sich das vorstellen? Dann, eines Nachts, versuchte Cosimo, das Kind zu töten. Er wollte es mit einem Kissen ersticken. Ich schlug ihn mit einem Hammer, er fiel zu Boden und war bewusstlos. Ich war fest entschlossen, das Kind von dort wegzubringen, und suchte seine paar Sachen zusammen. Aber als ich gerade zur Tür wollte – Cosimo war inzwischen wieder zu sich gekommen –, da stürzte er sich auf mich, um mich am Hinausgehen zu hindern. Er hatte mich an den Haaren gepackt. Ich schrie und versuchte mit aller Kraft, mich zu befreien, das Kind an meine Brust gedrückt. Er hielt mir den Mund zu und lachte. Er lachte, Dottore. An das, was darauf folgte, erinnere ich mich nur noch vage. Ich glaubte, Santino zu sehen. Aber erst in dem Moment, als ich sah, wie er sich mit seinem Bruder auf dem Boden herumwälzte, war ich mir wirklich sicher. Ich lief fort, nicht sehr weit weg, aber an den einzigen Ort, an dem das Kind in Sicherheit sein würde: zu meiner Cousine. Erst am nächsten Tag erfuhr ich, was sich in unserem Haus ereignet hatte. Santino hatte seinen Bruder getötet, er hatte mit dem Hammer auf ihn eingeschlagen und ihn bis zur Unkenntlichkeit entstellt, dann war er geflüchtet. Man hat ihn gesehen, wie er aus dem Haus gerannt kam und in Richtung Schafstall floh.»

«Und niemand hat das der Polizei erzählt?»

«Niemand, Dottore, denn der Fall war ja klar: Ich habe mich der Polizei gestellt, verstehen Sie? Das Kind war in Sicherheit und Santino . . .» Die Frau unterdrückte ein Schluchzen. «Santino wäre ins Gefängnis gekommen, also tat ich, was ich tun musste. Ich kehrte nach Hause zurück. Die Leiche konnte ich kaum ansehen. Was für ein schrecklicher Anblick, mit dem zerschmetterten Gesicht. Ich setzte mich hin und wartete. Ich erinnere mich nicht mehr genau, ich weiß nur noch, dass ich den ganzen Tag wie betäubt dasaß. Erst spät in der Nacht, als ich draußen plötzlich aufgeregtes Stimmengewirr hörte, stand ich endlich auf. Das Rathaus stand in Flammen. Ich lief hinaus und sah in das Flammenmeer. Ich bin nicht mehr nach Hause zurückgekehrt. Die Carabinieri in der Kaserne haben mich gut behandelt. Meine Cousine zog dann nach einem Monat um, mit dem Baby. Santino blieb verschwunden, er hatte sich einfach in Luft aufgelöst. Zum Prozess kam er auch nicht. Der Rechtsanwalt sagte mir noch, das sei nicht gut, das spräche zu meinen Ungunsten. Dann wurde das Urteil verkündet, dreißig Jahre, keine strafmildernden Umstände außer der Tatsache, dass ich mich freiwillig gestellt hatte.»

«Für einen Mord, den du nicht begangen hast», bemerkte Eugenio nachdenklich.

Die Frau machte eine ungeduldige Handbewegung. «Hören Sie», fuhr sie ihn plötzlich mit scharfem Ton an. «Ich habe das nicht erzählt, um Ihnen etwas begreiflich zu machen, was Sie ohnehin nie verstehen werden! Ob ich schuldig bin oder nicht, ist völlig unwichtig. Was hingegen zählt, das ist das, was gerade jetzt, heute, passiert, und dass ich Ihre Hilfe brauche!»

«Was kann ich für dich tun?»

«Sie müssen ihn finden, bevor er ihn findet!»

«Wen?» Die Frage klang wie ein verzweifelter Ruf.

Lina bewegte sich nicht. «Meinen Sohn», sagte sie mit einem leichten Beben in der Stimme. «Meinen Sohn», wiederholte sie. «Er muss mittlerweile schon ein junger Mann sein.» Dann schien sie sich wieder auf das Gespräch zu besinnen. «Vor zwei Jahren habe ich hier im Gefängnis Besuch bekommen», fuhr sie fort.

Eugenio nickte. «Santino», kam er ihr zuvor. «Ich habe in der Besucherliste nachgesehen.»

Lina hob einen Arm und brachte ihn zum Schweigen. «Sicher», sagte sie, «so hatte er sich eingetragen, und sein Pass war auch auf diesen Namen ausgestellt. Aber der Mann, der mich besuchen kam, war nicht Santino. Es war Cosimo, mein Mann.»

Eugenio riss die Augen auf und starrte sie in ungläubigem Staunen an. «Dein Mann?» Seine Worte klangen wie der angsterfüllte Ruf eines Kindes.

Lina starrte blicklos vor sich hin. Aus ihrer Kehle drang ein Schluchzen. «Mein Mann», bestätigte sie. «Glauben Sie, ich würde meinen Mann nicht wiedererkennen? Natürlich waren seitdem fast dreißig Jahre vergangen, aber sein Gesicht war immer noch dasselbe. Er gab sich für seinen Bruder aus. Das ist passiert! Er sagte mir, dass es für mich keinen Ausweg geben würde und dass mein Sohn so gut wie tot sei.»

«Deshalb hast du angefangen, dir all diese Geschichten auszudenken . . . Du hättest gut daran getan, gleich die Wahrheit zu sagen. Wir hätten ihm doch geholfen, deinem Sohn.»

«Daran habe ich schon gedacht, aber ich dachte an die Worte meines Mannes. Es wäre mir niemals gelungen, seine Identität zu beweisen, weil es keine Dokumente mehr gibt. Mir wurde klar, dass dieser Brand damals kein Unfall war. Er ist ein einflussreicher Mann heute, er ist reich. Dann habe ich mich entschlossen, Ihnen alles zu erzählen, weil Sie der einzige sind, Dottore, der mir helfen kann.»

Eugenio kramte nach einem Taschentusch, um sich den Schweiß von der Stirn zu wischen. Er wollte die Frage, die sich ihm aufdrängte, nicht stellen, denn er glaubte, er würde dadurch seine Verwirrung und das Gefühl der Ohnmacht, das sich seiner bemächtigt hatte, verraten. Doch als Lina weiterhin schwieg, konnte er doch nicht umhin zu fragen: «Warum?» Fieberhaft überlegte er nach einer anderen Formulierung, aber als ihm keine einfiel, fragte er einfach: «Warum gerade ich?»

Lina drehte sich um und sah ihm fest in die Augen. Einen, wie es schien, unendlichen Augenblick sah sie ihn einfach an, bis er den Blick abwandte. «Weil Sie ihm schon einmal geholfen haben.»

Bei diesen Worten hatte er das Gefühl, den Boden unter den Füßen zu verlieren.

«Sie kennen meinen Sohn», fuhr Lina fort, ohne sich um den

bestürzten Blick zu kümmern, den er ihr zuwarf. Sie sah aus wie ein kleines Mädchen, das sich zierte. Mit ihrem Blick schien sie ihn zwingen zu wollen, sich zu konzentrieren.

Und er konzentrierte sich, als hinge von seiner Antwort das Schicksal der ganzen Welt ab. Der Gedanke, der sich ihm förmlich aufdrängte, ließ ihn frösteln. Er hob die Schultern, um ein Frösteln abzuschütteln. Dann erhob er sich von dem Stuhl, auf dem er bisher regungslos gesessen hatte, trat zu Lina ans Bett und nahm ihre Hand, die sich warm und weich anfühlte. Die Frau erwiderte die zärtliche Geste mit einem Lächeln und einem ermunternden Kopfnicken.

«Paolo?», sagte Eugenio zögernd, in der Hoffnung, dass die Frau entschieden verneinen würde.

«Paolo», bestätigte sie anerkennend.

3

An diese Nacht würde sie sich noch lange erinnern. Mit den Negativen in der ausgestreckten Hand ging sie über den engen Flur, der die Küche mit dem Esszimmer verband, und versuchte im Gegenlicht des Deckenleuchters etwas auszumachen. Vielleicht würde das Bild dadurch ja weniger bedrohlich werden. Denn darum ging es: um etwas Bedrohliches. Bei dem Gedanken, dass die Fotos einer Hochzeitsgesellschaft und ein glückliches Brautpaar in irgendeiner Form Unruhe und Angst auslösen könnten, lächelte sie. Im Grunde war es grotesk, dass jemand anders jetzt die Negative der Fotos von Santino Pau und der Bürgermeisterin in Händen hielt. Und dieser jemand war zu allem Überfluss auch noch genau die Person, die um keinen Preis der Welt von der Existenz dieser Fotos hätte erfahren dürfen. Nicht schlecht, dachte Maria Vittoria, wie nannte man das noch ... Laune des Schicksals? Jetzt ging es nur noch darum, heil aus der ganzen Sache herauszukommen. Bevor sie irgendetwas in dieser Angelegenheit unternahm, würde sie auf jeden Fall erst einmal auf Alberto warten. Bevor man handelte, galt es jetzt nachzudenken. Die Wahrscheinlichkeit war groß, dass sich die Brautleute, nachdem sie bemerkt hatten, dass auf den Negativen Santino Pau zu sehen war, bereits mit ihm in Verbindung gesetzt hatten. Sie durften keine Zeit mehr verlieren ...

Maria Vittoria begann im Flur umherzulaufen. «Ruhe bewahren, jetzt bloß die Ruhe bewahren», wiederholte sie bei sich, und ihre Stimme, die aus dem Bauch heraus zu kommen schien, hatte einen verbissenen Klang. Kurz darauf war ihre Selbstbeherrschung schon weniger geworden. Ihre Unterlippe zitterte, und sie konnte nichts dagegen tun. Eigentlich war es gar kein Zittern, eher eine Art Zucken. Sie musste sich zwingen, sich an ihren Schreibtisch zu setzen. Vielleicht würde ein Blick in ihre Aufzeichnungen sie ein wenig ablenken von dem Zwang, ständig auf die Uhr zu sehen oder auf ein Klingeln an der Tür zu horchen.

Noch einmal von vorn: Santino Pau, seit fast fünf Jahren in Nùoro, nachdem er lange Zeit in Deutschland gelebt hatte. Sein Umzug erfolgte nach mehreren geglückten Geld- und Immobilientransaktionen, die er im Laufe der Jahre von Deutschland aus getätigt hatte. Nach Nùoro kommt er zusammen mit einem Kollegen aus der Fabrik. Bachisio Corda und seine Familie, Paus «Leihverwandtschaft», bezieht ein Haus im Zentrum, das Pau zehn Jahre zuvor erworben hatte und das er im alpenländischen Stil hatte renovieren lassen. Er selbst bezieht eine bescheidenere Bleibe, eine Wohnung ganz in der Nähe. Santino Pau ist ein Mensch, der gibt. Und ein Mann mit Geschäftssinn. In nur zwei Jahren kontrolliert er den ganzen Bausektor der Stadt. Ohne jemals selbst direkt in Erscheinung zu treten, gewinnt er Ausschreibungen, erwirbt Land und kauft mit Hypotheken belastete Immobilien auf. Indem er sich Gewerbescheine für kleinere Handelstätigkeiten beschafft, bringt er seine «Verwandten» überall unter: im Minimarkt, in der Kurzwarenhandlung, im Zeitungskiosk ... Als die Tochter Bachisio Cordas heiratet, schenkt er ihr das Haus, ein Reihenhaus im Neubaugebiet der Stadt, und lässt es sich auch nicht nehmen, die ganze Hochzeit allein auszurichten ... einschließlich Fotoservice ...

Bravo, Maria Vittoria, hervorragende Arbeit, die du da geleistet hast, eine wahrhafte Meisterleistung! Alles nur Hörensagen und Gerüchte, kein einziger konkreter Beweis. Eigentlich nur Dorfklatsch, wenn man es sich recht überlegte, Geschichten, die jeder Neidhammel gierig verschlingt! Wie die angeblichen Machenschaften zwischen Santino Pau und der Stadt. Sicher, da waren die Fotos, aber was bewiesen sie im Grunde schon? Weniger als nichts, und selbst der leichtsinnigste Anwalt hätte über diese Bilder nur gelacht. Was bewiesen sie schon? Absolut nichts. Zwei Leute, ein Mann und eine Frau, die miteinander diskutieren. Na und?

Wie hatte sie nur so dumm sein können? Warum war Alberto so spät dran? Mit einer mechanischen Geste drückte sie den Verschluss der Mappe. Nun war sie müde, zum Umfallen müde. Alles, was ihr so sicher erschienen war, löste sich in ihrem Kopf langsam in Nichts auf. Sie kannte dieses Gefühl, und sie hasste es, weil sie wusste, dass es nur eines bedeuten konnte: Angst. Und endlich sagte sie es laut: «Ich habe Angst.» Laut sprach sie diese Worte, und ihre Stimme hörte sich fremd an, als sei noch jemand bei ihr. Sie blätterte weiter in ihren Unterlagen. Die Stimme des Volkes sagte, dass Santino Pau «alles gehörte». Eigentlich klang das eher wie üble Nachrede. Eine Aussage von unglaublicher Klarheit, die so viel heißen sollte wie: «Er besitzt viel.» Natürlich konnte man daraus ableiten, dass er Ausschreibungen manipulierte, seine Konkurrenz ausschaltete, indem er das praktizierte, was man gemeinhin «die Gesetze des Marktes» nannte. Er stürzte Firmen in den Ruin, um sie dann aufzukaufen. Was diesen Punkt anbelangte, so enthielten die Gerüchte etwas mehr Substanz. Die SARCOS gehörte offiziell Santino Paus «Verwandtem» Bachisio Corda. Die SARCOS hatte auch den Zuschlag bekommen für den Parkplatzbau im Zentrum, auf der Piazza Vittorio Emanuele. Das Projekt ruhte zunächst einige Monate. Dann, bereits während der ersten Tage reger Bautätigkeit, hatte sich herausgestellt, dass die zur Verfügung gestellten Gelder nicht ausreichen würden, und man war übereingekommen, die Auftragssumme für die Arbeiten zu erhöhen. Bis dato war alles ganz regulär. Es wurden munter Aufträge an Subunternehmer vergeben – die Abbrucharbeiten bekam dieser, die

Aushubarbeiten jener ... Und die Auftragssumme wuchs und wuchs.

Sie warf einen Blick auf die Uhr. Hatte sie geschlafen? Es war noch nicht spät, erst acht. Sie war kurz eingenickt. Alles war eigentlich schon vorher geschehen, und Alberto war mit dieser Sache ein großes Risiko eingegangen. Dieser Gedanke hatte sie auffahren lassen. Ihr Magen fühlte sich an, als habe ihr jemand einen Fausthieb verpasst.

Maria Vittoria machte auf dem Gehsteig eine halbe Drehung, um einem Loch in der Asphaltdecke auszuweichen. Als sie auf das Polizeipräsidium zuging, beschlich sie ein unsicheres Gefühl. Hätte sie sich in diesem Moment selbst sehen können, dann hätte sie über ihre ungeschickten Bewegungen gelacht, als sie versuchte, die Mappe, die Akte Pau, vor der Brust wie einen Schutzschild gegen den Wind zu heben. Natürlich war sie zu Fuß zum Präsidium gelaufen, es lag schließlich nicht weit von ihrer Wohnung entfernt. Natürlich hatte der kurze Spaziergang auch den Zweck gehabt, ihre Gedanken für die bevorstehende Anzeige zu klären. Man würde sie für verrückt erklären, da war sie sich ganz sicher. Man würde sie auslachen und behaupten, sie habe ihren Verlobten irgendwo verloren, und auf ihre Bemerkung, es handle sich um einen Kollegen, würden sie anzüglich grinsen. Bevor man eine Vermisstenanzeige aufgeben konnte, müsste die betreffende Person mindestens achtundvierzig Stunden verschwunden sein. Aber sie wusste auch, dass jede Minute entscheidend sein konnte. Sie beschleunigte ihren Schritt ...

Das Innere des Polizeipräsidiums erschien ihr überraschend reinlich. Der diensthabende Beamte, ein hochgewachsener junger Mann, der, nach seinem Dialekt zu urteilen, vom Kontinent stammen musste, bat sie, Platz zu nehmen, der Kommissar sei gerade am Telefon. Maria Vittoria zog es jedoch vor, vor seinem Schreibtisch stehen zu bleiben. Sie wollte ihm lieber zusehen, in der Hoffnung, irgendetwas Erbauliches zu sehen: einen normalen, jungen Mann bei der Arbeit, einen Menschen, der seinen Dienst pflichtbewusst erfüllt. Die friedliche Atmosphäre hatte eine beruhigende Wirkung auf sie. Schließlich setzte sie sich. Der junge Mann lächelte ihr zu, weil die Zeit allmählich lang wurde. Durch die geschlossene Bürotür hörte man, wie Commissario Curreli mit jemandem am Telefon heftig diskutierte.

«Er ist müde», sagte der junge Beamte zu Maria Vittoria, als wolle er die ungeduldige Art seines Vorgesetzten rechtfertigen. «Er hat heute noch keine Minute Pause gemacht.»

Maria Vittoria deutete ein Lächeln an. Sie tastete in ihrer Manteltasche nach den Fotos, um sich zu vergewissern, dass sie noch da waren.

4

Danila Comastri zog die Nase hoch. Sie tat, als würde sie laut seufzen. Sie warf einen kurzen Blick auf ihre Armbanduhr, ohne dass ihr ein Wort von dem, was ihr Gesprächspartner am anderen Ende der Leitung sagte, entging. Nachdem sie den Hörer aufgelegt hatte, saß sie einige Zeit still da, um Ordnung in ihre Gedanken zu bringen. Nachdenklich betrachtete sie Salvatore Corona, der vor ihr saß.

«Commissario Curreli», informierte ihn die Frau. «Unser Abendessen wird leider ins Wasser fallen», fuhr sie an den Richter gewandt fort. «Wenn wir uns beeilen, dann schaffen wir es noch, eine Haussuchung durchzuführen, bevor es zu spät ist.»

«Um was geht es?», fragte Salvatore Corona und erhob sich.

«Um Santino Pau, mein Freund! Langsam scheint etwas Ordnung in diese Sache zu kommen. Wie lange soll ich noch warten?», fragte Dottoressa Comastri, als sie sah, dass der Richter keine Anzeichen machte, ihr zu folgen.

Die Eingangstür der Wohnung machte einen soliden Eindruck. Commissario Curreli klingelte Sturm, bis eine Nachbarin neugierig den Kopf zur Tür herausstreckte. Die Frau wagte sich schüchtern bis zum Treppenabsatz vor.

«Es hat keinen Zweck zu klingeln», bemerkte sie. «Keiner zu Hause. Er ist vor ungefähr zwei Stunden weggegangen.»

«Polizei!», fuhr Commissario Curreli die Frau ungehalten an. Als sie dies hörte, verschwand sie blitzartig in ihrer Wohnung, nicht ohne sämtliche Sicherheitsschlösser und -riegel zu aktivieren.

In diesem Moment trafen Danila Comastri und Salvatore Corona ein. Ihr weißer Atem war in der Kälte deutlich sichtbar.

«Scheint niemand da zu sein», informierte sie der Commissario.

Dottoressa Comastri forderte ihn mit einem Kopfnicken auf fortzufahren. Nachdem er sich einige Minuten an der Tür zu schaffen gemacht hatte, schwang sie mit einem Mal weit auf. Irgendwo in der Wohnung brannte Licht.

Giuseppina vergewisserte sich, dass die Sicherheitskette an der Tür vorgelegt war. Nicht, dass sie viel nützen würde, aber sie vermittelte wenigstens den Anschein von Sicherheit. Sie war gar nicht gern allein. Nachdem sie wieder ins Wohnzimmer zurückgekehrt war, schlug sie den Kragen ihrer Wolljacke hoch und vergrub das Gesicht darin. Sie spürte die Wärme dieser Berührung und roch den Duft von Eugenios Rasierwasser. Sie warf einen flüchtigen Blick auf den Fernsehbildschirm, über den die Bilder eines Films flimmerten, den sie schon kannte.

Das Klingeln an der Tür ließ sie auffahren. Sie blieb unbeweglich stehen und blickte in die Richtung, aus der das Klingeln kam. Sie konnte die Haustür in dem dunklen Flur nicht erkennen. Es klingelte noch einmal. Ein ungeduldiges Klingeln, das die Schallwellen durch die Stille der Wohnung hallen ließ. Kurz darauf hörte sie, wie jemand an die Tür hämmerte.

Giuseppina machte ein paar Schritte zur Tür. «Wer ist da?», fragte sie schüchtern. «Wer ist da?», wiederholte sie, diesmal etwas lauter, denn sie hatte gemerkt, dass, wer auch immer da draußen war, sie nicht würde hören können, wenn sie so leise sprach.

Eine Weile blieb alles still. Giuseppina ging noch ein paar Schritte auf die Tür zu, bis sie direkt davor stand. Durch den Spion erblickte sie dichtes schwarzes Haar. «Dottore . . .», hörte sie eine klägliche Stimme. «Ich bin es, bitte machen Sie auf . . .»

Das Gesicht des Jungen erschien verzerrt, als er jetzt einige Schritte vom Spion entfernt stand.

Santino schoss durch die Dunkelheit, als wolle er die Nacht besiegen. Er drückte das Gaspedal ganz durch. Er hatte schon so viel Zeit verloren. Er musste zurückkehren. Nach Hause zurück. Sein Atem ging schwer. Es war zu Ende, alles war zu Ende.

Maresciallo Pili wartete, bis er einen gewissen Abstand zu Santino Paus Limousine hatte. Auf dieser Straße gab es nicht viele Abbiegemöglichkeiten. Er musste sich ihm also nur vor einer Abzweiung nähern.

Maria Vittoria öffnete ihre Wohnungstür in der Hoffnung, dass das Lämpchen an ihrem Anrufbeantworter ein Lebenszeichen von sich geben würde. Sie hatte alles getan, was möglich war … Aber Alberto hatte nicht angerufen.

Lina lächelte, als sie Eugenios besorgte Miene sah.

«Was soll ich tun?», hatte er gefragt und war von einer Unruhe erfasst worden, die ihn daran hinderte, still zu stehen.

Lina hatte gelächelt. «Sie müssen ihn einfangen, jetzt, wo man ihn aufgescheucht hat», hatte sie einfach geantwortet. «Das ist die einzige Möglichkeit. Sie müssen ihn einfangen, Dottore», bekräftigte sie noch einmal. «Bevor er überhaupt zum Nachdenken kommt!»

5

Maciste beugte sich vor und wappnete sich für den nächsten Hustenanfall. Er kniff die Augen zusammen, denn das Licht in der Notaufnahme war blendend hell. Auch war es auf diese Weise leichter, den Sinn von Commissario Currelis Worten zu erfassen.

«Du tätest gut daran, dich kooperativ zu zeigen», sagte dieser.

«Wir haben die Fotos und die Negative. Gut siehst du aus in deinem eleganten Anzug, wirklich gut! Jetzt behaupte bitte nicht, dass du ihn nicht kennst. Hat *er* dich so zugerichtet?»

Maciste versuchte einen kooperativen Eindruck zu machen und senkte den Kopf. Er war sich noch nicht sicher. Wenn sie ihn doch endlich mit ihren Fragen in Ruhe ließen, ihm etwas Zeit zum Nachdenken geben würden!

«Wir haben die Fotos und die Negative», setzte Commissario Curreli erneut an. «Noch kannst du es dir überlegen. Wenn du dich kooperativ zeigst, dann werden wir das berücksichtigen . . .»

«Wie ‹berücksichtigen›, warum? Ich habe nichts getan!», begehrte Maciste mit schriller Stimme auf, woraufhin er erneut einen Hustenanfall bekam.

«Also gut, du hast nichts getan! Wenn das so ist, dann hast du ja nichts zu befürchten . . .»

Der junge Mann verfiel in ein trotziges Schweigen. «Ich kenne meine Rechte», knurrte er vor sich hin, den Blick zu Boden gerichtet.

Commissario Curreli betrachtete ihn schweigend. Ein müdes Lächeln lag auf seinem Gesicht. Er fuhr sich durchs Haar, als könne er so seine Gedanken ordnen. Dann holte er etwas aus seiner Tasche, das er dem jungen Mann, der mit gesenktem Kopf vor ihm saß, dicht vors Gesicht hielt, wobei seine Hand fast die Nasenspitze des Mannes berührte.

«Weißt du, was das ist?», fragte er.

Maciste zuckte zusammen. Die Augen weit aufgerissen, wich er zurück, um die schwarze Perle eines Rosenkranzes, die der Commissario in der Hand hielt, deutlicher sehen zu können.

«Die habe ich in deiner Manteltasche gefunden», informierte ihn der Commissario. «Das war ein dummer Fehler», bemerkte er und schloss seine Hand zur Faust. «Wenn du etwas zu sagen hast, dann solltest du es jetzt tun.»

Maciste nickte betreten. «Eine alte Hexe war sie!», setzte er an, schien sich aber nicht überwinden zu können weiterzusprechen.

Der diensthabende Arzt blickte den Commissario fragend an, der ihm mit einem Kopfnicken bedeutete, hinauszugehen. Nunmehr allein, maßen sich die beiden Männer eine Weile lang schweigend. Der Commissario nutzte die Zeit und trat zum Fenster.

«Schön ist es da draußen», sagte er und ließ seinen Blick über die Hügel schweifen. «Schau dir die Aussicht gut an, bevor sie dich in den Knast stecken und den Schlüssel wegschmeißen.»

Maciste rührte sich nicht. Er saß da, die Arme um den Brustkorb gelegt, und starrte abwesend auf seine Knie. Er atmete schwer. «Ich schwöre, ich weiß nicht . . .», sagte er, ohne aufzublicken. «Ich schwöre, ich weiß nicht, warum er sie umbringen lassen wollte. Sie war eine Hexe . . .»

«Hast *du* die Filme gedreht?», fragte der Commissario, wobei er sich bemühte, einen ruhigen und unpersönlichen Ton beizubehalten.

Der plötzliche Themenwechsel ließ den jungen Mann auffahren. «Was haben denn die Filme damit zu tun?», fragte er verblüfft.

Dieses Mal gelang es dem Commissario nicht, die Ruhe zu bewahren. «Ich weiß nicht, was sie damit zu tun haben. Das sollst du mir ja sagen!», brach es aus ihm heraus. «Wolltet ihr die Firmen auf diese Weise daran hindern, sich an Ausschreibungen zu beteiligen?»

Maciste schwieg hartnäckig.

«Sicher», fuhr der Commissario fort, «wenn einer Familie hat . . . Das ist es doch, oder? Das ist es doch?», wiederholte er laut und näherte sich dem jungen Mann abrupt.

In Macistes Augen war ein verblüffter Ausdruck getreten, der kurz darauf in Panik umschlug. «Ich weiß es nicht», setzte er an. «Ich habe nur das getan, was er mir angeschafft hat. Ich habe nicht viele Fragen gestellt. Ich habe ihn nicht gefragt, ich glaubte, er wollte diese Kassetten, weil sie ihm . . .» Als er merkte, dass er bereits mehr gesagt hatte, als der Commissario sich erhofft hatte, verstummte er.

Der Commissario sank auf einen Metallstuhl, dessen Sitzfläche ein vergilbtes Weiß aufwies. «Es bringt dir gar nichts, wenn du ihn deckst», sagte er. «Wir haben sein Haus durchsucht und alles gefunden, was wir brauchen, um dich für den Rest deines

Lebens hinter Gitter zu bringen. Und weißt du, was ich glaube? Dass er keinen Finger für dich krumm machen wird. Er wird versuchen, dir die ganze Schuld in die Schuhe zu schieben!», fuhr der Commissario in dem Versuch fort, Maciste glauben zu machen, dass er mehr wusste, als es tatsächlich der Fall war.

Maciste blickte sich um. Einen Moment lang schien es, als würde er weich werden.

«Der Mord an Grazia Mereu, der an Ines Ledda. Der Tod Salvatora Fenus», versuchte der Commissario ihn in die Enge zu treiben. «Für das alles wird man dich anklagen!»

Macistes Reaktion auf diese Worte war ein merkwürdig heiteres Lächeln. «Genau das habe ich schon oft im Fernsehen gesehen», meinte er spöttisch. «Sie wissen gar nichts, Commissario! Sie haben nicht den blassesten Schimmer, was wirklich vorgefallen ist. Aber bei einer Sache gebe ich Ihnen Recht: Sie werden mir alles anhängen, sogar den dritten Weltkrieg.»

«Nicht, wenn du dich kooperativ zeigst. Warum wollte er diese Filme?», begann der Commissario von neuem.

«Weil der Alte kleine Mädchen mag», antwortete Maciste, als läge dies auf der Hand.

«Das Angenehme mit dem Nützlichen verbinden», sprach der Commissario und kratzte sich am Kopf.

«So was in der Art», bestätigte Maciste.

6

»Er behauptet, er habe mit den Fällen Mereu und Ledda nichts zu tun, und ich glaube, er sagt die Wahrheit», fasste der Commissario zusammen.

Mit einem tiefen Seufzer wandte sich Salvatore Corona Dottoressa Comastri zu. «Was Ines Ledda betrifft, so wissen wir es», sagte er und warf einen Blick auf die Uhr. «Zehn», bemerkte er betrübt.

Commissario Curreli lächelte teilnahmsvoll. «Lorenza Ibba wurde umgebracht», warf er ein. «Sie haben eine Menge Mäuse in dem Haus ausgesetzt. So haben sie die Eltern dazu gebracht, das Mäusegift zu kaufen. Bevor das Mädchen morgens zur Schule ging, war es immer mindestens eine halbe Stunde lang allein zu Hause. Sie haben geklingelt, das Mädchen hat ihnen die Tür geöffnet . . .»

«Sie haben ihr das Gift eingetrichtert?», fragte Salvatore Corona schaudernd.

Commissario Curreli nickte bestätigend: «Er hat gestanden und sich und seine Komplizen, zwei Schwachköpfe, belastet. Sie waren aber nur die Handlanger. Der Plan sei vom Chef gewesen. Er fürchtete, das Mädchen sei im Besitz des Tagebuchs ihrer Freundin.»

Dottoressa Comastri betrachtete den Umschlag, den ihr der Priester ausgehändigt hatte und der nun vor ihr auf dem Tisch lag. «Das kann ein schlechtes Gewissen also bewirken», sagte sie und zog das Tagebuch aus dem Umschlag. Es handelte sich um ein kleines Heft, dessen Einband mit einem weichen Material bezogen war und auf dessen Vorderseite ein kleines vergoldetes Schloss prangte. «Ich habe es von vorne bis hinten durchgelesen: nichts, noch nicht einmal der leiseste Hinweis auf jemanden, der sie belästigte, geschweige denn auf irgendwelche Videos.»

«Aber was das erste Mädchen, Grazia Mereu, anbelangt, so behauptet der Angeklagte, nichts zu wissen», führte Commissario Curreli aus.

«Und bisher haben wir keinen Grund, an seinen Worten zu zweifeln», fiel Dottoressa Comastri ein.

«Der Kreis schließt sich», bemerkte Richter Corona. «Wenn Grazia Mereu ihr Tagebuch Ines Ledda anvertraut hatte, dann hatte Salvatora Fenu es von ihr. Salvatora Fenu wiederum ist für Ines Leddas Tod verantwortlich. Sie hatte an ihr eine Abtreibung vorgenommen und fürchtete nun, das Mädchen würde reden. Sie hat sie getötet, denn sie wusste nicht, dass das Mädchen kurze Zeit später ohnehin an den Folgen dieser Abtreibung sterben würde. Unser Fehler bestand darin, dass wir die Fälle miteinander in Verbindung gebracht haben», überlegte er laut.

«Was wollen Sie damit sagen?», hakte der Commissario nach.

«Ich will damit sagen, dass der Tod von Grazia Mereu, Ines

Ledda und Lorenza Ibba auf verschiedene Umstände zurückzuführen ist. Genau das, was wir am Anfang geglaubt haben. Ich will damit sagen, dass die Tatsache, dass wir es mit drei ungefähr gleichaltrigen Mädchen zu tun haben, die auch noch die gleiche Schule besuchten, nichts anderes als ein verdammter Zufall war! Das will ich damit sagen. Es ging um diese Ausschreibungen, und wenn wir am richtigen Ort suchen, dann werdet ihr sehen, dass wir noch andere Videoaufnahmen von kleinen Mädchen finden, auch von Jungen, und es wird sich herausstellen, dass all dies in Zusammenhang steht mit Leuten, die sich an öffentlichen Ausschreibungen beteiligen.»

«Das ist eine Methode, um die Konkurrenz auszuschalten!», ereiferte sich Dottoressa Comastri.

«Ja», bestätigte der Richter lächelnd. «Genau darum geht es.»

«Und um ganz sicher zu gehen, schmiert man die richtigen Leute an den richtigen Stellen, die, auf die es ankommt, versteht sich. Bei dieser Gelegenheit möchte ich daran erinnern, dass der Mann, der diese Fotos geschossen hat, immer noch unauffindbar ist.»

«Höchstwahrscheinlich hat er sich versteckt, nachdem er gemerkt hat, dass die Negative vertauscht worden sind. Er weiß sicher sehr gut, dass er es mit Leuten zu tun hat, die nicht spaßen», versicherte ihm Salvatore Corona.

Danila Comastri stimmte eifrig zu. «Sobald diese Nachricht in der Zeitung zu lesen ist, wird er wieder auftauchen. Zumindest hoffe ich das.»

«In dieser Geschichte gibt es zu viele Leute, die verschwunden sind. Haben Sie inzwischen etwas von Salvatora Fenus Sohn gehört?», fragte Salvatore Corona.

Commissario Curreli schüttelte den Kopf und konnte eine gewisse Belustigung nicht verbergen. Richter Corona bemerkte es und wandte sich an die Dottoressa, die kurz davor war, in Lachen auszubrechen.

«Er ist nicht ihr Sohn. Die Autopsie hat ergeben, dass sie noch unberührt war ... Unglaublich, aber wahr: ein schwangeres zwölfjähriges Schulmädchen und eine sechsundsechzigjährige Jungfrau. Ich liebe Sardinien!», brach es aus ihr heraus.

Ihre Bemerkung, die eigentlich ein Witz hätte sein sollen, schien nicht so recht anzukommen. Der Commissario und der Richter machten keineswegs einen belustigten Eindruck.

«Entschuldigung», beeilte Danila Comastri sich zu sagen. Trotz der Wärme im Zimmer wurde ihr plötzlich kalt. «So habe ich es nicht gemeint. Vor lauter Müdigkeit fange ich noch an zu faseln.»

«Dann haben wir noch Santino Pau», fuhr der Richter fort, als das Schweigen langsam peinlich wurde.

«Ich versichere Ihnen, wo immer er auch sein mag, es wird ihm nicht gelingen, die Insel zu verlassen. Wir haben alle Häfen und Flughäfen benachrichtigt. Sobald er dort auftaucht, werden sie ihn schnappen!», versicherte der Commissario.

Ein zurückhaltendes Klopfen ließ sie alle drei zur Tür sehen. Der diensthabende Beamte der Nachtschicht entschuldigte sich für sein Eindringen.

«Doktor Martis möchte Dottoressa Comastri sprechen», informierte er sie leise.

Eugenios Gesicht war von einer unendlichen Müdigkeit gezeichnet.

7

Nachdem er wiederholt dazu aufgefordert worden war, setzte er sich schließlich auf das Sofa vor dem Fernseher. Er wollte nicht stören, aber er konnte sich einfach nicht aufraffen zu gehen.

«Du solltest dich verarzten lassen», stellte Giuseppina fest, nachdem sie die Wunden an seinen Fesseln, an den Händen und Unterarmen entdeckt hatte.

«Ach, das ist nichts weiter. Ich brauche nur ein Bad, und alles ist wieder in Ordnung. Aber ich will Sie wirklich nicht stören!», erwiderte er und versuchte aufzustehen. Seine Füße steckten barfuß in den Schuhen, denn seine Socken hatte er verloren. Er zitterte. Die Wärme im Zimmer machte ihm bewusst, dass ein Kälteschauer seinen Körper schüttelte.

«Eugenio, der Dottore, wird jeden Moment hier sein!», log Giuseppina und forderte ihn auf sitzen zu bleiben.

Da ließ er sich einfach gehen. Er lehnte seinen Kopf an und schloss die Augen. Der Blick dieser Frau vermittelte ihm Sicherheit, und er fühlte sich wie ein Kind, das von der Mutter ins Bett gebracht wird. «Ich bin so müde ...», murmelte er. «Ich wusste nicht, dass man so müde sein kann ... Sind Sie die Frau vom Dottore?», fragte er plötzlich ehrerbietig, als würde ihm erst jetzt bewusst werden, wo er sich befand.

Giuseppina lächelte ihm zu. «Noch nicht», sagte sie.

«Es ist schön, jemanden zu lieben», überlegte er laut.

«Ich hole etwas, womit ich dich verarzten kann», sagte Giuseppina.

Als sie schließlich mit Watte und Desinfektionsmittel in der Hand zurückkehrte, fand sie ihn vornübergebeugt vor.

«Ich helfe dir», sagte sie und kniete sich vor ihm hin.

Paolo wich vorsichtig zurück. «Nein, lassen Sie, bitte», protestierte er. «So etwas sollten Sie nicht tun! Das ist nichts für Sie!»

«Ich habe schon Schlimmeres erlebt», sagte Giuseppina knapp und zog ihm entschieden die Schuhe aus.

Der Junge hielt vor Schmerzen die Luft an.

«Das tut jetzt weh», bemerkte sie, während sie seine blutverschmierten Füße großzügig mit Desinfektionsmittel betupfte. «Aber das ist die einzige Möglichkeit, um eine Infektion zu verhindern.»

Paolo lächelte und blinzelte, wie um sie aufzufordern, sich von ihm nicht stören zu lassen. Seine verletzten Hände hatte er mit den Handflächen nach oben auf die Sofakissen gelegt, damit der Blümchenstoff keine Flecken bekam.

«Wir müssen dir das hier ausziehen.» Giuseppina betrachtete seine zerkratzten Waden, die unter der Hose erkennbar waren.

Der Junge schoss vor. Dann entspannte er sich wieder. Er war sogar zu schwach, um noch so etwas wie Schamgefühl zu empfinden. Er sah, nein, er spürte, wie sie aufstand und hinausging. Er blieb zurück und genoss das kurze Alleinsein, bevor diese Frau, die nichts von ihm verlangt und ihn, einen völlig Fremden, eingelassen hatte, wieder ins Zimmer treten würde.

Giuseppina kam zurück und brachte saubere Kleider und ein Handtuch mit. «Das Bad ist gleich da rechts», sagte sie. «Ich helfe dir aufstehen ...»

8

Er hatte den Wagen nicht weit vor dem Ortsschild abgestellt. Santino Pau ging zu Fuß in Richtung Dorfkern. Maresciallo Pili musste gut aufpassen, umso mehr, weil seine Schritte jetzt auf dem Pflaster der schmalen Sträßchen Laconis widerhallten. Es war eine anstrengende Fahrt gewesen. Ein paarmal hatte er schon befürchtet, entdeckt worden zu sein. Er war langsamer gefahren und hatte so riskiert, ihn aus den Augen zu verlieren. Dennoch war es ihm gelungen, Santino auf den Fersen zu bleiben.

Nun, wo er nicht mehr im Auto saß, schien Santino wachsamer zu sein: Er hatte seinen Mantelkragen hochgeschlagen und seinen Hut tief in die Stirn gezogen.

Inzwischen hatte es sich weiter abgekühlt, doch der Maresciallo spürte die Kälte nicht.

Er hielt sich dicht an der Hausmauer, darum bemüht, so leise wie möglich zu sein. Die kleine Gasse mündete in einen Platz, und er konnte erkennen, wie Santino vor dem Eingang eines alten Hauses stand und mit Schlüsseln hantierte. Erst als der andere in der Dunkelheit des Hauses verschwunden war und er hinter ihm die Tür ins Schloss fallen hörte, wagte er sich vor.

Nun stellte sich die Frage, wie der Maresciallo, der nicht mehr der Jüngste und auch alles andere als durchtrainiert war, es schaffen würde, durch ein halb kaputtes Fenster, das sich in drei Metern Höhe befand, ins Haus zu gelangen.

Er trat auf den kleinen Platz, um zu sehen, ob zwischen den gepflegten Beeten des kleinen Vorgärtchens irgendetwas herumlag, das ihm hätte hilfreich sein können. Absoluts nichts. Wenn er nicht geträumt hatte, dann befand sich einige Schritte weiter unten eine kleine Baustelle. Nein, er hatte nicht geträumt: Eine

Leiter wäre natürlich optimal gewesen, aber er musste sich mit einem knapp zwei Meter langen Tisch zufrieden geben. Damit könnte es klappen.

Schweißüberströmt gelang es dem Maresciallo schließlich, den Tisch unter das Fenster zu bugsieren. Er verkantete ihn zwischen den Pflastersteinen, wobei er darauf achtete, dass die Leisten waagrecht standen, damit sie ihm als Sprossen dienten. Der Aufstieg war mühsam, weil er aufpassen musste, nicht von den schmalen Leisten abzurutschen, die nicht breiter als ein paar Zentimeter waren. Ein paarmal fiel er wieder runter und verletzte sich dabei an der Hand, weil er versucht hatte, den Sturz abzuwenden, indem er sich krampfhaft an den Tischseiten festhielt. Aber er machte verbissen weiter, bis er endlich das Fensterbrett erreicht hatte. Unter Aufbietung all seiner Kräfte schaffte er es schließlich, ein Knie hochzuziehen. In diesem Moment hatte er eigentlich nur Angst vor einem Herzinfarkt, Angst zu sterben, bevor es ihm gelingen würde, in dieses Haus einzudringen.

Als er sich sicher genug fühlte und das andere Bein nachzog, spürte er, wie er mit dem Rücken oben anstieß. Er kniete vor einem Fensterrahmen, der deutliche Spuren von Verfall zeigte.

Das erste, was er wahrnahm, war der Geruch nach Fäulnis. Als würde man den Deckel eines Abwasserschachts öffnen. Nachdem seine Augen sich langsam an die Dunkelheit gewöhnt hatten, sah er, dass das Zimmer völlig leer war. Beim Gehen hielt er sich dicht an der Wand, denn er wollte nicht Gefahr laufen, durch irgendein Loch im Fußboden zu stürzen. Kein Laut drang an sein Ohr. Wenn Santino Pau sich noch im Haus befand, dann durfte er sich jetzt nicht bewegen, denn es herrschte absolute Stille. Er brauchte Minuten, bis er die Zimmertür geöffnet hatte und auf einen kleinen Flur hinausgetreten war, der zu einer Treppe führte. Wenn man genau hinhörte, konnte man im Stockwerk darunter ein Rascheln oder Rauschen vernehmen, als schleifte jemand etwas über den Fußboden. Jetzt, wo das Heulen des Windes nicht mehr alle anderen Geräusche übertönte, hörte er Santinos Schritte deutlich.

Das Komische an seiner momentanen Lage war, dass der Maresciallo gar nicht mehr wusste, warum er eigentlich hier war. In seiner ganzen Laufbahn als Hüter des Gesetzes hatte er noch nicht einmal im Traum darüber nachgedacht, wie es wäre, auf einen Menschen zu schießen. So manches Mal hatte er sogar, wohlwissend, dass er damit gegen die Vorschriften verstieß, seine Dienstwaffe zu Hause gelassen.

Während er noch darüber nachdachte, hatte er bereits die Treppenstufen erreicht, die ihn in das Stockwerk darunter führen würden, und vorsichtig stieg er eine Stufe nach der anderen hinab, wobei er hin und wieder stehenblieb, um in die Stille zu lauschen.

Die letzte Stufe führte ihn in eine ziemlich geräumige Diele. Dieser Teil des Hauses war ein wenig gepflegter. Auf der Truhenbank neben der Haustür lag ein ordentlicher Stapel Zeitschriften. Rechts neben dem Eingang sah er eine geschlossene Tür. Zur Linken befand sich ein Raum unter der Treppe, der von einem Vorhang verdeckt wurde. Links neben der Treppe befanden sich zwei Türen, auch diese waren geschlossen.

Maresciallo Pili ging langsam zu der Tür rechts von ihm. Bevor er sein Ohr daran legte, drückte er leicht mit der Hand dagegen: Kein Geräusch, nicht das geringste Lebenszeichen. Er wollte gerade zu den beiden anderen Türen gehen. Was auch immer er vorhatte, er würde es erst tun können, wenn er wusste, wo Santino sich verkrochen hatte. Ein leichtes Zittern in seinen Knien zeigte ihm, dass er an die Grenzen seiner körperlichen Leistungsfähigkeit gestoßen war, als er versucht hatte, das Fenster zu erklimmen.

Da war es wieder, dieses Geräusch, als würde jemand etwas über den Fußboden schleifen. Ruckartig drehte er sich um und blickte zu dem Raum unter der Treppe.

Erst als er die kalten Fliesen unter seinem Rücken spürte, merkte Maresciallo Pili, dass er gefallen war. Weniger, um sich zu wehren, als um das Gleichgewicht zu halten, hatte er mit den Armen gerudert.

In dem Moment, als dem Maresciallo bewusst wurde, dass er gestürzt war, spürte er auch schon das Gewicht des Mannes auf sich.

9

«Bitte lassen Sie die Heizung aus. Ich ertrage diese schlechte Luft nicht», wandte sich Dottoressa Comastri vorwurfsvoll an den Richter.

Salvatore Corona, der sich, den Blick auf die Fahrbahn geheftet, am Schieber für das Heißluftgebläse zu schaffen gemacht hatte, drückte kurz auf den Schalter, woraufhin das Summen der Heizung verstummte.

«Ich bin immer noch nicht überzeugt davon, dass das eine gute Idee ist.»

«Ich aber», erwiderte Salvatore Corona barsch.

Danila Comastri richtete ihren Blick wieder geradeaus und starrte in die Dunkelheit hinaus.

«Ruhen Sie sich doch ein bisschen aus», schlug der Richter vor, nachdem er sich wieder beruhigt hatte.

«Ja, das wäre schön!», sagte sie mit Nachdruck. «Aber ich kann mich nicht entspannen, wenn ich bei jemandem mitfahre, der auf mich den Eindruck macht, als würde er gleich einen Nervenzusammenbruch erleiden.»

«Ich kenne den Maresciallo, Dottoressa, ich kenne ihn seit Jahren. Ich weiß, dass er in ziemlichen Schwierigkeiten steckt!»

«Das Polizeirevier in Laconi wurde doch bereits benachrichtigt. Wir werden so oder so zu spät kommen.»

«Wenn ich erst einmal da bin, dann wird es nicht zu spät sein! Er war immer da, wenn man ihn brauchte. Ich kann nicht einfach tatenlos zusehen, wie dieser Verrückte sein Leben aufs Spiel setzt. Verstehen Sie das?»

«Ich verstehe es nicht nur», entgegnete sie so versöhnlich, wie es ihr möglich war, «ich bewundere es sogar: Aus diesem Grund bin ich ja überhaupt bei Ihnen!»

Der Wagen glitt durch die Nacht. Tiefe Dunkelheit hüllte sie ein. Dottoressa Comastri fühlte ein leichtes Unbehagen, als sie in die undurchdringliche Schwärze der Nacht blickte.

Sie saß still da und lächelte, um ihre Nervosität zu vertreiben. «Was mir nicht in den Kopf will», sagte sie unvermittelt, «das ist, warum dieser Pau all die Jahre seine Identität verleugnet hat.

Wenn er seinen Bruder getötet hat, warum ist er dann in seine Rolle geschlüpft?»

Salvatore Corona schaltete in den fünften Gang. «Nicht immer ist man der, der man gerne sein möchte. Santino verkörperte für seinen Bruder das, was er niemals war.»

«Aber das Risiko einzugehen und das Rathaus in Brand zu setzen. Und dann noch dreißig Jahre zu warten, warum? Er hätte das Kind doch schon vor langer Zeit aufspüren und verschwinden lassen können.»

«Sicher», meinte der Richter ironisch. «Und damit hätte er sein eigenes Urteil gefällt: Glauben Sie, dass die Mutter geschwiegen hätte? Glauben Sie, dass sie dann im Gefängnis geblieben wäre? Sehen Sie, Dottoressa, sie hatten doch beide selbst ihr Urteil gesprochen: Jeder bezahlte für seinen Teil. Er, indem er dieses Kind am Leben ließ, und sie, indem sie im Gefängnis saß für eine Tat, die sie nicht begangen hat. Der Rest kam erst später, die Ausschreibungen und all das . . .»

«Da ist noch etwas, was ich nicht verstehe», fuhr Danila Comastri fort. «Aus welchem Grund hätte Salvatora Fenu dieser Journalistin den anonymen Brief schicken sollen, und warum hätte sie anrufen sollen und den Ort verraten, an dem sie Ines Leddas Leiche vergraben hatte? Was hätte ihr das gebracht? Ebenso gut hätte sie gar nichts unternehmen können, dann hätte man die Leiche vielleicht niemals gefunden.»

«Das habe ich mich auch gefragt, und ich glaube, dass sie das aus einem ganz banalen Grund getan hat, einem Grund, der so banal ist, dass es schon absurd erscheint: Sie wollte zwei Fliegen mit einer Klappe schlagen. Sie wollte, dass man die Ermittlungen im Falle der anderen verschwundenen Mädchen wieder aufnahm, und hoffte, dass man den Tod Ines Leddas mit diesen Fällen in Verbindung bringen würde. O ja, Salvatora Fenu war nicht auf den Kopf gefallen. Schon damals nicht, als sie vor fast dreißig Jahren das Kind hierhergebracht hat und einen Mann auf dem Sterbebett, den sie damals betreute, dazu brachte, die Vaterschaft anzuerkennen.»

«Dann war der Tod Ines Leddas also ein Unfall!»

«Nennen wir es einmal so. Das Mädchen war schwanger. Die

Frau konnte nicht einfach tatenlos zusehen, wie «ihr Sohn» womöglich noch wegen Vergewaltigung vor Gericht landete. Das hätte doch bedeutet, ihn Santino quasi zum Fraß vorzuwerfen.»

«Cosimo», verbesserte ihn Dottoressa Comastri.

«Cosimo.»

«Ich glaube, ich werde diese verrückte Geschichte mein Leben lang nicht vergessen.»

«Wissen Sie, was das Komische daran ist?» Der Richter wandte sich kurz der Dottoressa zu. «Das Komische daran ist, dass es die ganze Zeit um Liebe gegangen ist. Sie haben selbst gehört, was Dottore Martis über seine Patientin gesagt hat. Und das Gleiche gilt wohl auch für die Fenu: Sie hat ihren Jungen wohl sehr geliebt, im Grunde war sie in jeder Hinsicht eine Mutter für ihn.»

«Ja, das denke ich auch. Wovor mir jetzt graut, ist der Berg Arbeit, der jetzt noch ansteht. Der Junge muss trotzdem angeklagt werden. Wir müssen das Büro der Bürgermeisterin umkrempeln. Dann müssen wir noch herausbekommen, wer hinter den Baufirmen steckt. Das wird ein Fiasko werden!»

«Wir müssen das Übel bei der Wurzel packen, bevor noch mehr Unrecht geschieht!»

Die Schweinwerfer des Wagens ließen den Bewuchs zu beiden Seiten der Fahrbahn grau erscheinen. Der Wagen glitt über die leicht kurvige Straße. Kalte und würzige Luft drang ins Innere des Wagens.

Dottoressa Comastri atmete tief ein und sog den aromatischen Duft in ihre Lungen.

«Ich liebe Sardinien!», sagte sie voll Inbrunst.

«Dann haben Sie sich also entschieden?», fragte der Richter und lenkte den Wagen sanft in eine Kurve.

Dottoressa Comastri ließ sich für ihre Antwort Zeit. «Ich will mich dazu jetzt nicht äußern, Dottore. Im Moment bin ich zu aufgebracht und habe zu große Angst.»

«Jetzt ist aber endgültig Schluss mit dem ‹Dottore›! Wir sind schließlich beide erwachsen und haben auch einen Vornamen, wie mir scheint.»

10

Die drückende Hitze hatte dem Maresciallo den Schweiß auf die Haut getrieben. In den Wagen zu kommen, hatte sich als schwieriges Unterfangen herausgestellt. Und das nur, weil sie nie auf ihn hören wollten: Immer sollte er den Wagen im Schatten parken, aber niemals dachten sie daran, wo der Schatten hinfallen würde, wenn sie später zum Wagen zurückkehren würden. Das Ganze wurde noch schlimmer durch die Tatsache, dass man das, was seine Schwägerin kochte, nicht gerade als leichte Sommerkost bezeichnen konnte. Der Tag war auf jeden Fall verkorkst. Gestern hatte seine Frau den ganzen Nachmittag damit zugebracht, die Sachen seiner Tochter Loredana ein- und wieder auszupacken. Erst die beschwerliche Hinfahrt in der Gluthitze, um sie herzubringen, und jetzt wollte das Mädchen partout nicht bei ihren Verwandten am Meer bleiben. Und dann die Aussicht auf die lange Rückfahrt nach Nùoro, die sie gleich nach dem Mittagessen würden antreten müssen, weil er um vier Uhr wieder beim Dienst sein musste. Rotwein und dreißig Grad im Schatten vertrugen sich nicht besonders gut, und er hätte gut daran getan, sich nach dem Essen noch etwas hinzulegen. Aber daran war eben nicht zu denken gewesen. Nach einem üppigen Mahl mussten sie sich schließlich auf den Weg machen, das vor Enttäuschung weinende Kind auf dem Rücksitz. Der Wein war ihm zu Kopf gestiegen, und bei jeder Lenkbewegung, die er machte, spürte er seine Wirkung.

Hinter einer Kurve war völlig unvermutet der Lastwagen aufgetaucht und donnerte nun mit überhöhter Geschwindigkeit auf sie zu. Nicola Pili riss das Steuer herum. Er hörte das schrille Quietschen der Bremsen. Das Auto hielt auf eine kleine Mauer zu, die als Fahrbahnbegrenzung diente und bereits deutliche Spuren früherer Unfälle aufwies. Plötzlich ging alles ganz schnell: Der Wagen schoss die Böschung hinunter. Ein dumpfer Knall und das Zersplittern der Windschutzscheibe kündigten an, dass sie irgendwo zwanzig Meter weiter unten gelandet waren.

Der Maresciallo blieb reglos hinter dem Steuer sitzen. Als er sich leicht nach rechts wandte, sah er Agnese, den Kopf nach hinten gebeugt, das Gesicht blutüberströmt von unzähligen Glassplittern. Er hörte, wie sie tief ein- und ausatmete.

«Hab keine Angst», sagte er, «das ist die Scheibe.» Er wollte sich nicht bewegen. «Loredana», sagte er.

Der Maresciallo hatte Schmerzen in der Rippengegend und am Rücken. Er fror, aber sonst schien alles in Ordnung zu sein: Er konnte seine Beine bewegen. Er drehte sich um und stöhnte. Die hintere Wagentür stand weit offen. Der Sitz war leer. Er hatte ein dumpfes Gefühl im Brustkorb, aber das war nur das Klopfen seines Herzens, das den Schmerz in seiner Brust noch verstärkte, denn sicher hatte er ein paar gebrochene Rippen. Die Fahrertür klemmte. Fieberhaft versuchte er, sie aufzubekommen. Nach einem Schulterstoß ließ sie sich schließlich öffnen, und er konnte aussteigen.

«Loredana», schrie er und versuchte aufrecht zu stehen. «Loredana!»

Ein leises Wimmern ganz in der Nähe antwortete ihm, wie das Jammern eines kleinen Kätzchens. Er hielt sich die Seite und schleppte sich mühsam in die Richtung, aus der das Wimmern kam . . .

Er öffnete die Augen. Ganz in seiner Nähe konnte er den schwachen Schein einer Kerze erkennen. Irgendwo hinter dem Licht hörte er ein Wimmern, ein kehliges Weinen.

Er war nicht sehr überrascht, als er bemerkte, dass seine Hände gefesselt waren. «Loredana!», rief er.

Im hinteren Teil des Raumes hörte er Santino Pau erneut weinen.

Nach und nach konnte er im Licht der Kerze das ganze Zimmer erkennen. Pau hockte gegenüber auf dem Boden, am anderen Ende des Raumes, und hielt seine Dienstwaffe in der Hand.

«Ist sie nicht wunderschön?», seufzte Pau und drehte sich zur Seite, in die Richtung, wo sich der kleine Kamin befand.

Unbewusst war der Maresciallo den Bewegungen des anderen gefolgt.

Der Anblick, der sich ihm bot, ließ ihm das Blut in den Adern gefrieren. Er merkte, wie seine Blase nachgab und wie der warme Urin seine Hose durchnässte.

Das Mädchen hatte immer noch menschliche Züge, auch wenn sein Körper aussah, als sei er nur unzureichend einbalsamiert worden. Die vertrockneten Lippen entblößten das Gebiss und zeichneten ein furchtbares Lächeln auf das Gesicht. Das glatte Haar fiel in breiten Strähnen auf das, was einstmals ein beginnender Busen gewesen war. Sie saß da, an einen Stuhl gefesselt; ihre Knöchel waren von einer Schnur umspannt, die bereits tief in die Haut, bis zum Knochen eingedrungen war. Die Fingernägel ihrer Hände, die auf den Knien ruhten, waren extrem lang und leuchteten weiß.

Pau lächelte. «Meine Lina», sagte er, die Pistole auf den Maresciallo gerichtet. «Ich habe sie wiedergefunden! Sie ist noch genauso schön wie damals, ihr Haar ist immer noch lang . . .»

Maresciallo Pili hatte das Gefühl, dass sich ihm der Magen umdrehte, und er kämpfte gegen einen heftigen Brechreiz an, der ihn zu überwältigen schien. «Grazia Mereu . . .», stammelte er und bemühte sich, tief durchzuatmen.

Paus Blick verfinsterte sich. Er fing wieder an, mit der Pistole herumzufuchteln. «Niemand wird sie mir wegnehmen», jammerte er wie ein kleiner Junge.

«Die Pistole wird dir nichts nützen. Sie ist nicht geladen», informierte ihn der Maresciallo. Er musste sich zwingen, nicht zu dem Mädchen hinüberzusehen. «Sie wird dir nichts nützen. Sie werden dich schnappen und sie dir wegnehmen!»

Pau warf sich vor und bedeckte die sterblichen Überreste Grazia Mereus mit seinem Körper.

«Weißt du, was man bei solchen Gelegenheiten sagt? Es wäre besser, du wärst tot! So sagen sie bei uns daheim. Denn wenn du noch im Mutterleib gestorben wärst, dann hättest du all diese Untaten niemals begehen können!»

Paus Gesicht erhellte sich und zeigte einen Ausdruck irrer Freude. «Sie hören sich ja an wie ein Priester, Maresciallo!» Jetzt erst schien er ihn zu erkennen. «Sie sollten keine Lügen erzählen. Das ist wirklich nicht schön von Ihnen! Sie wissen doch, dass Lügner in die Hölle kommen, oder?»

«Wobei soll ich denn gelogen haben?», fragte er, um einen sicheren Tonfall bemüht.

«Na, zunächst einmal, was die Pistole anbelangt. Sie ist geladen. Und dann haben Sie gesagt, dass sie mich holen –»

Er brachte den Satz nicht mehr zu Ende.

11

Auf der Piazzetta standen dicht an dicht die Polizeifahrzeuge. Richter Corona musste seinen Wagen ein paar Schritte weiter hinten parken. Dottoressa Comastri hatte Mühe, ihm bis zur Mitte des Platzes nachzukommen. Die Haustür stand weit offen. Die Scheinwerfer der Polizeifahrzeuge gaben der Szene etwas Irreales.

«Er ist tot», sagte ein Beamter, nachdem sie sich vorgestellt hatten.

Dottoressa Comastri sah, wie der Richter auf die Motorhaube eines Pantera sank.

«Sie sollten da besser nicht hineingehen», hielt der Beamte sie zurück. «Es ist kein schöner Anblick.»

Danila Comastri ignorierte seine Warnung und betrat das Haus.

Cosimo Paus Leiche lag auf dem Fußboden. Durch den Schuss, der aus nächster Nähe abgegeben worden war, war er nach hinten katapultiert worden und dabei über einen Stuhl gestürzt. Im Dunkeln wirkte es so, als würde er auf einem Haufen alter Lumpen liegen.

«Er hat es selbst getan. Er hat sich ins Gesicht geschossen», sagte Maresciallo Pili hinter ihr, während er seine Handgelenke rieb. «Wir haben Grazia Mereu gefunden», fuhr er fort und deutete auf eine unförmige Masse, die unter der Leiche Cosimo Paus lag.

12

Maria Vittoria klappte die Zeitung zu. Einer dieser Artikel war von ihr.

Jetzt, wo alles vorüber war, würde Alberto vielleicht bald wieder auftauchen. Es galt abzuwarten. Auf jeden Fall hatte es endlich zu schneien begonnen. Alberto würde sich freuen.

Giuseppina überreichte ihr Kündigungsschreiben mit einem seltsamen Gefühl der Unbekümmertheit. Sie hatte geglaubt, es würde ihr schwerer fallen. Sie hatte auf den richtigen Moment gewartet: Es waren nur noch wenige Kollegen in der Redaktion.

Eugenio wartete, bis Lina ihre wenigen Habseligkeiten zusammengepackt hatte. Er reichte ihr einen altmodischen Mantel, der sie noch kleiner aussehen ließ, als sie ohnehin schon war. Die Frau blickte ihn schweigend an. Wenn sie Angst hatte, dann sah man es ihr jedenfalls nicht an den Augen an; nur ihre Hände zitterten leicht.

«Du hast einen Sohn, der dich braucht», sagte Eugenio liebevoll und legte einen Arm um ihre Schultern.

Die Frau nickte.

Maresciallo Pili stand am Grab seines kleinen Mädchens. Er beugte sich herab und versuchte, die Blumen so anzuordnen, dass der Wind sie nicht wegwehen würde. Der erste Schnee in diesem Jahr wirbelte in dichten Flocken vom Himmel.

Commissario Curreli bereitete sich auf den längsten Urlaub seines Lebens vor.

Lina verließ das Gefängnis. Neben dem Dottore wirkte sie winzig klein. Es begann zu schneien.

»Sie ist draußen, auf geht's!» Salvatore Corona ließ den Motor an. «Irgendetwas Neues?», fragte er, als er sah, dass Danila Comastri sich mehr für den Politikteil der Zeitung, die sie gerade durchblätterte, zu interessieren schien als für den Grund, der sie bewogen hatte, vor dem Hochsicherheitsgefängnis Posten zu beziehen.

Danila Comastri warf einen zerstreuten Blick durch die Scheibe: Sie hatte sich Lina Piredda größer vorgestellt.

«Was Wichtiges?», fragte Salvatore Corona erneut.

«Mh», sagte sie nur. «Sie werden es nicht glauben: In Kürze wird unser Land eine neue Partei haben.»

«Ich würde gerne eine rauchen», entgegnete er, nicht im geringsten an dem Thema interessiert.

«Wenn ich Ihnen eine von meinen anbieten darf . . . Aber eigentlich sind das ja keine richtigen Zigaretten.»

«Sind das diese nikotinarmen?»

«Ultralight, eine Steigerung von extralight! Warum lachen Sie?»

«Nichts, nichts. Mir ist nur gerade eingefallen, dass die guten alten Laster langsam aussterben: Ich meine die scheinbaren Laster, keine ernsten. Wein, Tabak . . .» Sein Blick schweifte ab. «Alles, was überholt ist: Heute gibt es ultraleichte Zigaretten und alkoholfreie Getränke.»

Nach einem letzten kummervollen Blick faltete Dottoressa Comastri ihre Zeitung sorgfältig zusammen. «Es bleibt uns ja immer noch die Liebe», sagte sie und streckte einen Arm aus dem offenen Fenster des Wagens, um mit der Hand eine Schneeflocke einzufangen.